*

FACE À LA MER

DU MÊME AUTEUR
AUX ÉDITIONS BELFOND

Un mariage d'amour, 2002, rééd. 2016
Au nom du père, 2015
À feu et à sang, 2014
La Camarguaise, 1996, rééd. 2015
La Promesse de l'océan, 2014 ; Pocket, 2015
Le Testament d'Ariane suivi de *Dans les pas d'Ariane*, 2013
D'eau et de feu, 2013
Galop d'essai, collectif, 2014 ; Pocket, 2015
BM Blues, 2012 (première édition, Denoël, 1993) ; Pocket, 2015
Serment d'automne, 2012 ; Pocket, 2013
Dans les pas d'Ariane, 2011 ; Pocket, 2013
Le Testament d'Ariane, 2011 ; Pocket, 2013
Un soupçon d'interdit, 2010 ; Pocket, 2015
D'espoir et de promesse, 2010 ; Pocket, 2012
Mano a mano, 2009 (première édition, Denoël, 1991) ; Pocket, 2011
Sans regrets, 2009 ; Pocket, 2011
Dans le silence de l'aube, 2008 ; Pocket, 2014
Une nouvelle vie, 2008 ; Pocket, 2010
Un cadeau inespéré, 2007 ; Pocket, 2008
Les Bois de Battandière, 2007 ; Pocket 2009
L'Inconnue de Peyrolles, 2006 ; Pocket, 2008
Berill ou la Passion en héritage, 2006 ; Pocket, 2007
Une passion fauve, 2005 ; Pocket, 2007
Rendez-vous à Kerloc'h, 2004 ; Pocket, 2006
Le Choix d'une femme libre, 2004 ; Pocket, 2005
Objet de toutes les convoitises, 2004 ; Pocket, 2006
Un été de canicule, 2003 ; Pocket, 2004
Les Années passion, 2003 ; Pocket, 2005
Un mariage d'amour, 2002 ; Pocket, 2004
L'Héritage de Clara, 2001 ; Pocket, 2003
Le Secret de Clara, 2001 ; Pocket, 2003
La Maison des Aravis, 2000 ; Pocket, 2002
L'Homme de leur vie, 2000 ; Pocket, 2002
Les Vendanges de Juillet, 1999, rééd. 2005 ; Pocket, 2009
(volume incluant *Les Vendanges de Juillet*, 1994, et *Juillet en hiver*, 1995)
Nom de jeune fille, 1999, rééd. 2007
L'Héritier des Beaulieu, 1998, rééd. 2003, 2013
Comme un frère, 1997, rééd. 2011
Les Sirènes de Saint-Malo, 1997, rééd. 1999, 2006

(suite en fin d'ouvrage)

Vous pouvez consulter le site de l'auteur à l'adresse suivante :
www.francoise-bourdin.com

FRANÇOISE BOURDIN

FACE À LA MER

belfond

Belfond | un département **place des éditeurs**

place
des
éditeurs

1

— Fichu César, maudite baraque ! ragea Mathieu en appuyant sur le disjoncteur.

L'électricité revint et la roue du compteur se mit à tourner lentement. Dans la lumière chiche de l'ampoule qui pendait à une poutre, la grange paraissait sinistre. Mathieu éteignit sa torche, lâcha un soupir et frissonna. Il referma son blouson avant de sortir puis courut sous la pluie jusqu'à la maison où il s'engouffra. Dans la tasse posée sur la table, le café devait avoir refroidi. Tant pis, il s'en passerait, et sans doute dormirait-il mieux.

Ici, les nuits étaient parfois très longues. Il y avait découvert l'insomnie, avec son cortège d'idées noires. Avant de décider cet exil censé lui apporter un apaisement devenu indispensable, il était si fatigué en se couchant qu'il sombrait aussitôt. Et dès son réveil, il pensait à la liste des tâches qui l'attendaient, aux gens qui dépendaient de lui. Cette liste, il l'avait eue longtemps en mémoire, puis il s'était appliqué à l'écrire pour s'en souvenir, enfin il l'avait griffonnée avec exaspération. À présent, il rêvassait avant de se lever, l'esprit vide, traînait sous la douche, se demandait comment il allait occuper son temps.

Se sentait-il sur la voie de la guérison ? Sauf qu'il n'était pas malade, seulement épuisé par toutes ces années d'hyper-activité qu'il s'était imposées. L'envie de réussir, de prouver que sa passion le ferait vivre et que son énergie triompherait de toutes les difficultés l'avait mené au bord du gouffre. Comprenant qu'il risquait d'être consumé par le fameux burn-out – pudique synonyme de la dépression –, il avait tout arrêté. Depuis, il refusait de songer à ce qui pouvait bien se passer en son absence. Privé de capitaine, son navire était peut-être en train de sombrer, néanmoins il ne voulait pas se poser la question. Que lui aurait dit César en pareille circonstance ?

Ah, César... Sans lui, l'existence de Mathieu aurait suivi un autre cours. Mais un type pareil valait la peine d'être rencontré, il n'y avait rien à regretter.

À l'époque, César bradait son commerce situé dans le centre-ville du Havre. Un gigantesque foutoir où on pouvait louer des DVD, réparer des magnétoscopes ou des téléviseurs, mettre en dépôt-vente des appareils destinés à se démoder. Au sous-sol s'empilaient des cartons vides, le premier étage était désaffecté. Évidemment, l'affaire battait de l'aile. De plus, César buvait comme un trou, passait ses nuits à jouer au poker et ne payait pas ses factures. Malgré ces défauts, il était l'homme le plus attachant que Mathieu ait jamais connu. Humaniste, cultivé, doué d'un solide sens de l'humour, il se jugeait lui-même sans concession puis s'absolvait aussitôt.

Quand Mathieu lui fit une offre pour son improbable local, César le trouva sympathique, et au fil de la vente ils se lièrent d'amitié. Débarrassé de ses problèmes d'argent, César observa avec curiosité la manière dont Mathieu aménageait ce qui allait devenir la plus grosse librairie du Havre. L'installation de l'escalator le stupéfia, la mise en place de larges fauteuils club dans les coins de lecture le fit rire, et la création d'un espace salon de thé lui arracha une moue dubitative. Tout ça pour vendre des bouquins, avec une marge dérisoire ? Il prédit le pire à Mathieu, mais ce fut le meilleur qui arriva.

La réussite de la librairie n'advint pas par hasard. Durant les trois premières années, Mathieu se leva tous les matins à cinq heures. Le dimanche, seul jour de fermeture, derrière les grilles fermées il rangeait les rayons, faisait sa comptabilité, cherchait de nouvelles idées en arpentant les trois niveaux. S'il l'avait pu, il aurait poussé les murs. En fin d'après-midi, César venait ponctuellement le rejoindre, une bouteille sous le bras. Alors, ils s'affalaient dans les fauteuils club, et Mathieu buvait un verre tandis que César en éclusait trois ou quatre. Leurs conversations s'attardaient sur la vie, les femmes, la foi. César prétendait ne pas craindre la mort, mais bien sûr il était bleu de peur en réalisant qu'il avait brûlé sa vie par tous les bouts et que son heure ne tarderait plus à sonner. Pas un instant il ne regrettait d'avoir mené une folle existence mais déplorait seulement qu'elle ait pu passer si vite. À soixante-quinze ans, il jouait toujours, le poker lui procurant le grand frisson qui était sa drogue. Il parlait avec lyrisme de ces parties nocturnes organisées dans des tripots secrets. Bien plus que l'appât du gain, il recherchait sa dose d'adrénaline. Mathieu l'écoutait, aussi fasciné qu'attristé, devinant la descente aux enfers.

Comme prévu, César eut à nouveau besoin d'argent quand il eut dilapidé celui de la vente de son commerce. Il ne lui restait que sa maison de Sainte-Adresse, une belle bâtisse mal entretenue où il était né et où il vivait en ermite. Mathieu proposa de la lui racheter, offrant un viager plutôt que du cash. Cette solution, la seule possible financièrement pour Mathieu, permettrait à César de toucher des revenus fixes tout en limitant ses mises sur les tapis verts, et surtout, il pourrait rester chez lui. L'arrangement leur convenant à tous deux, ils allèrent de nouveau signer chez le notaire.

Mathieu n'avait pas vraiment pris garde à l'état de délabrement de son acquisition, cette imposante demeure qu'il comptait d'ailleurs revendre lorsqu'il en deviendrait propriétaire, le plus tard possible. Hélas, César mourut l'année suivante.

Longtemps, Mathieu n'eut pas le courage, ni même l'envie, de mettre les pieds là-bas. Tout le fatras hétéroclite qui encombrait la maison fut liquidé en salle des ventes au profit de lointains cousins de César qui vivaient en Afrique du Sud. Puis, lorsque Mathieu rencontra Tess, il meubla sommairement quelques pièces afin de pouvoir passer des week-ends en amoureux au coin du feu et face à la mer. Aujourd'hui, il était heureux d'y avoir trouvé refuge.

Son téléphone vibra alors qu'il hésitait à mettre en route un décaféiné, frustré de sa boisson chaude. Il s'aperçut qu'il avait deux appels en absence et il prit la communication.

— Mon chéri, enfin ! claironna la voix joyeuse de Tess. Je te dérange ?

— Non, pas du tout. J'étais dehors parce que l'électricité avait encore sauté. Il faudrait vraiment que je fasse remettre en état le circuit…

— Tu t'en occuperas plus tard. Pour le moment, ne t'impose pas ce genre de corvée.

Depuis qu'il se terrait là, Tess le ménageait, même à distance. Elle ne débarquait pas par surprise, ne le harcelait pas d'appels ou de messages, ne cherchait pas à savoir comment il vivait. En l'entendant, il eut tout de suite la vision de son adorable frimousse encadrée d'une cascade de boucles blondes.

— Ta journée a été bonne ? demanda-t-il tendrement.

Il l'avait abandonnée, elle devait se sentir seule. Soudain, il en eut assez d'être loin d'elle, exilé volontaire, néanmoins il n'était pas encore capable d'affronter autre chose que son immense lassitude.

— Oui, j'ai vu du monde, j'ai vendu quelques petits trucs…

Du *monde* ? Tous les clients craquaient devant Tess. Les hommes venus pour choisir un cadeau dans sa petite boutique de gadgets finissaient invariablement par lui faire du charme. Lui-même s'y était employé lorsqu'il avait poussé sa porte la première fois.

— Ta fille est passée tout à l'heure, reprit-elle.

— Elle s'en sort ?

— Non. Elle semble débordée. Et elle s'inquiète pour toi, elle pense que tu devrais voir quelqu'un.

— J'adore l'expression ! *Quelqu'un* ? Nous savons tous qu'il ne s'agit pas d'un curé ou d'un garagiste mais d'un psy. M'allonger sur un divan ne me procurera aucun bien-être.

— Angélique est certaine qu'avec un traitement anti-dépresseur, tu irais mieux.

— D'où lui vient cette science médicale ? J'arriverai à surmonter ça tout seul, Tess.

— Je sais.

— Toi, au moins, tu ne m'abreuves pas de conseils.

— Je m'en garderais bien ! Écoute, je voulais seulement te faire un bisou, te souhaiter une bonne nuit et te dire que je t'aime.

— Malgré mon mauvais caractère ? Malgré ma déprime et mon absence ?

— Malgré tout.

— Merci, ma chérie. Je t'aime aussi.

Il coupa la communication en se demandant s'il n'était pas fou et si, en effet, il n'avait pas besoin d'une thérapie. Abandonner une jeune femme comme Tess était irresponsable. Si elle lui trouvait un remplaçant, il n'aurait pas le droit de se plaindre ! L'espace d'un instant, il eut envie de sauter dans sa voiture et d'aller la rejoindre. Mais l'idée de se réveiller demain matin au Havre, de prendre le chemin de la librairie, de lire des courriers, régler des factures, répondre aux mails, passer des commandes, vitupérer après toutes les mauvaises décisions prises en son absence, régler en douceur les conflits entre employés, apprendre quelle nouvelle taxe ou contrainte Bercy avait bien pu inventer pour finir d'accabler les commerçants… Et ce n'était pas le pire de ce qui l'attendait. Car même s'il désirait Tess, il n'arriverait probablement pas à lui faire l'amour, et même si les livres étaient sa passion depuis toujours, il ne parvenait plus à lire trois lignes d'un roman. Quant aux médias, il ne s'y intéressait pas. Les faits-divers le laissaient indifférent, et la politique lui soulevait le cœur car il n'y voyait plus qu'hypocrisie et profits personnels.

Comment en était-il arrivé à un tel dégoût, un tel dédain, lui si enthousiaste et si battant ? Il était en pleine dérive, et sa manière très personnelle de se soigner se révélait inefficace pour l'instant. Bon, mais il n'était chez César – chez lui, en fait – que depuis trois semaines, sans doute avait-il besoin de plus de temps. Combien ?

Penser à Tess lui brisait le cœur. Et à Angélique, sa fille, lui faisait honte. Ses études ne pâtiraient-elles pas du souci qu'il lui donnait ? Non content d'être un amant absent, était-il de surcroît un mauvais père ? Angélique travaillait d'arrache-pied pour obtenir son diplôme d'ingénieur en logistique, et elle s'obligeait à passer chaque jour à la librairie. Bien sûr, elle n'avait aucune idée de la manière dont tournait l'affaire, mais elle voulait montrer aux employés qu'ils n'étaient pas livrés à eux-mêmes, qu'elle veillait au grain. À l'évidence, elle en était incapable, ce qui ne l'empêchait pas de s'obstiner.

Tournant le dos à la cafetière, il décida d'aller se coucher. Ne *rien* avoir à faire de la journée n'était pas vraiment reposant, pourtant c'était moins angoissant qu'avoir *trop* à faire. Et si la maison de César lui semblait un havre de paix, il admettait qu'il allait devoir la rendre moins spartiate s'il voulait s'y attarder. Pour occuper sa soirée, pourquoi ne pas consulter, bien au chaud sous la couette avec sa tablette sur les genoux, des sites de mobilier et de décoration ?

— Parce que tu n'as pas de connexion Wi-Fi là-haut ! marmonna-t-il en grimpant l'escalier.

Ce qui faisait partie de son programme personnel de « lâcher prise ». Il n'aurait qu'à regarder la télévision, une de ces émissions débiles qui ne manquerait pas de l'endormir.

*

À peu près au même moment, Tess baissa le rideau de fer de sa boutique. Ainsi qu'elle venait de le confier à Mathieu, la journée n'avait pas été mauvaise. Ouvrant sa caisse, elle compta la recette et s'estima satisfaite. Elle ne demandait pas grand-chose, de quoi payer ses factures et avoir un peu d'argent afin de conserver son indépendance financière. Ses ambitions n'allaient pas plus loin que le plaisir de tenir son petit magasin comme elle l'entendait. Tous les mois, elle se rendait à Paris pour se réapprovisionner chez ses fournisseurs, cherchant l'idée amusante, l'objet insolite, le détail de charme. Après des débuts difficiles, trois ans auparavant, elle bénéficiait aujourd'hui d'une clientèle fidèle, et elle était bien acceptée par les autres commerçants. Les Havrais savaient que, chez elle, on trouvait toujours le cadeau de dernière minute, la babiole qui ferait plaisir. L'exiguïté de son local donnait l'impression d'être plein à craquer, ce qui la réjouissait. En comparaison, l'immense librairie de Mathieu lui semblait effrayante, ingérable. Pourtant, il y arrivait très bien, du moins jusqu'au mois dernier où il avait tout d'un coup sombré dans une dépression inattendue. Mais était-ce si imprévisible ? Il travaillait comme un fou depuis des années, ne cessait d'innover, de se surpasser, de prendre des risques. Il s'était mis avec entrain au numérique, avait également créé un important rayon papeterie et petite maroquinerie. Toute cette activité donnait le vertige à Tess. Et l'attristait, aussi, car Mathieu n'était jamais disponible. Les derniers temps, elle l'avait obligé à sortir, croyant le distraire alors qu'elle ne faisait qu'achever de l'épuiser. Un soir où elle l'avait traîné au restaurant, elle s'était risquée à lui demander après quoi il courait. Visage fermé, il avait secoué la tête sans répondre. En le scrutant, elle avait réalisé qu'elle savait peu de choses de son passé, de sa famille. Mathieu posait des questions mais ne se livrait pas. Elle avait cru qu'il était moins égoïste que la plupart des hommes, alors qu'il était seulement plus secret.

Pourtant, elle l'aimait, à vrai dire elle en était même follement amoureuse. Leur première rencontre avait eu lieu à l'union des commerçants du centre-ville, où elle l'avait remarqué lorsqu'il avait pris la parole. Il s'exprimait clairement, d'une voix agréable, et il disait des choses justes. Habillé sans ostentation, il portait un blazer sur son jean, une chemise blanche à col ouvert. Très à l'aise, mais sans la moindre arrogance, il lui avait plu d'emblée. Ensuite, elle n'y avait plus pensé, jusqu'à ce qu'il franchisse un jour la porte de sa boutique. Il était en quête d'un gadget pour sa fille, chez laquelle il devait dîner. Tess l'avait retenu longtemps, lui montrant toutes sortes d'objets, mais il ne regardait pas ce qu'elle lui présentait, il l'observait, elle, avec un intérêt qu'il ne cherchait même pas à dissimuler. La semaine suivante, il était revenu pour bavarder, et celle d'après il l'avait invitée à boire un verre.

Jusque-là, Tess avait été sensible au charme des blonds aux yeux clairs, comme elle, or Mathieu était brun, avec des yeux très sombres et le teint mat. Grand, mince, il avait des épaules carrées, de belles mains, un sourire en coin tout à fait irrésistible. Elle ne résista donc pas longtemps et ils devinrent amants.

Tess avait trente-sept ans, Mathieu quarante-six. Ils avaient trop d'expérience l'un et l'autre pour tomber tête baissée dans le piège de la vie commune, aussi restèrent-ils chacun dans leur appartement. Mais ils partageaient la plupart de leurs nuits en se rendant des visites mutuelles. Mathieu était divorcé depuis longtemps et conservait de bons rapports avec son ex-femme partie vivre dans la région parisienne. Il veillait aussi, de loin, sur Angélique qui avait été élevée par sa mère mais adorait son père. Afin de se rapprocher de lui, la jeune fille avait décidé de revenir au Havre pour y accomplir ses études d'ingénieur. De son côté, Tess avait connu plusieurs liaisons décevantes dont aucune n'avait débouché sur un mariage. À ses yeux, la rencontre avec Mathieu était très prometteuse, elle se voyait bien avec cet homme-là pour le restant de ses jours. En conséquence, la brutale dépression de Mathieu était vraiment malvenue. Pour autant, Tess ne perdait pas confiance. Son naturel résolument optimiste l'incitait à croire qu'il ne s'agissait que d'un incident de parcours et que tout rentrerait dans l'ordre d'ici quelques semaines, au pire quelques mois. C'était Mathieu qu'elle voulait, elle aurait la patience de l'attendre.

*

Le lever du soleil sur la mer était un spectacle que Mathieu ne ratait jamais lorsqu'il était à Sainte-Adresse. La maison de César, plantée à flanc de colline, n'était pas, et de loin, la plus belle des villas construites sur ce site privilégié, mais elle était l'une des plus en hauteur, dominant Le Havre et l'estuaire de la Seine. Elle disposait d'un jardin jamais entretenu qui l'isolait de ses voisines, d'une grande terrasse entourée de colonnades en pierre blanche, et d'un petit bâtiment annexe à l'abandon, que César appelait sa « grange » alors qu'aucun brin de paille n'avait jamais été stocké là. Ni maison d'architecte, comme certaines, ni villa typiquement anglo-normande de 1900, elle ne manquait pourtant pas d'attrait avec deux clochetons en poivrière et une grande fenêtre en avancée. César y était né, il y avait vécu toute sa vie mais ne s'était jamais donné la peine de la chouchouter. Débarrassée du chaos qui l'avait encombrée, elle semblait attendre qu'on s'intéresse enfin à elle. Mathieu se fit encore une fois la promesse de prendre les choses en main lorsqu'il irait mieux.

Mais quand ? Quand allait-il enfin retrouver un peu d'entrain, d'énergie, lui qui s'était cru capable de soulever des montagnes ? De nouveau, il regarda la mer qui scintillait et, au loin, les porte-conteneurs qui croisaient des ferries. Un panorama dont il était impossible de se lasser et qui lui apportait un peu de réconfort chaque matin, quel que soit le temps. Les jours d'orage étaient fantastiques, avec les vagues qui écrasaient leur écume sur la plage en contrebas. La distance atténuait les cris des mouettes, mais le vent sifflait fort vers la falaise.

— Papa ? Papa !

Angélique prit pied sur la terrasse, un peu essoufflée.

— C'est dur de monter jusqu'à ton nid d'aigle, maugréa-t-elle.

Contrairement à Tess, elle n'hésitait pas à le déranger et refusait de le traiter comme un malade.

— Tu n'as pas cours ce matin, ma chérie ?

Il se laissa embrasser, trouva qu'elle sentait bon. Au lieu de répondre, elle le prit par le poignet pour l'entraîner vers la maison.

— Il fait trop froid pour rester là comme des touristes, déclara-t-elle d'un ton péremptoire. J'ai apporté des croissants, tu vas en manger.

Amusé, il faillit répliquer qu'il ne faisait pas la grève de la faim. Dans la cuisine, il prépara deux cafés avec la machine à espressos qui était le seul objet sophistiqué de la pièce. Pour le reste, le décor était plutôt minimaliste, composé d'une table et de deux bancs de bois clair.

— Pourquoi ne profites-tu pas de ton séjour ici pour t'installer vraiment ? suggéra-t-elle.

— J'y pense, mais au fond je n'en ai pas très envie. En fait, je n'ai envie de rien, je te l'ai déjà expliqué.

— Force-toi.

— Ange ! Si tu es venu pour…

— Désolée, papa. C'est plus fort que moi, je déteste te voir comme ça.

— Les choses s'arrangeront si on me laisse tranquille.

— Tu ne veux plus de mes visites ?

Il faillit acquiescer mais se retint en voyant son air anxieux. Ils avaient été séparés longtemps, ne se voyant qu'épisodiquement tant qu'elle avait vécu avec sa mère, et elle était venue s'installer au Havre pour se rapprocher de lui. Elle le croyait formidable, solide comme un roc, hélas depuis quelques semaines il lui offrait le visage d'un homme perdu, à la dérive, et il s'en voulut.

— Il y a des moments, dans l'existence, où on a besoin

16

de faire le vide, de remettre les compteurs à zéro, expliqua-t-il patiemment.

— Tu as trop travaillé !

— Peut-être.

— Mais tu as réussi.

— À quoi ?

— Eh bien… Tu as obtenu ce que tu voulais, non ?

— Je ne me souviens plus de ce que je voulais.

— Ne me raconte pas d'histoires.

Elle sortit les croissants d'un sac en papier déjà taché de graisse.

— Maman dit toujours que tu es un battant. Un guerrier !

— Sympa de sa part, mais le guerrier est fatigué.

Sourcils froncés, elle le considéra sans indulgence.

— Ça, c'est trop facile.

— Au contraire, je trouve ça très pénible. J'ai eu l'habitude de compter sur moi-même, et voilà que je me laisse tomber comme une vieille chaussette. Jusqu'ici, j'avais cru que l'expression : « Je n'en peux plus » était une simple constatation sans conséquence, voire une pause. Mais pas du tout. Maintenant, j'ai la vision très concrète de la goutte d'eau faisant déborder le vase. Le mien est plein, impossible d'y ajouter le moindre truc, quelle que soit ma volonté. D'ailleurs, je n'en ai plus. Et crois-moi, je suis navré de te décevoir.

Angélique le contempla quelques instants sans rien dire, puis elle baissa la tête. Mathieu se sentit triste pour elle, cependant il ne voulait pas lui mentir. Il ignorait la durée moyenne d'une dépression, n'avait même pas eu la curiosité de se renseigner sur Internet. Tout ce qu'il pourrait lire à ce sujet ne changerait pas son état. Parfois, une bouffée de colère lui donnait un vague espoir. Il s'en voulait, se maudissait de ne plus se reconnaître, avait l'impression détestable d'être dans la tête et dans le corps d'un parfait étranger.

— Pourquoi refuses-tu d'aller consulter ? Ne serait-ce que ton généraliste !

— Je ne me bourrerai pas de médicaments, je suis bien assez amorphe comme ça.

— Alors, tu vas rester caché ici ?

— Je ne me cache pas. La preuve, tu es là.

— On ne peut pas décidément pas discuter avec toi !

Elle le toisait et il soutint son regard sans ciller. La seule certitude qui lui restait était qu'il devait se préserver, y compris de sa fille, quelle que soit son affection pour elle.

— Tu n'as rien mangé, fit-elle remarquer d'une voix plus conciliante.

Il s'était contenté de grignoter la pointe d'un croissant et d'émietter le reste.

— Je vais faire une promenade, ça m'ouvrira l'appétit, déclara-t-il.

Pour la rassurer, il prit encore une bouchée, se força à l'avaler et la fit descendre en buvant son café. Il ne voulait pas avoir l'air de la congédier, mais il se sentait moins mal tout seul. Lorsqu'il enfila son blouson, elle comprit qu'elle devait partir.

*

Sur l'avenue Foch, des piétons se pressaient, leurs cols relevés. Se protéger du vent, au Havre, était une habitude. Les rues larges et rectilignes voulues par Auguste Perret lors de la reconstruction d'après-guerre laissaient circuler librement l'air venu de la mer. En haut de l'avenue, proche de l'hôtel de ville, la librairie de Mathieu offrait une longue vitrine brillamment éclairée. Les nouveautés et les coups de cœur y étaient mis en valeur, parfois avec un commentaire rédigé sur un morceau de parchemin. Quelques beaux objets, stylos ou coupe-papier, encriers ou marque-pages, étaient disposés çà et là. D'élégantes affiches de dessinateurs en vogue complétaient le décor. À longueur de journée, des passants s'arrêtaient pour jeter un coup d'œil, et le plus souvent, séduits, ils entraient. Les vendeurs leur adressaient toujours un sourire cordial, en signe de disponibilité, mais les laissaient musarder à travers les rayons sans les déranger. L'ambiance était joyeuse du côté des albums destinés à la jeunesse, carrément ludique dans le coin des enfants, et plus intime vers le salon de thé. Au premier étage, consacré à la littérature générale, les visiteurs aimaient s'installer dans les grands fauteuils pour feuilleter des livres, voire lire tout un chapitre, et personne ne les dérangeait. Le second abritait le stand du numérique, celui des guides de voyage, ainsi qu'un vaste étal de papeterie choisie pour son originalité ou sa qualité. À chaque rentrée scolaire, Mathieu réussissait à dénicher des fournitures qu'on ne trouvait pas chez ses concurrents. Enfin, derrière une porte interdite d'accès au public, une salle de repos et des sanitaires servaient au personnel.

Vers dix heures, Angélique fit son apparition. Elle passait quotidiennement, prenant très à cœur le rôle de surveillance qu'elle s'était attribué. Néanmoins, elle était bien consciente de ne pas maîtriser les rouages de cette grosse affaire, et elle devait s'en remettre aux employés. En particulier à Nadia, la plus ancienne des vendeuses, ainsi qu'à Corentin, le comptable, qui travaillait à temps partiel. Lorsqu'il était là, il se tenait dans le bureau de Mathieu, une petite pièce douillette située près des escalators. Une grande vitre donnait sur le rez-de-chaussée de la librairie, mais Corentin en baissait toujours le store alors que Mathieu aimait voir l'animation de son magasin.

— Comment allez-vous ce matin ? lui lança Angélique en entrant d'un pas décidé.

— Comme quelqu'un qui attend des décisions, des signatures au bas des chèques, des ordres pour les commandes ! Est-ce que Mathieu va enfin revenir avant que le bateau ne prenne l'eau ?

— Vous êtes perdu, c'est ça ? insinua-t-elle.

— J'ai les mains liées. Avec Nadia, qui m'aide beaucoup, nous ne savons pas jusqu'où on peut s'engager. Quand les fournisseurs appellent, on reste dans le vague, on fait le minimum, mais ça ne peut pas durer.

— Regardez ce qui se passait l'année dernière à la même époque, et...

— Oh, j'y ai pensé tout seul, merci ! Écoutez, Angélique, je vous ai préparé un classeur à l'intention de Mathieu. Remettez-le-lui pour qu'il valide mes choix.

— Non.

— Pourquoi, grands dieux ?

— Il refusera de s'en occuper. Il dit que vous pouvez très bien vous débrouiller.

— Pas du tout ! Je...

— Il dit aussi qu'il s'en fout. Vous comprenez ?

— Eh bien, ça revient à se saborder, et il va entraîner des gens dans le naufrage. Mais enfin, Angélique, qu'est-ce qui lui arrive ?

— Une overdose.

— Il ne s'est pas ménagé, je sais. De là à tout lâcher... Je le croyais très responsable. Un type capable de monter tout seul une affaire pareille ne s'écroule pas un beau matin sans raison. Les employés s'inquiètent pour leur avenir, est-ce qu'au moins il y pense ?

— Sans doute.

Elle s'approcha de la vitre pour relever le store. Il y avait beaucoup de monde dans la librairie, et Nadia venait d'ouvrir une deuxième caisse.

— Vu d'ici, ça n'a pas l'air dramatique, ironisa-t-elle.

— Nous avons toujours de l'affluence au moment des vacances scolaires. Les gens n'ont pas forcément les moyens d'envoyer skier leurs enfants et ils leur cherchent des distractions. Février n'est pas une période creuse pour nous, d'ailleurs, il n'y en a pas. C'est exceptionnel dans ce temps de crise. Mais ça ne durera que si nous ne décevons pas nos clients. Mathieu a dix idées par jour, il se renouvelle en permanence, seulement il est le seul à pouvoir le faire et son absence commence à se remarquer. Je ne comprends pas que vous n'arriviez pas à le secouer, Angélique !

Son implication dans la bonne marche de l'affaire semblait sincère, tout comme sa sympathie pour Mathieu.

— Donnez-moi juste les papiers qui nécessitent une signature urgente, transigea-t-elle en désignant le classeur. Ça, au moins, il le fera, et je vous les rapporterai demain en fin de journée.

Ce qui supposait qu'elle retourne voir son père, or il n'appréciait que modérément ses visites, elle en était bien consciente. Corentin lui tendit une grande enveloppe en souriant, content d'avoir remporté cette petite victoire.

— À demain, soupira-t-elle avant de quitter le bureau.

La librairie était toujours très animée lorsqu'elle la traversa. Nadia la salua de loin, rivée à sa caisse, et les employés qu'elle croisa lui adressèrent un signe amical. Tout le monde la connaissait à présent, mais personne ne lui demandait rien. En sortant, elle longea la vitrine sans la regarder. Ses visites ne servaient pas à grand-chose, cependant elle revenait presque chaque jour. Elle représentait le seul lien avec Mathieu qui n'avait pas mis les pieds ici depuis des semaines, et en se montrant elle espérait rassurer un peu le personnel.

Une fois dehors, elle constata que le vent soufflait obstinément, avec encore plus de force que quelques heures plus tôt, lorsqu'elle avait trouvé son père sur la terrasse. Restait-il à contempler la mer du matin au soir ? Elle ne le reconnaissait plus et se sentait perdue. Qu'était devenu ce père formidable qui l'avait accueillie au Havre à bras ouverts, trop heureux qu'elle ait choisi sa ville ? Il lui avait déniché un logement agréable, l'avait installée, s'était soucié de son bien-être en lui fournissant toutes les bonnes adresses pour qu'elle s'intègre au plus vite. Avec tact et discrétion, il alimentait aussi son compte en banque afin qu'elle ait l'esprit tranquille et se consacre à ses études. Quand elle passait le voir à la librairie, elle admirait son énergie, elle était fière de sa réussite. Et soudain, il avait tout lâché pour courir se réfugier dans cette vieille baraque, ne voulant plus entendre parler de rien ni de personne ! Qu'est-ce qui avait bien pu déclencher cette crise ? Seulement l'excès de travail ? Elle n'y croyait pas et s'était promis de le tirer de son marasme. À l'âge d'Angélique, tout juste vingt ans, une « dépression » était un concept abstrait, voire une fausse excuse.

Elle releva son col, rajusta son écharpe et se mit en route pour l'ISEL, son école d'ingénieurs qui se trouvait quai Frissard, le long du bassin Vauban. Tout en marchant, elle se mit à réfléchir à la manière d'aborder son père le lendemain matin pour qu'il signe ces fichus papiers.

*

Mathieu répéta sa question un peu plus fort, en détachant chaque syllabe.

— Et ta san-té ? Que dit ton mé-de-cin ?

— Il va bien, répondit sa mère.

Lui parler n'était pas facile, pourtant c'était au téléphone qu'elle entendait le moins mal. Mathieu trouvait désespérant d'être obligé de s'adresser à elle comme à une enfant. Il avait pris conscience du délabrement intellectuel de sa mère quelques mois auparavant. Elle se déplaisait dans sa maison de retraite, ne s'était liée avec personne et refusait toute activité. Malheureusement, elle n'était plus en mesure d'être maintenue à domicile et il n'y avait pas d'autre solution. Lui faire quitter son appartement n'avait pas été facile, il avait fallu que Mathieu, pour une fois aidé de ses trois frères, la contraigne à accepter ce changement de vie. La résidence médicalisée où il lui avait trouvé une place en faisant jouer ses relations était spacieuse, avec un personnel disponible et un agréable jardin. Malheureusement, Micheline se moquait bien des fleurs et des petits oiseaux. Désormais, elle vivait dans le passé, sans comprendre ni admettre que ses quatre fils ne soient pas autour d'elle.

— As-tu bien man-gé ?

— Non, il n'y a rien de changé. Je m'embête dans cet endroit, je veux rentrer chez moi.

Découragé, Mathieu étouffa un soupir.

— C'est impossible, maman.

— Tes frères ne viennent jamais. Toi non plus.

En effet, depuis le début de sa dépression, il n'était pas allé la voir. Mais avant, il s'y obligeait au moins deux fois par semaine, même s'il n'avait pas le temps, sans que ces visites semblent apporter à sa mère le moindre plaisir ou réconfort. Elle voulait être entourée des siens, comme par le passé, et régner sur sa petite famille dans son cadre habituel.

— En ce moment, je suis très pris, marmonna-t-il.

Un pieux mensonge, qu'elle ne comprit pas davantage que le reste.

— À quel prix ? se récria-t-elle. Mais je n'en sais rien ! Il y a un problème d'argent ?

— Non, non ! Sois tranquille…

— Évidemment, je m'habille. Tu crois que je vis en robe de chambre ? Bon, quand viens-tu ?

— Dans quelques jours.

— Retour d'où ?

— Je t'embrasse, maman ! hurla-t-il.

— Moi aussi, mon petit. Et je t'attends.

Il coupa la communication, exténué. Ces conversations sans queue ni tête le rendaient affreusement triste. Et pourquoi était-ce lui qui devait prendre soin d'elle ? Il n'avait pas été, tant s'en fallait, son fils préféré ! Elle rêvait d'une fille lorsqu'elle avait attendu son premier enfant, mais un garçon était arrivé. Un peu dépitée, elle l'avait prénommé Fabrice, s'était dépêchée d'en faire un autre. Et ainsi Jean, puis Sylvain, étaient nés coup sur coup. Carrément frustrée, elle s'était néanmoins montrée très maternelle avec eux trois. Quelques années plus tard, elle avait voulu retenter sa chance avant d'être trop vieille, et elle avait mis tous ses espoirs dans un dernier bébé. Durant sa grossesse, elle avait refusé de connaître le sexe du fœtus pour lequel elle s'était mise à tricoter sans relâche des brassières et des chaussons roses, persuadée que sa conviction parviendrait à forcer le destin. À la naissance de Mathieu, la déception l'avait rendue amère, presque agressive. Tout au long de son enfance, Mathieu avait bien senti qu'elle ne l'aimait pas beaucoup. Ses frères aînés ne pouvaient pas compenser ce manque d'affection car, proches en âge, ils formaient un bloc tous les trois et ne s'occupaient pas du « gamin ».

Ce passé était-il responsable de l'hyperactivité de Mathieu ? Il se disait parfois que l'attitude de sa mère lui avait donné l'envie féroce de prouver sa valeur. Inconsciemment, n'avait-il pas voulu faire mieux que ses frères, mieux que quiconque pour être enfin aimé ?

Une averse de grêle était en train de s'abattre sur Sainte-Adresse. Mathieu se leva pour aller se poster devant la fenêtre en avancée. Se tenir là donnait l'impression d'être suspendu à flanc de colline. En contrebas, la mer démontée par les grandes marées faisait déferler sur les galets des vagues bordées d'écume. Le spectacle était grandiose, menaçant, et Mathieu se demanda combien de bateaux étaient en train d'affronter ces éléments.

La pluie frappant les vitres avec violence, il se recula machinalement. Certains carreaux étaient fendus, il aurait dû les faire remplacer depuis longtemps. Ses pensées retournèrent vers sa mère qui continuait sans doute de se morfondre. Pourquoi l'appelait-elle ? Fabrice, Jean et Sylvain se prétendaient souvent trop occupés pour lui répondre, alors que Mathieu avait toujours pris le temps de lui parler, même quand il travaillait comme un fou. Elle le savait, elle en abusait. Les trois autres trouvaient encore grâce à ses yeux, mais elle n'aurait pas hésité à taxer Mathieu de « monstre » s'il s'était dérobé. Néanmoins, il mourait d'envie de l'envoyer sur les roses. L'égoïsme des gens âgés était parfois confondant, et Mathieu ne trouvait plus en lui les réserves de compassion nécessaires. Il allait devoir tanner ses frères pour qu'ils soient un peu plus impliqués dans le sort de leur mère, mais l'inévitable affronte-ment le fatiguait d'avance.

À présent, le vent sifflait en cernant la maison, tandis que le jour déclinait. Déjà la fin de l'après-midi ? Mathieu avait beau errer dans la maison, désœuvré et désabusé, les heures filaient vite. Qu'avait-il mangé depuis le pain grillé – brûlé, en fait – du déjeuner ? Ses vêtements flottaient sur lui, à l'aide d'un clou il avait fait deux trous supplémentaires à sa cein-ture. Il songea au plaisir qu'il aurait pu avoir en s'attablant face à Tess dans une bonne brasserie. Durant des mois ils avaient eu leurs habitudes à La Paillette, une véritable ins-titution havraise où ils se régalaient de fruits de mer ou de simples moules frites. Mais dans ces moments-là, Mathieu était toujours pressé, il laissait son téléphone sur la table pour ne rater aucun message, et ses pensées filaient immanqua-blement vers la librairie où il avait hâte de retourner. Tess s'en plaignait, bien sûr, il aurait mieux fait de l'écouter au lieu de poursuivre ce but ingrat : augmenter le chiffre d'af-faires. Comme quoi la réussite était un vertige, un engre-nage, un piège.

Dans la cuisine, il ouvrit le réfrigérateur, contempla d'un regard morne les yaourts et le jambon. Sortir de la dépression ne passait sûrement pas par un régime. Il écarta les compotes qu'il avait achetées alors qu'il n'aimait pas ça, et dénicha au fond de la clayette un petit bocal de foie gras que sa fille lui avait apporté un jour en pensant lui faire plaisir. Mais oui, il allait se faire plaisir ! Dédaignant l'eau minérale ou le café, il décida d'ouvrir une bouteille de vin. L'alcool n'était pas une solution non plus, toutefois un ou deux verres de saint-estèphe valaient bien mieux que des tranquillisants.

En s'attablant, il jeta un coup d'œil à la lettre reçue la veille et qui le laissait perplexe. D'abord, personne ne lui écrivait directement ici, à Sainte-Adresse, or ce courrier était arrivé dans sa boîte. Ensuite, il ne connaissait pas les cousins de César. Il se souvenait vaguement de leur existence, men-tionnée chez le notaire, et savait qu'ils vivaient en Afrique du Sud, à Johannesburg. Mais la teneur de la missive était assez déconcertante. Les cousins semblaient croire que la maison de César aurait dû leur revenir, ils s'indignaient de la *brièveté* du viager qui avait fait de Mathieu le propriétaire légal en un an à peine. Ne pouvant contester la validité de la vente, ils en appelaient au sens moral de Mathieu pour restituer ce qu'ils estimaient être leur bien. Ayant le projet de revenir en France, ils comptaient habiter là, *chez eux.* Le ton employé était sec, presque dédaigneux.

— Ils sont cinglés…, marmonna Mathieu.

Au lieu de manger sans prêter attention à ce qu'il avalait, il s'efforça de savourer la première bouchée. Le foie gras entier était de bonne consistance, bien salé et poivré. César n'avait évoqué qu'une seule fois ses cousins, pour lesquels il n'avait ni considération ni affection. Et ces gens-là s'imaginaient que Mathieu allait leur donner les clefs de la maison ? Il était chez lui, et plus particulièrement depuis qu'il s'y était réfugié. Lorsqu'il se sentait trop abattu, il s'adressait même à César à voix haute, certain que l'esprit de son vieil ami imprégnait encore un peu les murs. Bien qu'ayant besoin de travaux, la maison lui semblait dégager une atmosphère sereine, protectrice, dont il avait le plus grand besoin. Les cousins de Johannesburg seraient contraints d'en prendre leur parti et d'aller chercher un toit ailleurs.

Il reprit une part de foie gras, se resservit du vin. Si l'appétit revenait, n'était-ce pas un signe encourageant ?

— À ta santé, Angélique !

Il esquissa un petit sourire attendri, puis il se remit à manger en prêtant l'oreille aux sifflements déchaînés du vent.

*

Micheline s'énervait avec son téléphone portable auquel elle ne comprenait rien. D'ailleurs, les touches étaient minuscules, et l'écran illisible. Mathieu l'avait prévenue que ce modèle n'était pas fait pour elle, mais elle s'était entêtée. Elle ne voulait pas un truc de vieux ! C'est ce qu'elle avait affirmé au vendeur, dans la boutique, et elle avait eu gain de cause malgré l'air exaspéré de Mathieu. Au moins l'avait-il accompagnée. De temps en temps, il trouvait deux heures pour venir la voir ou pour l'emmener se promener. Enfin, il l'avait fait durant quelques mois, et puis plus rien ! Ces dernières semaines, il se prétendait trop occupé, or elle n'y croyait pas. Une librairie n'était tout de même pas si difficile à tenir, d'ailleurs, il avait des employés et pouvait sûrement s'absenter. Il faisait toute une histoire avec ce magasin qui n'était jamais qu'un commerce comme un autre. Grand, ça oui, peut-être trop grand, il devait avoir la folie des grandeurs. Qu'avait-on besoin de plusieurs étages, de profonds fauteuils et d'escalators pour vendre des bouquins ! Bon, il gagnait bien sa vie avec ces fichus livres, un juste retour des choses car il avait passé toute sa jeunesse le nez dedans. À l'époque, il en avait toujours un à la main, un près de son lit, un sur le bras d'un fauteuil, parfois même un à table. Ses frères se moquaient gentiment de lui, le traitant de rêveur, voire de « gonzesse ». Un mot qu'il avait si mal accepté qu'il s'était mis aux sports de combat ! Sa virilité n'était pourtant pas en cause, par la suite il avait eu plein de petites copines avant de se marier. Trop vite, comme tout ce qu'il faisait. Par chance, l'adorable Angélique était née avant que sa femme ne se lasse de lui et de sa librairie. Malheureusement, elle avait emmené la petite avec elle, laissant Mathieu désemparé. Il adorait sa fille, son absence lui avait pesé et il s'était imposé un surcroît de travail, lui qui passait déjà dix heures par jour à arpenter ses rayons. Comme quoi la leçon ne lui avait pas servi.

Micheline s'extirpa de son fauteuil de repos à l'aide d'une canne. Les médecins lui expliquaient qu'il n'était pas possible de guérir ces douleurs liées à l'âge. *Usure des cartilages…* Ça pouvait donc s'user, comme la vue, l'ouïe, la mémoire ? Ah, elle en avait assez qu'on lui rappelle sans cesse son âge ! Elle gardait toute sa tête, prisonnière de ce corps détérioré, et s'exaspérait de ne plus pouvoir accomplir seule des choses aussi simples que s'habiller ou se laver les cheveux.

De sa main libre, elle attrapa son châle posé au pied du lit et le passa maladroitement sur ses épaules. Pourquoi Fabrice ou Sylvain ne venaient-ils jamais ? Jean était à Londres, il avait des excuses, encore que les ferries reliant Portsmouth au Havre traversaient la Manche en moins de quatre heures. Il aurait bien pu lui sacrifier un week-end, non ? Mais lui aussi se prétendait accaparé par son travail, à savoir d'obscures affaires immobilières. De son côté, Fabrice prétextait tous les soucis occasionnés par sa nombreuse progéniture. Avec cinq fils, il avait en effet de quoi s'occuper, mais les chers petits étaient grands et pouvaient sans doute se passer de papa l'espace d'une journée. Habitant Rouen, il n'était vraiment pas loin, il n'aurait pas dû négliger sa mère. Restait Sylvain, le Parisien, si attaché à la capitale qu'il ne s'aventurait quasiment jamais au-delà du périphérique.

« Si seulement j'avais eu une fille… Elles sont plus proches de leur mère, plus affectueuses… Les garçons s'éloignent dès l'adolescence, ils font leur vie sans regarder en arrière. Et encore, j'ai de la chance, ils ne sont pas partis au bout du monde. Ce qui ne change rien puisque je ne les vois jamais ! Bien sûr, il y a Angélique, mais je ne l'ai pas vue grandir… »

Sa frustration demeurait intacte, jusqu'à sa mort elle regretterait de n'avoir pas eu cette fille tant espérée. La déception infligée par la naissance de Mathieu la hantait encore. Il ne s'en était sûrement pas aperçu, le pauvre chéri dans son berceau, mais elle avait eu envie de le rejeter. Autant pour les trois premiers elle avait réussi à garder espoir, autant pour le dernier elle s'était effondrée, sachant la partie perdue. En revanche, leur père semblait content chaque fois, il disait qu'il finirait par avoir une équipe de foot à la maison et il riait de bon cœur. Hélas, il était parti trop tôt, emporté en deux heures par une rupture d'anévrisme. Micheline s'était retrouvée seule car Mathieu venait juste de quitter le foyer. Bien entendu, il n'avait pas proposé d'y revenir. Jamais elle ne s'était accoutumée au silence et au vide de son appartement. Elle l'avait abandonné sans regret pour un autre, plus petit, où elle avait vécu durant une vingtaine d'années. À la fin, une aide à domicile l'aidait pour le ménage, lui faisait les courses, mais elle marchait de plus en plus mal et le moindre effort lui coûtait. La mort dans l'âme, elle s'était laissée conduire dans cette maison de retraite qu'elle détestait et où elle mourrait. Quelle autre perspective ? Vieillir était une fatalité dure à supporter, et aucun de ses fils ne la soutenait.

Elle regarda le parc qui s'étendait devant les fenêtres des chambres. Bientôt, pour marcher dans les allées, elle aurait besoin d'un déambulateur. Avec un soupir, elle resserra son châle.

*

Tess se sentait pleine de reconnaissance envers Angélique qui aurait très bien pu ne pas l'aimer, la plupart des jeunes filles détestant d'emblée la maîtresse de leur père. Au contraire, elles avaient sympathisé dès leur première rencontre et se voyaient volontiers, même en l'absence de Mathieu.

— Oh, j'adore ce truc ! s'exclama Angélique.

En arrêt devant une plaque de tôle émaillée qui affichait : « Café des artistes », elle en demanda le prix.

— Douze euros, c'est marqué derrière. J'étiquette tout pour que les clients n'aient pas de mauvaise surprise en payant.

— Tu as toujours des trucs déments… Je vais la prendre pour papa, ça égaiera un peu sa cuisine de Sainte-Adresse.

— Si c'est pour lui, je te l'offre, répliqua Tess en souriant.

— Et nous allons la lui apporter ce soir !

— Non, tu sais qu'il n'apprécie pas les visites, encore moins les surprises.

— Je n'en tiens pas compte, affirma la jeune fille. Si nous attendons une invitation, elle n'arrivera jamais.

— Il a besoin d'être seul.

— C'est ce qu'il s'imagine. Mouronner dans son coin ne l'aide pas à surmonter le problème.

Tess se dirigea vers la porte de la boutique et la verrouilla avant d'appuyer sur la commande qui actionnait le rideau de fer.

— Je ferme un peu plus tôt, il n'y a pas eu beaucoup de clients cet après-midi.

Elle attendit que le rideau métallique termine sa descente en grinçant, puis elle se tourna vers Angélique.

— Mathieu n'a pas vraiment identifié son « problème ».

— Au moins, il n'est pas dans le déni, il sait qu'il en a un !

— Mais il ne le comprend pas. Il est son propre patron, donc personne ne le harcèle, personne ne met en doute ses capacités. Il est reconnu professionnellement, n'a pas de soucis d'argent... Je crois que son burn-out est uniquement dû à l'épuisement. Avant de tout laisser en plan, il avait du mal à se concentrer, devenait irritable, parfois même cynique, lui qui est toujours si chaleureux ! Il a fait le bon choix en rompant avec ses habitudes et en s'isolant. Maintenant, il lui faudrait l'aide d'un psy. Je suis persuadée qu'il a besoin de parler, mais ce ne sera ni à toi, ni à moi.

— Tu connais quelqu'un ?

— Oui. Un bon copain très compétent. Si Mathieu acceptait de le rencontrer, ne serait-ce qu'une fois...

Tess étouffa un soupir, certaine que Mathieu ne se laisserait pas convaincre.

— En attendant, reprit Angélique d'un ton ferme, on fait comme j'ai dit, on s'invite à dîner chez lui ce soir. Ça m'étonnerait qu'il nous jette dehors ! Et je prends la jolie plaque du Café des artistes, ce sera un premier pas vers l'aménagement du décor.

Dubitative, Tess hésitait. Elle ne se sentait pas le droit de forcer la porte de Mathieu, et redoutait qu'il la rejette si elle se risquait à le faire. Néanmoins, la tentation était trop forte, d'autant plus que l'initiative venait d'Angélique.

— D'accord, céda-t-elle, on tente le coup. Si on passait chez un traiteur pour lui apporter des plats qu'il aime ?

Angélique eut un sourire amusé et affectueux.

— Tu as toutes les indulgences pour lui, hein ?

— Il le mérite.

— Pas en ce moment !

— Peut-être, mais ça ne m'empêche pas d'en être toujours très amoureuse. Un homme comme ton père, on n'en rencontre pas tous les jours.

Elles sortirent par l'arrière de la boutique qui donnait dans une cour, puis émergèrent avenue René Coty. Tess avait judicieusement choisi l'emplacement de son commerce, au milieu d'un quartier vivant d'où partait le funiculaire que de nombreux Havrais empruntaient plutôt que gravir l'un des innombrables escaliers entre ville basse et ville haute. Le brouillard s'était levé, il faisait froid comme tous les soirs à la tombée de la nuit.

— On se retrouve là-bas ! lança Tess. Va devant, je me charge du traiteur.

Ainsi ne serait-elle pas la première à affronter l'accueil de Mathieu.

*

Après tout, puisqu'il était seul, il aurait pu se laisser aller à pleurer. Des tas de gens affirmaient que les larmes provoquaient une libération, ou au moins un soulagement. Mais Mathieu en doutait, d'autant plus qu'il ne se sentait pas malheureux mais seulement épuisé, dégoûté de tout. Ce qui ne constituait pas un chagrin facile à identifier. Parfois il se demandait où il aurait aimé être si une bonne fée lui avait confié une baguette magique. La réponse était simple, bien que peu exaltante : ici, à Sainte-Adresse, où au moins planait le souvenir chaleureux de César.

Il avait passé une partie de la journée sur la terrasse, face au vent, se bornant à regarder la mer. Des jumelles ou une longue-vue, voilà ce qu'il devait se procurer s'il voulait suivre les mouvements des bateaux sans penser à rien. Ni à Tess, qui finirait par se détourner de lui, ni à sa librairie, que son absence risquait de faire sombrer. Uniquement aux navires glissant sur l'eau dans un ballet apaisant. Durant toutes ces années passées à classer des livres, ouvrir des cartons, vérifier des commandes, accueillir des clients, honorer ses échéances de fin de mois, n'avait-il pas oublié de regarder l'océan ? Dès qu'il était devenu légitimement le propriétaire de cette maison, il aurait dû y consacrer tout son temps libre, la chouchouter, en faire son repaire pour venir s'y ressourcer. S'il l'avait fait, peut-être aurait-il évité de sombrer dans la dépression. N'avoir jamais pris quelques jours de vacances se révélait une lourde erreur. Et maintenant qu'il avait *du temps*, qu'attendait-il ?

— Papa ! Tu es là ? Tu vas attraper la crève !

La porte-fenêtre venait de s'ouvrir derrière lui et, en tournant la tête, il découvrit qu'Angélique n'était pas seule. Tess hésitait sur le seuil, des paquets dans les mains et l'air intimidé.

— On s'invite à dîner, poursuivit sa fille d'un ton léger. On a apporté des œufs en gelée, un jambonneau, du gratin dauphinois et deux bouteilles de saint-amour.

Il sourit parce qu'elle connaissait bien ses goûts. S'il avait eu faim, il aurait été ravi.

— C'est Tess qui régale, précisa-t-elle en fronçant les sourcils.

— Merci, vous êtes adorables, se força-t-il à dire.

En réalité, il se sentait contrarié par cette intrusion, et par la perspective de devoir parler, manger, bref, faire bonne figure. Se contraindre était la dernière chose dont il était capable en ce moment. Pourtant il se leva, abandonnant son poste d'observation à regret, et il les suivit à l'intérieur.

— As-tu des clous et un marteau quelque part ? lui lança Angélique.

— Pour quoi faire ? Tu veux me crucifier ?

— Juste accrocher ton cadeau.

La plaque du Café des artistes lui arracha un sourire qui ressemblait sûrement à une grimace.

— C'est un début, papa ! Le premier truc un peu personnel que tu auras ici.

Comme Tess se taisait toujours, Mathieu alla vers elle, la prit par les épaules.

— Ça vient de ta boutique ? J'aime bien… César avait une vieille boîte à outils qui doit se trouver sous l'évier.

La trousse comportait un marteau au manche branlant, une pince coupante ébréchée et quelques clous rouillés, mais Angélique parvint à fixer la plaque sur un mur nu.

— Premier fanion de la grande course ! annonça-t-elle triomphalement. Tu ne veux vraiment pas que je prenne en main la déco ?

— Non, merci bien ! répliqua Mathieu d'un ton un peu trop vif.

Navré de voir la mine dépitée de sa fille, il ajouta aussitôt :

— De quelle course est-il question ?

— La reconquête du bonheur.

Touché, mais aussi agacé, Mathieu leva les yeux au ciel. Pourquoi tout le monde voulait-il se mêler de sa vie ? Elle était au point mort en ce moment, et l'insistance des autres à le vouloir heureux malgré lui n'y changerait rien. Il se tourna vers Tess, essaya en vain de lui sourire. Ne parviendrait-il donc plus jamais à avoir l'air aimable ?

— Je mets le couvert, proposa Tess. Est-ce que le four fonctionne ? Pour le gratin…

— Oui, je crois.

Il avait envie de s'enfuir en courant, de descendre jusqu'à la plage et de s'asseoir sur le sable. Sauf qu'il ne pouvait pas planter là sa fille et la femme qu'il aimait. Résigné, il s'assit sur un coin de la table, les pieds posés sur le banc.

— C'est très à la mode, ces assiettes et ces verres dépareillés ! fanfaronna Angélique.

Mathieu surprit le regard de Tess qui essayait de la faire taire. Très gentil de sa part, mais il n'avait pas besoin d'être ménagé comme un grand malade.

— César était heureux dans cette maison telle qu'elle est, se contenta-t-il de rappeler.

— Non ! protesta Angélique. De son temps il y avait tout un bric-à-brac qui la rendait rigolote, on se serait cru dans une foire à tout. Mais tu as bien fait de renvoyer ce foutoir à ses cousins, ça ne te correspondait pas. Tu devrais te l'approprier pour de bon puisque tu l'aimes.

— Tant que je n'y touche pas trop, je me sens encore un peu chez César, ce qui n'est pas désagréable.

— Oh, tu ne vas pas te complaire dans le culte de ce vieil alcoolique ?

— Ne l'insulte pas.

— Je ne fais que dire la vérité, il buvait comme un trou.

— Et alors ? Tu l'as à peine connu, Ange. Ne le juge donc pas.

Il n'avait plus assez d'énergie pour entrer en conflit avec sa fille et il eut un geste agacé de la main, signifiant ainsi que le sujet était clos. La vue des plats que Tess déballait en silence réussit à la fois à l'émouvoir et à lui soulever le cœur. Il déglutit avant de détourner son regard des œufs en gelée. Quelques semaines auparavant, il se serait jeté dessus.

— On trinque ? proposa Tess qui venait de servir le saint-amour.

Il se força à boire une gorgée, tenta un nouveau sourire. La soirée à venir lui apparaissait comme une épreuve. Faire la conversation, mimer la gaieté ou même un simple bien-être allait lui demander des efforts considérables, et il s'en voulait d'être dans un tel état de rejet. Bon sang, il aimait Tess, il adorait sa fille, pourtant il aurait donné n'importe quoi pour qu'elles s'en aillent ! Il faillit le dire, parvint de justesse à s'en empêcher, mais cette petite victoire sur lui-même ne lui apporta aucune satisfaction.

2

Le couple était déjà passé plusieurs fois devant la maison. Ils marchaient lentement, bras dessus, bras dessous, se donnant l'allure de simples promeneurs admirant les villas. Mais tout leur intérêt se portait sur celle de César, qui n'était pourtant pas la plus remarquable.

— Tu t'en souvenais bien ? demanda Albert à sa sœur.

— Pas comme ça. Elle semble plus décatie...

— César n'a pas dû se donner beaucoup de mal pour l'entretenir !

— César était un vieux fou, répondit Lucie avec une moue dédaigneuse. Pense à tout cet argent qu'il a claqué à se saouler et à jouer ! Et il a bazardé ses biens sans jamais penser à sa famille.

Ils s'étaient arrêtés sur le trottoir d'en face pour mieux détailler la façade.

— Bazarder, c'est le mot, approuva Albert. Son commerce en plein centre, sa maison, et comme par hasard au même acheteur ! Ce type, Mathieu Carrère, l'a évidemment embobiné. Que ce soit légal est incompréhensible. Il doit y avoir une faille...

— On la trouvera.

Albert reporta son attention sur sa sœur et lui sourit.

— Comme tu dis. On la trouvera ou on l'inventera, mais je te promets qu'on récupérera cette baraque. Avec un peu de goût et quelques travaux, elle aura une belle allure… et beaucoup de valeur. Regarde autour de toi, il n'y a pas un seul terrain disponible, rien n'est à vendre, l'endroit est très prisé. Il l'a toujours été, d'ailleurs ! Un coin pour les riches, or les nantis aiment rester entre eux.

Entendant une fenêtre s'ouvrir, ils reculèrent d'un pas puis reprirent leur marche après avoir jeté un coup d'œil furtif à la silhouette qui venait d'apparaître sur la terrasse.

— Tu crois que c'est lui ? chuchota Lucie.

— Parle normalement, il est trop loin pour t'entendre. Qui veux-tu que ce soit sinon lui ? Mais je ne pensais pas qu'il habitait là, son notaire nous a donné une autre adresse.

Parvenus au bout de la rue, qui était en pente raide, ils se retournèrent une dernière fois.

— De loin, elle a encore de la gueule, hein ? Et son jardin… Il a beau être en friche, il est grand, et ici c'est une rareté.

Albert serra les poings tandis qu'une expression âpre figeait soudain ses traits.

— Je la veux, articula-t-il. J'y ai joué quand j'étais enfant, elle est à moi !

Lucie l'approuva d'un petit hochement de tête, cependant elle savait qu'ils n'étaient venus là que deux ou trois fois. Leurs parents tenaient César pour un original et n'avaient aucune considération pour lui. Les visites étaient brèves, peu chaleureuses, ils s'en étaient lassés très vite. Ensuite, ils avaient quitté la France pour l'Afrique du Sud et n'avaient pas cherché à garder le contact avec César. Bien des années plus tard, alors que leurs parents étaient décédés depuis longtemps, Albert et Lucie avaient été surpris par le petit héritage provenant de la vente du mobilier. La somme était insignifiante, mais elle avait réveillé leurs souvenirs ainsi que l'appât du gain. D'autant plus qu'ils s'apprêtaient à rentrer en France et qu'ils avaient besoin d'argent.

À Johannesburg, ils s'étaient bien amusés l'un et l'autre durant leur jeunesse, mais au fil du temps des problèmes avaient surgi. Leurs mariages respectifs s'étant soldés par des échecs, ils avaient éprouvé le besoin de se rapprocher et, ensemble, ils avaient monté quelques affaires sans connaître de véritable réussite. Prise d'un commun accord, la décision de revenir en Normandie leur ouvrait un nouvel horizon, surtout s'ils parvenaient à mettre la main sur la villa de Sainte-Adresse. Sans états d'âme, ils avaient liquidé leurs maigres biens là-bas et pris des billets d'avion à destination de Paris.

Lucie faisait confiance à son frère, comme elle avait fait confiance à ses parents ou à son mari en leurs temps. Elle ne s'imaginait pas vivre sans la protection d'un homme, néanmoins, parce qu'elle était l'aînée de trois ans, elle avait toujours eu conscience des défauts de son petit frère. Il était trop impulsif et fonçait tête baissée, pourtant elle ne cherchait jamais à l'en empêcher, bluffée par une détermination qu'elle n'avait pas. Elle le savait également têtu jusqu'à l'obsession, et capable d'une effrayante mauvaise foi. Quand les choses tournaient mal, ce qui avait été le cas à plusieurs reprises, il se trouvait toujours de bonnes excuses auxquelles elle faisait semblant de croire. Grâce à ces petites concessions, ils s'entendaient très bien.

— Prenons rendez-vous chez le notaire, déclara-t-il en l'entraînant.

En bas de la colline de Sainte-Adresse, la mer scintillait sous un soleil d'hiver qui pouvait presque faire croire à l'approche du printemps. Mais le froid était piquant et ils pressèrent le pas pour descendre les rues escarpées.

*

Mathieu s'en voulait d'avoir accepté le rendez-vous. Tess et Angélique s'étaient livrées à une guerre d'usure jusqu'à ce qu'il cède, autant pour les rassurer que pour avoir la paix.

Mais le psychologue face auquel il se trouvait à présent ne lui donnait aucune envie de se confier.

— Vous avez donc beaucoup travaillé toutes ces dernières années…

— Oui, énormément, et j'y ai pris du plaisir. Monter une affaire est un défi que j'ai relevé avec enthousiasme.

— Relevé ? Quelqu'un vous avait mis au défi ?

— Non, personne d'autre que moi.

— Et vous estimez avoir réussi ?

— Tout à fait. Passez devant la librairie un de ces jours, vous comprendrez.

— Je la connais, dit paisiblement le psychologue. Qui ne la connaît pas au Havre ? Ainsi, une fois votre but atteint, vous avez eu besoin de… lâcher prise ?

— Non ! J'étais toujours investi, passionné. Et puis un beau matin : plus rien. Ressort cassé sans raison. Je me suis levé en pensant que le mieux serait d'entrer dans la mer pour m'y noyer.

— Vraiment ?

— Cette idée m'a traversé la tête. J'étais fatigué à en mourir.

— Vous avez consulté ?

— Bien sûr. Des remontants d'un côté, des somnifères de l'autre. J'ai jeté l'ordonnance. Je suis allé jusqu'à la librairie, de loin j'ai regardé l'enseigne et j'ai fait demi-tour. Rien que l'idée d'entrer me soulevait le cœur. Je suis retourné à mon appartement mais c'était pareil, je ne voulais pas être là non plus. J'étais terrifié de me sentir dans un tel état de répulsion, de rejet. Je me suis traîné jusqu'à la maison de César… ou plutôt ma maison, à Sainte-Adresse. Elle est quasiment vide, je ne l'ai jamais habitée hormis deux ou trois week-ends et j'ai pu m'y réfugier comme un lapin s'enfonce dans son terrier. Je souhaitais ne plus jamais bouger.

Il s'interrompit abruptement, croisa les bras. Contre toute attente, ce type arrivait à le faire parler. Tess le lui avait recommandé avec un enthousiasme excessif. Un *très bon* copain, un homme *formidable*, un psy *hors pair*. S'agissait-il d'un ex ? Avait-il été pour elle davantage qu'un ami ? Mathieu le dévisagea, constatant qu'il était plutôt séduisant, et sans doute bien plus jeune que lui. Il s'appelait Benoît Lévêque, son cabinet semblait prospère à en croire l'élégance du mobilier.

— Donc, c'est ce que vous faites en ce moment, vous ne bougez plus ?

Sa voix était assez mélodieuse malgré le ton neutre qu'il s'appliquait à employer.

— Exactement.

— Êtes-vous apaisé par cet immobilisme ?

— Même pas. Ni plus serein, ni moins fatigué.

— Parlez-moi de cette fatigue. Physique, morale ?

— Les deux.

Pourquoi posait-il des questions ? N'était-il pas censé se contenter d'écouter ? Et ses liens d'amitié avec Tess le pousseraient-ils à trahir le secret professionnel en révélant à la jeune femme la teneur de leurs entretiens ?

— Écoutez, soupira Mathieu, je ne suis pas sûr que tout ça m'aide…

— Tout ça quoi ?

— M'asseoir dans ce fauteuil et vous raconter mes états d'âme. Je n'ai pris rendez-vous que pour faire plaisir à… mon entourage.

— Votre famille ?

— Surtout ma fille. Ma mère est dans une maison de retraite et perd un peu contact avec la réalité. Quant à mes trois frères, ils sont loin d'ici.

— Géographiquement ?

— Non, mais c'est tout comme. Je suis le dernier et…

De nouveau, il se tut. Pourquoi évoquer ses frères ? Ils n'étaient pour rien dans sa dépression.

— Une grande fratrie ? s'enquit Benoît Lévêque.

— Quatre garçons mais pas de fille, au grand désespoir de ma mère.

— Eh bien, avoir une petite-fille a dû la consoler ?

Sans doute pas, car Angélique avait été élevée loin de sa grand-mère.

— Je ne crois pas, avoua Mathieu. Tout ce qui vient de moi...

S'interrompant encore une fois, il eut un petit rire résigné.

— Vous allez faire vos choux gras de mes derniers mots !

— Je devrais ? Vous ne me semblez pas prêt à vous confier sur ce sujet.

— Si ça ne tenait qu'à moi, sur aucun.

— Alors pourquoi êtes-vous ici ? Uniquement pour faire plaisir aux gens qui vous entourent ?

— Et aussi parce que j'aimerais vraiment redevenir moi-même.

— Vous pensez que je peux vous y aider ?

— Je n'en sais rien.

— Pourtant c'est votre argent que vous allez dépenser au fil de nos rendez-vous.

— En effet. Sans garantie du résultat final.

— Parler libère toujours. Peut-être n'avez-vous personne à qui parler ?

— Pour dire quoi ? Que je me suis retrouvé un beau matin dans la peau d'un type inconnu et que je veux en sortir ? Qui peut gober ça ? On n'est pas dans un roman de Kafka !

— Ah, vous faites allusion à *La Métamorphose*...

Benoît jeta un coup d'œil ostensible à sa montre et déclara que la séance était terminée. Incrédule, Mathieu dut pourtant constater qu'ils avaient bavardé durant trois quarts d'heure alors qu'il pensait n'être là que depuis dix minutes.

— Quelle date vous conviendrait pour la prochaine fois ?

— N'importe ! Je suis libre comme l'air.

Avec un sourire spontané, Benoît fit remarquer à Mathieu qu'il ne craignait pas de se contredire en affirmant à la fois qu'il était libre et pourtant incapable de se libérer.

Lorsqu'il regagna sa voiture, Mathieu ne se sentait ni mieux ni plus mal. Bien sûr, il était trop tôt pour savoir si

Benoît Lévêque allait l'aider à sortir de son marasme, mais au moins Tess et Ange seraient rassurées s'il se montrait assidu.

— Je vais essayer, marmonna-t-il en démarrant.

À condition de surmonter sa lassitude et de trouver le courage, deux fois par semaine, de descendre de son nid d'aigle. Alors qu'il avait soigneusement évité de passer par l'avenue Foch une heure auparavant, il se retrouva soudain devant sa librairie. Des voitures l'empêchant de s'en éloigner au plus vite, il risqua un coup d'œil vers l'une des vitrines. Elle aurait pu être plus attrayante, quelque chose clochait. Était-ce Nadia qui l'avait organisée ? Il regarda désespérément la voiture qui le précédait et qui n'avait toujours pas bougé, ses stops allumés. Il voulait fuir, craignant de finir par avoir envie de descendre pour tout arranger lui-même. Quelle vanité ! Néanmoins, Nadia semblait s'être contentée de parer au plus pressé en installant les nouveaux best-sellers en bonne place. Où étaient donc les objets insolites censés attirer l'attention, en particulier celle des gens qui n'aimaient pas lire ? Et puis, l'éclairage était froid, rien ne ressortait vraiment. Quant au laveur de carreaux, il avait laissé des traces sur l'une des vitrines.

Mathieu mit son clignotant, décidé à se garer, mais il se ravisa aussitôt. Son impulsion, dictée par la force de l'habitude, était ridicule. S'il franchissait le seuil de sa librairie, il savait exactement ce qui arriverait. Les employés fondraient sur lui, trop heureux de se décharger de leurs responsabilités, Corentin le noierait sous des comptes, des bilans et des factures sans le laisser respirer, Nadia le saoulerait avec une revue de détail des dernières semaines. Ensuite, il faudrait sourire, rassurer, décider. Refaire la vitrine, planifier l'inventaire annuel, se plonger dans l'enfer des déclarations fiscales. Rattraper son retard en feuilletant tous les derniers livres parus. Donner son avis, trouver des solutions aux problèmes survenus en son absence, ainsi que de nouvelles idées pour *vendre, vendre, vendre…*

Un petit coup de klaxon le fit sursauter. Devant lui, le flot de voitures s'éloignait enfin et il le suivit. Oh non, pas question de pousser la porte de cette foutue librairie ! Il voulait seulement l'oublier, peut-être même s'en séparer.

*

Pressé par ses frères, sous le prétexte qu'il habitait Rouen et qu'il était donc le plus proche du Havre, Fabrice avait fini par accepter d'aller voir Mathieu. Après tout, il était l'aîné des quatre, à lui de raisonner le benjamin. Bien entendu, Fabrice ne comprenait rien à cette pseudo-dépression. Des propos très pessimistes d'Angélique, au téléphone, il avait seulement retenu que Mathieu se complaisait dans une crise existentielle. « Crise de paresse, oui ! » avait-il plaisanté, mais sa nièce s'était mise en colère. Bon, elle avait sans doute raison, la dernière chose qu'on pouvait reprocher à Mathieu était la paresse. Or voilà que cet hyperactif, acharné depuis des années à réussir, menaçait de tout lâcher. Pourquoi ? Qu'est-ce qui ne tournait pas rond chez lui ? Angélique avait appelé ses trois oncles l'un après l'autre, mais Jean était très pris par ses affaires immobilières à Londres, et Sylvain refusait de quitter Paris, submergé par la nombreuse clientèle de son cabinet de kinésithérapie. Des excuses, encore et toujours, dès qu'il était question de leur mère. En ce qui la concernait, c'était Mathieu qui avait trouvé sa maison de retraite et qui s'était occupé de son déménagement, néanmoins, puisqu'il l'avait choisie à côté du Havre, il semblait logique qu'il se charge des visites. Fabrice était bien conscient d'avoir négligé sa mère, mais il avait tant de soucis avec cinq grands enfants en âge de faire de longues études, et aussi de connaître des chagrins d'amour ! Alors, les états d'âme de Mathieu...

Travaillant pour une grosse compagnie d'assurances, Fabrice avait tous ses frères comme clients, et il connaissait donc la valeur de la librairie de Mathieu. Une très belle affaire, qu'il fallait être cinglé pour laisser sans surveillance. Avec la naïveté de ses vingt ans, Ange prétendait qu'elle y passait quotidiennement pour « superviser ». L'expression avait fait hurler de rire Fabrice, et tout de suite après il s'était décidé à venir discuter avec son petit frère. Pourtant, il ne se sentait pas proche de Mathieu. Rien ne les avait réunis, ni enfants, ni adolescents. Autant Fabrice avait pu s'amuser avec Jean et Sylvain, autant Mathieu, trop jeune, était resté pour lui un gamin sans intérêt, toujours le nez dans un livre. Ses frères se moquant de lui, Mathieu s'était rebiffé en suivant des cours de judo où il avait progressé très vite. À huit ans, il détenait déjà la ceinture jaune, puis au fil des années il avait obtenu successivement ses ceintures verte, bleue, marron et enfin noire à quinze ans, l'âge minimum. Il s'était arrêté là, ses frères n'habitant plus la maison. Il en était d'ailleurs parti dès qu'il l'avait pu, pour suivre à Paris trois ans de licence pro spécialisée dans les métiers de l'édition, des bibliothèques et du commerce du livre. Lui ayant prédit que ça ne le mènerait nulle part, leur mère ne l'avait pas aidé financièrement, mais il s'était débrouillé. Ensuite, il s'était fait embaucher comme vendeur dans une grosse librairie du quartier Latin. À ce moment-là, Fabrice était déjà marié, il avait commencé à faire des enfants sans savoir que sa femme voudrait aller jusqu'à cinq. Cinq ! Avec les études à payer, les sports, les vêtements, les vacances, les séjours linguistiques et l'argent de poche ! Heureusement, Fabrice gagnait bien sa vie, mais avec toutes ces charges, il ne roulait pas sur l'or.

Après avoir un peu erré dans les rues escarpées de Sainte-Adresse, il finit par dénicher la maison que Mathieu avait achetée en viager et où il s'était réfugié. Cet achat, quelle chance insolente, le vendeur n'ayant survécu qu'un an à peine ! Mathieu prétendait qu'il avait eu beaucoup de peine à la mort de son vieil ami, mais Fabrice le soupçonnait de s'être plutôt frotté les mains.

En descendant de voiture, il prit le temps d'observer la façade. Les clochetons en poivrière, la grande fenêtre en avancée et les colonnes de pierre entourant la terrasse ne manquaient pas de cachet, néanmoins l'ensemble dégageait une impression de vétusté, presque d'abandon avec le jardin en friche et la mousse bien installée sur les toits. À défaut de sonnette, Fabrice poussa la grille rouillée. Conformément aux recommandations d'Angélique, il n'avait pas prévenu son frère de sa visite. « Tu le trouveras là, il n'en sort presque jamais », avait affirmé sa nièce. Mathieu, ermite ? Après tout, ce n'était pas si improbable puisqu'il avait été un enfant solitaire, et qu'à en croire son divorce il n'avait pas supporté la vie à deux.

— Coucou ! claironna-t-il en entrant dans le séjour. Une surprise !

Il s'aperçut qu'il n'avait pas pensé à apporter quelque chose et qu'il aurait pu, au moins, arriver avec une bonne bouteille.

— Fabrice ? Que fais-tu ici ?

La stupeur de Mathieu ne s'accompagnait même pas d'un sourire.

— Je suis mandaté par la famille pour venir te secouer, déclara Fabrice.

— Tu plaisantes, j'espère ? Parce que, sinon, tu peux sortir sur-le-champ.

— De mauvais poil, petit frère ? On te disait déprimé, pas grincheux.

— C'est qui, « on » ? Pour la déprime, je vois un psy, et je croyais que ça suffirait à rassurer tout le monde. Sincèrement, Fabrice, je n'ai pas besoin de toi.

— Tu t'imagines que tu n'as besoin de personne et que tu vas remonter la pente tout seul ?

— Pourquoi pas ?

— Tu rêves ! Ta fille se fait un sang d'encre.

— Je sais.

— Alors voilà, en tant qu'aîné je…

— Ah, non, pas ce couplet-là ! L'aîné, le chef de clan, le responsable : va raconter ça à qui tu veux mais pas à moi.

Depuis quand t'intéresses-tu à mes problèmes ? Et qu'est-ce qui te permet de croire que tu pourrais m'aider ? Ce serait une grande première, tu ne l'as jamais fait ! Écoute, si tu passais par Le Havre pour une histoire d'assurance, je bois volontiers un verre avec toi. Mais si tu es venu pour me dire, du haut de ta sagesse, de ne pas me laisser aller : va-t'en.

Fabrice jugea plus prudent de ne rien répondre. Son frère lui semblait si tendu qu'il valait sans doute mieux ne pas le pousser dans ses retranchements. Le regardant avec plus d'attention, il constata qu'il avait beaucoup maigri, que ses traits étaient creusés, ses yeux cernés et son teint livide.

— Tu as très mauvaise mine, dit-il gentiment. Et si nous allions faire un bon gueuleton tous les deux ? Je t'invite !

— La dernière chose dont j'ai envie est de ripailler. Mais je peux t'offrir un café.

— Je préférerais un truc plus amusant. Tu ne bois plus que de l'eau ?

— Non. J'apprécie toujours le bon vin, dont j'évite d'abuser car ça ne règle rien.

Mathieu se dirigea vers la cuisine en faisant signe à son frère de le suivre. Il prit une bouteille de chablis dans le réfrigérateur, l'ouvrit et sortit deux verres.

— Confort minimum, ironisa Fabrice en désignant la table et les bancs de bois clair. Ça te laisse de la place pour danser un rock endiablé ! Tu n'as jamais meublé cette maison ?

— J'y vis pour la première fois. Avant, je ne faisais que passer.

— Elle a un potentiel énorme. Si Jean la voyait, il te donnerait des tas d'idées !

L'allusion à leur frère, qui travaillait à Londres dans le domaine de l'immobilier, n'avait pas suffi à dérider Mathieu.

— Jean ne franchit jamais la Manche, à croire qu'il a le mal de mer.

Fabrice en eut soudain assez de faire des efforts, aussi lâcha-t-il, avec une certaine mauvaise foi :

— Je pense que tu n'aimes pas Jean, et d'ailleurs aucun de nous trois. Tu as toujours fait bande à part.

Mathieu éclata d'un rire sans joie avant de hausser les épaules.

— Tu dis n'importe quoi, Fabrice, et tu le sais. Vous m'avez systématiquement tenu à l'écart parce que j'étais trop petit pour vous. En plus, je ne vous suivais pas comme un brave toutou éperdu d'admiration devant ses grands frères. Je ne vous ai pas servi de faire-valoir, à vous, les trois inséparables ! Comble de malchance, je n'étais pas non plus une fille, or maman en avait marre des garçons et elle ne s'intéressait pas davantage à moi. Alors, pour m'accuser d'avoir fait bande à part, tu dois avoir la mémoire bien courte.

Vaguement embarrassé par ces souvenirs, Fabrice resta silencieux quelques instants.

— C'était il y a longtemps, finit-il par dire. Désolé que tu l'aies si mal vécu. Essayons d'avoir des rapports apaisés, d'accord ? Je voudrais vraiment t'aider à sortir de ta… enfin, de ton malaise. Je vois bien que tu as un vrai problème. D'argent ? De cœur ?

— De ras-le-bol, soupira Mathieu que la discussion épuisait.

Se montrer faible devant son frère l'humiliait mais il était impuissant. Il aurait tant aimé pouvoir affirmer que tout ça n'était rien, qu'il était prêt à reprendre en main sa vie et ses affaires, hélas il n'en avait pas l'énergie, quel que soit son désir. Et comme se confier lui semblait également insurmontable, il se contenta de murmurer :

— Fabrice, j'ai besoin d'être seul.

— Pour ruminer ? Tu n'en tireras aucun profit. Allez, frangin, je n'ai pas fait le voyage pour rien, asseyons-nous et parlons.

— Mais va au diable ! explosa Mathieu. Tu as fait le « voyage » ? Ah, le bel exploit, depuis Rouen il n'y a même pas cent kilomètres ! Eh bien, non, je ne vais pas parler avec toi, et en sortant de chez moi tu ne pourras pas te vanter d'avoir tout arrangé avec ton bagout de courtier en assurances ! Et la prochaine fois que tu te sentiras d'attaque pour ce long périple, va plutôt voir maman qui espère ta visite depuis des mois.

— Ne le prends pas de haut, tu n'as aucune idée de ce qu'est ma vie. J'ai cinq fils, tu te souviens ?

— Ils sont adultes.

— Grands enfants, grands soucis. Il y en a toujours un qui réclame quelque chose. Donc, je travaille comme une brute.

— Tu devrais faire attention, ricana Mathieu.

— À ne pas finir avec un burn-out ?

— Je déteste cette expression à la mode. Et surtout… Surtout, Fabrice, je ne veux pas être traité en malade.

— Ni en tire-au-flanc, hein ?

— Tu as l'art de mal choisir tes mots. Je serais un tire-au-flanc si j'avais un patron, des indemnités de chômage et un congé de maladie dûment rétribué. En ce moment, je torpille ma librairie, et mes finances par la même occasion. J'ai beau en être parfaitement conscient, ça n'y change rien. Le moteur est mort, je ne sais pas comment le réparer, ni même si j'en ai envie. Tu comprends ?

— Pas vraiment, admit Fabrice en secouant la tête.

Il se sentait dépassé parce qu'il avait devant lui un Mathieu qu'il ne reconnaissait pas. Où était le battant rageur qui cherchait inlassablement à faire ses preuves ? Le petit frère qu'ils avaient traité de fillette à dix ans, mais de roquet à vingt, s'était effacé devant un être apathique et vaincu. Au moins, lisait-il encore ou avait-il perdu sa passion des livres avec tout le reste ? Fabrice était venu jusqu'ici persuadé qu'il suffirait de raisonner Mathieu ou de titiller son orgueil pour le faire réagir, hélas il n'en était rien.

— Bon, je vais te laisser, je vois que je suis inutile…

Le soulagement manifeste de son frère lui prouva qu'il avait raison de s'en aller.

— J'aurais tout tenté ! lança-t-il pour se réconforter lui-même.

Mathieu **le** regarda partir sans bouger, puis il alla fermer la porte à clef. En se retournant, il considéra la cuisine trop vaste où la table et les bancs de bois clair, unique mobilier, semblaient perdus.

— Comme moi…, dit-il entre ses dents.

Fabrice avait réussi à le mettre en colère, mais ce n'était pas suffisant pour rompre le cycle infernal qui l'entraînait vers le renoncement.

— César, si tu m'entends là où tu es, aide-moi…

Ce n'était sans doute pas la bonne personne à invoquer, pourtant César, qui avait eu une vie difficile, ne s'était jamais départi de son humour et n'avait jamais été déprimé. Avec lui, Mathieu avait partagé une véritable amitié, le genre de lien chaleureux et bienveillant que ses frères ne lui avaient pas accordé.

— Voilà le nœud du problème, je ne partage plus rien ! Ni avec Tess, qui est trop jeune pour moi et qui voudrait des enfants que je ne lui donnerai pas, ni avec Ange qui voit en moi le héros que je ne suis pas.

Déjà, avec la mère d'Angélique, il avait raté sa vie de couple. Il ne voyait sa propre mère que par devoir et sans réelle affection puisqu'elle l'avait toujours rejeté. À quarante-six ans, il était tenté de jeter l'éponge, de descendre un soir sur la plage de galets et d'entrer dans la mer pour trouver l'oubli ainsi qu'il l'avait avoué à son psy. Seigneur ! Comment avait-il pu en arriver là ? Était-ce au fond de son inconscient qu'il devait chercher l'explication ? Alors, autant multiplier les séances avec Benoît Lévêque jusqu'à extirper de sa tête les raisons d'un malheur qu'il avait fabriqué lui-même.

Écœuré, il vida son verre dans l'évier, enfila un blouson et gagna la terrasse. Au moins, quand il regardait le ballet des navires et des porte-conteneurs, il ne pensait à rien.

*

Tess était absorbée dans la contemplation du *Volcan*, ce drôle de monument en béton blanc signé par Oscar Niemeyer, qui abritait tout un espace culturel et qu'on appelait familièrement « le pot de yaourt ». Pour Tess, venue s'établir au Havre un peu par hasard, le profond attachement des Havrais à leur ville avait d'abord paru incompréhensible. Mais petit à petit, elle s'était mise à aimer cette architecture moderne aux lignes droites, formant un ensemble très cohérent. Ici, après-guerre, sur les décombres d'un centre entièrement dévasté, une centaine d'architectes réunis autour du célèbre Auguste Perret avaient œuvré durant des années pour que la cité retrouve l'air, le soleil et l'espace. Fait assez rare pour un site contemporain, l'inscription au patrimoine mondial de l'humanité était venue couronner tout ce travail.

En rencontrant Mathieu, Tess avait trouvé le guide idéal pour mieux connaître et apprécier les trésors de cette ville qu'il adorait et dont il connaissait tous les recoins. Pour admirer la vue sur le large, elle l'avait suivi dans les escaliers jusqu'à la rue du Fort et aux jardins suspendus. Ils avaient bu des verres au Bout du monde, un bar de plage ouvert aux quatre vents, tout en regardant les paquebots quitter le port. Mathieu lui avait expliqué la présence d'une insolite boîte à lettres rouge, témoignage de la présence du gouvernement belge en exil à Sainte-Adresse durant la guerre. Dans la cathédrale Saint-Joseph, si atypique avec ses fauteuils de cinéma, elle avait vu de quelle façon Auguste Perret, bâtisseur de génie, avait réussi à sublimer le béton armé. Et aussi comment, avec un matériau méprisé, cet architecte visionnaire avait offert aux Havrais des logements résolument modernes, pratiques et ensoleillés.

Ayant choisi exprès une table près de la longue vitre du salon de l'Art hôtel pour voir arriver Benoît, Tess se sentait impatiente. Tout en sachant qu'il ne lui révélerait rien de ses entretiens avec Mathieu, elle n'avait pas pu s'empêcher de lui donner rendez-vous, dans l'espoir d'être au moins rassurée.

— Ne me dis pas que je suis en retard, il est moins cinq ! déclara Benoît en surgissant derrière elle.

— Je te guettais, mais tu as réussi à me surprendre…

— Non, tu rêvassais en fixant le pot de yaourt, je t'ai vue.

Elle l'embrassa avant de le détailler de la tête aux pieds, puis elle sourit, heureuse de constater qu'il n'avait pas changé.

— Tu as l'air en forme, ça me fait plaisir.

— J'ai réussi à me remettre de notre rupture, je suis très fier de moi !

— Benoît, notre petite histoire n'a pas duré assez longtemps pour que tu en souffres.

— Crois-tu ?

— Ne commence pas une litanie de questions censées me confesser, railla-t-elle.

— Déformation professionnelle. Pour relancer le patient, toujours finir par un point d'interrogation ! Je peux tout de même te demander ce que tu bois ?

— Un spritz.

— Tu sacrifies à la mode. À l'époque de notre « petite histoire », tu sirotais des mojitos.

— Et toi des verres de vin blanc.

— J'y suis resté fidèle… comme à beaucoup de choses.

Il fit signe au serveur, passa commande puis reporta son attention sur Tess.

— Tes cheveux sont toujours aussi beaux, soupira-t-il d'un air extasié. Tu es vraiment Boucles d'or !

— Sauf que je ne m'introduis pas chez les ours pour manger dans leurs bols et dormir dans leurs lits.

— Dommage, je me serais immédiatement changé en grizzli… Bon, oublions ça. Tu voulais me voir au sujet de ton ami Mathieu, n'est-ce pas ?

— Oui. Je sais que tu ne peux rien me dire de personnel à son sujet mais je m'inquiète énormément pour lui. Il est méconnaissable.

— Je pense qu'il ne se reconnaît pas lui-même.

— Est-ce qu'il va s'en sortir ? Redevenir comme avant ?

— Il faudrait d'abord qu'il en ait envie. « Comme avant » est peut-être ce dont il ne veut plus.

— Son problème était seulement un excès de travail, un…

— Ne réduis pas les choses à une simple évidence. Quand on décroche aussi brutalement, les raisons sont souvent multiples et profondément enracinées.

— Mais jusque-là, il était heureux !

— Crois-tu ? Explique-moi quelle est sa conception du bonheur.

— Eh bien… D'accord, je l'ignore.

Déçue, Tess comprit que, comme prévu, elle ne tirerait pas grand-chose de Benoît. Elle termina son spritz les yeux dans le vague. Combien de temps allait durer cette situation intenable ? Aimer un homme qui semblait avoir perdu le goût de vivre relevait d'un pari impossible.

— Tu y es attachée à ce point-là ? demanda gentiment Benoît.

— Dans son état normal, tel qu'il était quand je l'ai rencontré, c'est quelqu'un de merveilleux.

— Pourquoi ?

— Il possède un charme fou dont il n'est même pas conscient, ce qui le rend craquant. Il est modeste, il sait écouter, pourtant il déborde d'énergie ! Et avec les femmes, il est délicat, protecteur… C'est un homme honnête, droit, altruiste. Il respecte la liberté des autres et il peut se mettre en quatre pour faire plaisir. Il est passionné par la littérature, il en parle bien, il fait partager ses coups de cœur. Jamais il n'est méprisant, d'ailleurs ses employés l'adorent. Il s'acharne à réussir mais l'argent n'a pas beaucoup d'importance pour lui.

— Quel portrait ! Ce serait donc l'homme parfait ? ironisa-t-il.

— C'était. Aujourd'hui, il repousse tout le monde, moi comprise. J'étais pourtant persuadée que nous nous aimions et que nous allions construire quelque chose ensemble.

Elle releva la tête, dévisagea Benoît qui se taisait pour une fois, oubliant de relancer le dialogue par une de ses sempiternelles questions.

— Excuse-moi, murmura-t-elle. Tu n'as peut-être pas envie d'entendre ça.

— Non, en effet. Mais qu'importe ! Tu as le droit d'aimer qui tu veux, évidemment...

— Tu me trouves bête de l'attendre, d'espérer ?

— L'amour n'est ni bête ni intelligent. Je te rappelle seulement que tu as trente-sept ans, Tess. Construire prend du temps, à toi de savoir si tu en as.

— Je comptais sur toi pour me le dire.

— Je ne suis pas devin. Et puis je me sens encore trop concerné pour être tout à fait impartial. Pour ma part, à l'époque de notre « petite histoire », j'aurais adoré construire avec toi... bien que tu ne sois pas la femme parfaite !

Tess se sentit très maladroite. Avoir sollicité Benoît pour parler de Mathieu était une mauvaise idée. Non seulement il ne pouvait rien dire d'un point de vue déontologique, mais de plus il n'avait aucune envie de discuter de celui qu'il prenait pour un rival. Elle savait bien qu'il avait mal digéré leur rupture, trois ans auparavant, cependant elle ignorait qu'il avait conservé un quelconque espoir de reconquête, que ses propos trahissaient.

— Mathieu n'a pas toute ta sympathie, n'est-ce pas ? Je regrette de te l'avoir adressé et je m'en excuse. Peut-être vaudrait-il mieux qu'il voie quelqu'un d'autre ?

Benoît secoua la tête en signe de dénégation.

— Ne t'inquiète pas, j'arrive à faire la part des choses. Et je ne suis pas borné au point de lui en vouloir. Ni à toi, évidemment. J'ai une vie sentimentale qui me satisfait et je ne m'attarde pas sur des regrets qui sont aujourd'hui apaisés. Si je peux, en aidant Mathieu à surmonter ses difficultés actuelles, contribuer à ton bonheur, je serai content.

Sa sincérité, désarmante, bouleversa Tess qui sentit une boule se former dans sa gorge. La voyant émue, il plaisanta :

— Allez, ton mec n'est pas le seul à être altruiste ! Et je ne te réclame même pas un dîner en remerciement de mon dévouement car j'ai rendez-vous. Mais je te laisse payer le verre…

Ravalant ses larmes, elle lui adressa un vrai sourire.

*

Angélique regardait avec consternation le feuillet que Corentin agitait sous son nez.

— Voilà, nous y sommes ! martela-t-il. Des chiffres en baisse, c'était inéluctable. On fait de notre mieux, tous, mais on ne peut pas remplacer Mathieu. Cette librairie est en train de perdre son âme.

— Vous exagérez. D'abord, il y a la crise qui fait que partout on vend moins de livres.

— Elle a bon dos, la crise ! Figurez-vous que Mathieu s'en moquait. Il disait que tant qu'on a des idées et de l'enthousiasme…

— Vous parlez de lui au passé, comme s'il était mort ! protesta rageusement la jeune fille.

— Désolé. Mais je voudrais bien connaître la date de son retour, nous avons vraiment besoin de lui ici. Personne ne comprend ce qui lui arrive, et les employés posent de plus en plus de questions.

— Répondez-leur que vous ne savez rien.

Conservant son sang-froid, Angélique gardait la tête haute, pourtant elle se sentait effrayée et impuissante.

— Au rythme actuel, nous avons deux mois de survie, insista Corentin. Après, j'ignore de quelle façon je réglerai les salaires.

Il reprit sa feuille qu'il laissa tomber sur le bureau. Relevant les yeux, il considéra Angélique quelques instants avant de changer d'expression.

— Je ne devrais pas vous harceler, vous n'y pouvez rien. Tout ça est tellement… inattendu. J'aurais parié ma chemise sur Mathieu. Sa capacité de travail me bluffait. Avant lui, je n'avais jamais rencontré quelqu'un d'aussi déterminé. Depuis le temps que je suis comptable pour de petites entreprises, je peux vous affirmer que celle-ci était un modèle jusqu'à cette foutue déprime qui n'a ni rime ni raison !

— Mon père détesterait vous entendre.

— Et moi, je déteste qu'il soit malade sans qu'on sache exactement de quoi. S'il était sur un lit d'hôpital, je pourrais lui apporter des chocolats et tabler sur le pronostic des médecins. Là, nous sommes dans le flou, l'incertitude, c'est très angoissant.

Angélique jeta un coup d'œil à travers la vitre dont elle avait pris soin de relever le store en entrant dans le bureau. L'animation de la librairie lui sembla moins importante que de coutume, mais ne se laissait-elle pas influencer par le pessimisme de Corentin ? La situation n'était peut-être pas si catastrophique, après tout son père n'était absent que depuis quelques semaines.

— Il y a deux mois que Mathieu n'a pas mis les pieds ici, rappela Corentin comme s'il savait exactement à quoi pensait la jeune fille. De nos jours, les affaires sont fragiles, on se trouve en difficulté très vite.

— Au lieu de vous lamenter, pourquoi n'arrivez-vous pas à le remplacer efficacement ? Nadia connaît la maison par cœur, et vous aussi !

— Vous ne comprenez pas, Ange, soupira-t-il d'un ton résigné. Votre père n'a jamais beaucoup délégué. Nous ne sommes pas habitués, ni même *habilités* à décider à sa place. Savez-vous combien de représentants des éditeurs viennent ici chaque mois pour parler de leurs nouveautés ? Une cinquantaine ! Mathieu les connaît tous, il écoute les argumentaires, discute, choisit. En ce moment, c'est l'un des vendeurs qui remplit ce rôle, mais il n'a ni l'expérience ni la sûreté de jugement de Mathieu. Personne ici ne prendra d'initiative sans lui. Pas de signature ou de conférence d'auteurs, pas de soirée à thème, plus rien d'original qui nous sorte de la routine. Or quand le chiffre baisse, nos marges baissent aussi car elles sont systématiquement rediscutées. Deux pour cent en plus ou en moins, c'est énorme au bout du compte. Je vous jure qu'il y a de quoi s'inquiéter.

— Évidemment, tout vous fait peur !

Il se redressa, lui adressant un regard de reproche.

— Vous allez trop loin. Je suis très concerné par cette librairie, mais si elle finit par fermer, je trouverai facilement du travail ailleurs. Je ne fais que vous mettre en garde, parce que je vous trouve sympathique et surtout parce que j'ai de l'amitié pour Mathieu. Ne me tenez pas pour responsable de la bonne marche de l'affaire, ce n'est pas mon boulot.

Navrée de l'avoir vexé, Angélique voulut le retenir en posant une main sur son épaule, mais il se dégagea d'un mouvement brusque.

— Les comptes sont à jour, déclara-t-il en refermant son ordinateur portable.

— Corentin ! Vous n'allez pas me laisser tomber ? Je suis dépassée par les événements, et je suppose que tout le monde le voit. Au début, je croyais que ce serait l'affaire de quelques jours, que je servirais seulement de relais à papa. Comme je n'ai ni la prétention ni l'intention de le remplacer, je me suis dit que vous tous, ici, pourriez très bien vous en sortir sans lui. Sauf que ça dure et que si vous me lâchez, vous et Nadia...

Sans achever sa phrase, elle se mordit les lèvres. Se montrer faible ou perdue devant Corentin n'était pas le meilleur moyen de le rassurer. Mais ne venait-il pas d'affirmer qu'il pouvait très bien trouver un emploi ailleurs ? Était-il vraiment concerné par l'avenir de cette librairie ? Et que dirait son père si elle était responsable du départ de Corentin, le précieux comptable ?

— Ne vous faites pas de souci pour ça, Angélique. Je reste. En tout cas jusqu'au retour de Mathieu, s'il daigne revenir un jour !

Il se contenta d'un petit signe de tête avant de quitter le bureau, la laissant désemparée. Bon sang, elle était en train de négliger ses études, ses amis, elle avait mille choses à faire et elle perdait son temps ici. Malgré son désir d'aider son père, elle n'arrivait à rien.

De nouveau, son regard se porta vers la librairie. Corentin était près de la porte, il parlait à Nadia, visage fermé. Répétait-il ce « tout vous fait peur » qui l'avait tellement vexé ? Bon, elle n'aurait pas dû, elle l'avait dit sans y penser. D'où lui venait donc ce cliché au sujet des comptables forcément timorés et effacés ? Corentin était assez viril, plutôt beau garçon. Quel âge avait-il ? La trentaine ? Elle le suivit des yeux tandis qu'il quittait la librairie, mais elle fut distraite par la sonnerie de son téléphone.

— Salut, c'est Fabrice ! Comment vas-tu, ma jolie nièce ?

— Bien, merci. Alors, tu as vu papa ?

— Sans succès, je dois l'avouer. Il se complaît dans sa dépression et il m'a quasiment mis dehors. Je suis désolé, mais j'abandonne.

Très déçue, Angélique échangea quelques banalités avec son oncle qu'elle remercia néanmoins d'être venu de Rouen.

— Ce n'est pas si loin, ton père me l'a fait remarquer, dit-il d'un ton ironique. Et puis, j'en profite pour rencontrer un confrère. Sinon, je t'aurais invitée à dîner. Bon, écoute, pour Mathieu… Je ne sais pas si on peut faire quelque chose. Peut-être ta mère ? Ils sont restés en bons termes, non ?

— Elle habite Paris, et je te rappelle qu'elle a un homme dans sa vie.

— Et alors ? Mathieu a bien une maîtresse ! D'ailleurs, pourquoi n'est-elle pas avec lui ?

— Parce qu'il ne veut voir personne. Mais elle a obtenu qu'il consulte un psy.

— Eh bien, il n'est pas tiré d'affaire !

Le rire joyeux de son oncle l'exaspéra au point qu'elle lui souhaita rapidement une bonne soirée avant de couper la communication. Elle n'avait pas eu grand espoir en l'appelant à l'aide, et l'idée d'avoir recours à sa mère lui semblait incongrue. Oui, ses parents avaient conservé une relation amicale et apaisée, mais ils s'aimaient bien de loin, sans désir de se rapprocher. Un instant, elle songea à sa grand-mère, ce qui lui arracha un sourire amer car Micheline n'était pas en état d'aider qui que ce soit, et surtout pas Mathieu. Non, elle était la seule à pouvoir encore tenter quelque chose. Mais quoi ? Elle avait beau se creuser la tête, elle ne trouvait rien. Pourtant, elle voulait de toutes ses forces sortir son père du trou noir dans lequel il avait sombré. Il avait toujours été présent pour elle, attentif à toutes les étapes de son enfance et de son adolescence. Malgré le divorce et l'éloignement, il n'avait cessé de lui répéter qu'il l'aimait et qu'elle pouvait compter sur lui. Elle l'avait pris au mot en venant s'installer au Havre, et elle n'avait pas été déçue. À son tour, elle voulait lui prouver qu'elle était une jeune fille solide sur laquelle il n'avait qu'à s'appuyer, le temps d'aller mieux. S'il allait mieux un jour...

Elle passa derrière le bureau, s'assit à la place habituelle de son père, occupée désormais par Corentin ou par Nadia. Était-il concevable que la librairie ferme d'ici quelques mois ? Qu'elle soit rachetée et transformée en commerce de vêtements ou en restaurant ?

La porte s'ouvrit brusquement sur Nadia qui toisa Angélique d'un air furieux.

— Vous voulez nous fâcher avec Corentin ? Nous avons pourtant assez de soucis comme ça ! Vous l'avez humilié avec votre réflexion qu'il n'a pas digérée. Non, il n'a pas peur de tout, au contraire, depuis quelques jours il prend ici des décisions bien éloignées de sa seule responsabilité de comptable !

Elle utilisait un ton si véhément qu'Angélique se sentit agressée.

— Beaucoup de bruit pour pas grand-chose, répliqua-t-elle. Je ne savais pas Corentin susceptible à ce point...

— Il ne s'attendait pas à ça de votre part.

— Oh, ce que je dis n'a pas une telle importance !

— Pour lui, si. Vous ne voyez donc rien ?

Rouge de colère, elle sortit à grands pas en laissant la porte ouverte. Qu'est-ce qu'ils avaient donc, tous ? Allaient-ils se liguer contre elle parce qu'ils la jugeaient incompétente ? Et sans doute exaspérante avec son obstination à passer tous les jours pour finalement ne rien faire de précis et ne donner aucune bonne nouvelle de Mathieu.

— Oh, papa…, soupira-t-elle.

Elle posa ses coudes sur le bureau, et le menton dans ses mains. En effet, elle n'était pas à sa place dans ce fauteuil. Elle ferait mieux d'espacer ces visites inutiles et ne penser qu'à ses partiels dont la date approchait. Les études à l'ISEL étaient d'un haut niveau, elle devait leur consacrer toute son énergie. Une fois qu'elle aurait son diplôme d'ingénieur – si toutefois elle parvenait à l'obtenir –, elle rêvait de se diriger vers la logistique internationale, ce qui lui permettrait de beaucoup voyager. D'ici là, elle devait encore se perfectionner en anglais, et elle projetait de passer l'été suivant chez son oncle Jean. Accepterait-il de la recevoir ou, à défaut, de lui trouver un petit logement à Londres ? En temps normal, son père aurait tout arrangé pour elle, mais dans l'état où il se trouvait maintenant…

Découragée, elle abandonna le bureau, ramassant au passage le feuillet que Corentin avait brandi devant elle un peu plus tôt. Qui sait si, en le voyant, son père ne finirait pas par réagir ? Elle descendit au rez-de-chaussée, traversa la librairie et sortit sans regarder personne.

*

Qu'on vienne frapper au carreau d'une de ses fenêtres avait exaspéré Mathieu. Délibérément, il n'avait pas fait réparer la sonnette pour avoir la paix, et il détestait les visites surprises, ainsi qu'il l'avait expliqué à son frère Fabrice. Les deux inconnus qui se tenaient derrière la vitre lui semblaient très malvenus. Néanmoins, il alla leur ouvrir, vaguement inquiet.

— Mathieu Carrère, je présume ? lui lança l'homme avec un sourire qui se voulait poli mais qui n'était que contraint. Je me présente, Albert Delvaux, et voici ma sœur Lucie. Nous sommes les cousins de César.

— Ceux de Johannesburg ? s'étonna Mathieu.

— Tout juste. Mais comme vous le constatez, nous voilà de retour en France.

Un court silence plana, qui aurait dû permettre à Mathieu de les inviter à entrer, pourtant il n'en fit rien.

— Que puis-je pour vous ? se contenta-t-il de demander.

— Nous voudrions vous parler au sujet de cette maison…

Lucie semblait embarrassée et gardait les yeux baissés, tandis qu'Albert affichait un air conquérant.

— Eh bien ? lâcha Mathieu, pressé de les voir partir.

Contrarié de devoir rester sur le pas de la porte, Albert eut un geste éloquent vers la façade.

— Vous en avez fait l'acquisition dans des conditions discutables. D'après le notaire que nous avons contacté, il n'y a eu que le versement d'un bouquet plutôt dérisoire, et seulement neuf mensualités puisque César est décédé dans l'année.

— Ce qui m'a beaucoup attristé car j'étais son ami.

— Vraiment ? Vous admettrez que, de notre point de vue, cet achat soit assez louche.

— Louche ? répéta Mathieu, incrédule.

— Une bouchée de pain, c'est ce que vous avez payé, et encore ! Aussi sommes-nous en droit de supposer que vous saviez peut-être des choses sur son état de santé. Par exemple s'il était très mal en point au moment de la vente. Vous venez de dire que vous étiez son ami, et donc…

— N'allez pas plus loin, avertit Mathieu, vous risquez de vous égarer. J'ai acheté cette maison devant notaire, de la façon la plus légale qui soit. Avoir une rente rassurait César quant à son avenir.

— Il n'a eu ni rente ni avenir ! Oui, l'acquisition est *légale*, nous a-t-on affirmé, mais elle est aussi immorale, j'espère que vous vous en rendez compte. Vous aviez déjà acheté son commerce, et j'ignore à quel prix d'*ami*, alors comprenez nos doutes.

— Doutes ? Bien, on va en rester là, monsieur Delvaux.

Mathieu se détourna, mais Albert le retint par la manche.

— Attendez ! Si vous fuyez la discussion, c'est que vous n'êtes pas très à l'aise, n'est-ce pas ?

Une bouffée de rage secoua Mathieu qui repoussa Albert sans ménagement.

— Lâchez-moi, et je vous conseille de garder vos distances.

— Désolé, mais vous ne nous avez même pas invités à entrer, or parler devant la porte n'est pas très agréable.

— Je n'ai rien à vous dire. Vous frappez chez moi pour m'expliquer que je suis un voleur et vous voudriez que je vous accueille ? On rêve !

— Ne vous fâchez pas, marmonna Lucie sans regarder personne.

Mathieu lui trouva l'air d'une petite souris affolée. Sans doute soutenait-elle aveuglément son frère, mais sans être certaine du bien-fondé de ses arguments. L'ignorant, il continua de s'adresser à son frère.

— Intentez une action en justice si ça vous chante, mais renseignez-vous avant de perdre votre argent. En droit français, le décès du crédirentier peut survenir quelques jours après la vente sans que cela change quelque chose à la validité des actes.

— Nous sommes aussi français que vous et nous connaissons les lois ! s'indigna Albert. Le délai légal est de vingt jours, ce qui est absurde. De toute façon, César était un ivrogne, il ne pouvait pas faire de vieux os.

— Vous le teniez en piètre estime...

— Et vous avez tablé sur une mort rapide, vu son état, débita obstinément Albert. Or le bouquet de départ était ridicule, comme si vous alliez lui servir des rentes pendant trente ans ! Pour moi, vous avez honteusement profité de son amitié.

Mathieu fit un pas en avant, obligeant Albert à reculer.

— Foutez le camp, dit-il d'une voix sourde.

— Je n'ai pas fini ! Qu'est-il advenu du mobilier de la maison ?

— Vous en avez touché le produit, mon notaire s'en est chargé.

— Y a-t-il eu un inventaire ou avez-vous tout fait disparaître avant ?

Submergé de colère, Mathieu enfouit ses mains dans ses poches pour ne pas être tenté de saisir Albert au collet. Il ne s'était pas bagarré depuis bien longtemps mais l'envie le démangeait.

— Monsieur Delvaux, vous tenez des propos inadmissibles et je me retiens, par égard pour votre sœur, de vous flanquer mon poing dans la figure. Maintenant, je vais rentrer chez moi, vous chez vous, et ne revenez jamais, nous n'avons plus rien à nous dire.

— Vous ne comprenez pas ! se mit à hurler Albert. César était de ma famille, et même si mes parents le tenaient pour un irrécupérable poivrot, ils se donnaient la peine de venir le voir. J'ai joué dans ce jardin, j'ai goûté dans cette cuisine quand j'étais gosse ! Ici, ce sont mes racines, pas les vôtres. Vous êtes un intrus et un voleur !

Emporté par la rage, il eut le tort de faire mine de se jeter sur Mathieu qui l'évita, l'attrapa au passage et, d'une prise de judo, l'expédia au sol où il se reçut mal.

— Vous êtes fou ! piailla Lucie en se précipitant vers son frère.

Albert se tenait l'épaule gauche mais il écarta sa sœur et se releva, apparemment plus humilié que blessé. Certes, il ne savait pas tomber, mais Mathieu l'avait retenu dans sa chute comme s'ils avaient été sur un tatami.

— Vous aurez de mes nouvelles, croyez-moi ! lâcha Albert d'une voix mal assurée.

Escorté par Lucie, il s'éloigna la tête haute. Mathieu les suivit des yeux jusqu'à ce qu'ils disparaissent en bas de la rue. Il n'en revenait pas de sa réaction, lui qui n'était pas bagarreur, en plus il aurait juré, une heure plus tôt, que tout le laissait indifférent.

— Quel type odieux…, marmonna-t-il en rentrant chez lui.

Allait-il porter plainte ? De ça, au moins, Mathieu se moquait bien. Ce qui l'avait mis hors de lui était le mépris évident qu'Albert affichait envers César. Et dire que celui-ci n'avait que ces deux cousins pour toute famille !

« Tu seras drôlement bien chez moi, le jour où je ne serai plus là. » Il l'avait affirmé avec un sourire réjoui, le jour de la signature du viager. Il prétendait qu'il fallait pouvoir respirer l'air de la mer et la regarder d'en haut. Il disait aussi qu'il était né dans cette maison et qu'il voulait mourir sur sa terrasse, en comptant les bateaux. Mathieu ne savait pas grand-chose de son passé parce que César n'en parlait pas et n'appréciait pas d'être questionné. En revanche, il aimait tourner la vie en dérision, ou tempêter contre une époque qu'il ne comprenait plus.

— Tu me manques, vieux… Et ton cousin est un abruti, tu aurais pu me prévenir !

Bougonner à voix haute devenait une habitude, il devait se surveiller s'il ne voulait pas finir comme un ermite grincheux. Grincheux… Fabrice avait utilisé ce terme pour le désigner. Et Angélique, avec quels mots décrivait-elle son père, ces derniers temps ? À la dérive ? Incapable de remonter la pente ? Mou, lâche, sans volonté ?

En traînant les pieds, il alla se préparer un café. La décharge d'adrénaline reçue au moment de l'affrontement avec Albert Delvaux s'était à présent délayée et il retrouvait son habituelle lassitude. Il haïssait cet état dégradant qui rongeait toutes ses pensées comme un cancer aurait rongé son organisme. Se flanquer des claques ? Il y avait bien songé mais n'avait réussi qu'à se rougir les joues et se faire mal aux dents. Sans doute faudrait-il augmenter la fréquence des visites chez Benoît Lévêque ; face à lui il éprouvait parfois un semblant de soulagement. Davantage d'assiduité lui permettrait peut-être d'apercevoir enfin le bout du tunnel. Inlassablement, il se demandait quel avait été l'élément déclencheur, la goutte d'eau faisant déborder le vase. Il aimait son métier, il adorait sa fille, il était amoureux de Tess, alors où était donc le foutu problème non identifiable ? Pas d'employeur pour le harceler, pas de dégringolade sociale, rien qu'un improbable et effroyable ras-le-bol.

« Je n'apprécie plus l'existence, tout intérêt pour la vie et pour les gens a disparu, je pense souvent à la mort. » Voilà ce qu'il avait confié à son psy en conclusion de leur dernier entretien. Il était sincère et ça le désespérait. Comme César, il ne comprenait plus son époque, la jugeait faite de fausses valeurs et de faux-semblants. Une certaine bien-pensance neutralisait le libre arbitre, la culpabilisation était le nouveau credo. Pendant ce temps-là, la planète était de nouveau à feu et à sang pour d'éternelles guerres de religion, la terre entière se détruisait tout en le niant, les yeux obstinément fermés. Mathieu ne voyait nulle raison d'espérer. *Si tous les gars du monde* était une ritournelle mensongère, personne ne se donnait la main.

Il jeta son café dans l'évier et s'allongea sur l'un des bancs de bois, submergé de fatigue et dégoûté de l'être.

3

— Ta mère a eu bien de la chance d'avoir une fille ! Moi, je n'ai pas connu ce bonheur…

La voix plaintive de Micheline irritait Angélique, mais elle essayait de garder le sourire.

— Maman aurait été aussi contente avec un garçon, je suppose.

— Oui, pose mon verre là si tu veux.

— Je suppose ! répéta Angélique en élevant la voix.

— Ne crie pas. Il n'y a rien à supposer tant qu'on n'a pas eu d'enfant. Une petite fille, vois-tu, j'aurais pu l'habiller en rose. J'avais tout préparé en tricotant jour et nuit, des chaussons, des gilets, des grenouillères, et aussi un lapin ! Mais tout est resté dans une boîte, enveloppé de papier de soie. Même à ta naissance, je n'ai pas eu envie de m'en séparer. Aujourd'hui, je m'en fiche. D'ailleurs je ne sais pas ce que c'est devenu, avec les déménagements. Si tu retrouves la boîte, eh bien, elle est à toi ! Est-ce qu'au moins tu penses au mariage ?

— Non, grand-mère. Je n'ai pas de petit copain assez sérieux pour faire un mari, et j'ai bien le temps à mon âge.

— Tu es sage ? Ne le sois pas trop, la vie est courte.

Renonçant à se faire comprendre, la jeune fille proposa une promenade autour du parc.

— Tu n'y penses pas ! Il fait bien trop froid. Ouvre plutôt ce paquet de biscuits. Tu es gentille de les avoir apportés, en vieillissant on devient gourmand. Et explique-moi pourquoi ton père ne vient plus me voir. Il m'offre toujours des chocolats, et maintenant, je n'en ai plus. Que fait-il donc ? Il est en voyage ? Je croyais qu'il ne pouvait pas lâcher sa chère librairie…

— Il est un peu malade. Déprimé.

— Primé ?

— DÉ-PRI-MÉ !

— Arrête de hurler, tu vas ameuter tout l'étage. Déprimé ? Et pourquoi, grands dieux ?

— Je ne sais pas. Il a trop travaillé.

— Le travail ne rend pas malade, quelle idée ! Non, le problème de Mathieu est qu'il veut toujours prouver des choses. Aux autres, à lui-même… Il était déjà comme ça quand il était petit. Revanchard. Ne le lui dis pas, pour ne pas lui faire de peine, mais il m'agaçait avec ses bouquins, son judo, tout ce qu'il inventait pour se différencier de ses frères. Je crois qu'il voulait attirer mon attention, seulement, tu comprends, j'avais fort à faire avec les trois aînés, la maison à tenir… Et puis, je me suis retrouvée veuve tôt, il a fallu que je me débrouille, alors, les états d'âme de Mathieu, je n'avais pas le temps de m'en soucier.

— Il en a peut-être souffert.

— Penses-tu ! affirma Micheline d'un ton péremptoire.

Elle ne se remettait pas en question, certaine d'être une bonne mère, ce qu'elle avait été avec ses trois premiers fils, mais pas du tout avec le dernier. Angélique le savait, ayant soutiré quelques confidences à son père, à une époque où il allait assez bien pour en rire.

— Non, non, crois-moi, martela Micheline, Mathieu a toujours cherché à se faire remarquer.

— Tu viens de l'avouer, il cherchait ton attention.

— Quelle pension ? Il n'a jamais été en pension ! Il t'a raconté ça ? Tu vois bien qu'il veut se faire remarquer.

Angélique étouffa un soupir et se leva.

— Je dois y aller, grand-mère. J'ai un cours dans une heure, je file.

— Oui, tu es une bonne fille... Mais reviens plus souvent, et pense à mes chocolats. Je ne comprends pas que tout le monde se fiche éperdument de ce que je deviens ici. J'aimerais vous y voir ! Une maison de retraite, c'est triste à pleurer.

Pourtant, elle gardait les yeux secs. Angélique ne se sentait pas émue, néanmoins elle l'embrassa affectueusement. En sortant, elle fut surprise par un vent glacé qui l'obligea à relever son col et à baisser la tête. Elle devait traverser le parc pour gagner son arrêt d'autobus, aussi se mit-elle à courir comme si elle voulait s'éloigner au plus vite. Chaque visite à sa grand-mère lui laissait la même impression mitigée. Elle aurait voulu éprouver de la compassion, mais la manière dont Micheline parlait de son père la révoltait. Pour Fabrice, Jean et Sylvain, qui ne se déplaçaient jamais, elle avait toutes les indulgences, mais aucune pour Mathieu alors qu'il avait été le seul à s'occuper d'elle durant ces dernières années. L'égoïsme du grand âge n'expliquait pas tout, elle n'avait vraiment pas aimé son dernier fils, ce garçon en surplus dont elle n'avait su que faire. Et qu'il soit déprimé ne l'intéressait pas.

Essoufflée et réchauffée, mais toujours très songeuse, Angélique réussit à attraper un bus qui allait la conduire à l'ISEL juste à temps pour son cours.

*

Tess dévisageait l'inconnue avec incrédulité.

— Oh... Euh... Enchantée, réussit-elle à dire.

La femme d'une quarantaine d'années qui était entrée dans sa boutique venait de se présenter comme Charlotte, la mère d'Angélique et donc l'ex-femme de Mathieu.

— J'aurais dû vous prévenir, s'excusa-t-elle avec un sourire affable. Mais à ma descente du train, Ange était injoignable, sans doute en cours, et j'avoue que la curiosité a été la plus forte, j'ai eu envie de vous voir.

— Bien sûr, je comprends, dit Tess qui restait sur la défensive.

— Je ne viens jamais au Havre, je n'ai pas réussi à aimer cette ville malgré tous les efforts de Mathieu... Mais votre magasin est ravissant.

— Il est tout petit.

— Et rempli de merveilles !

Un homme entra à cet instant, et Charlotte se dirigea vers un présentoir qu'elle fit mine d'examiner. Déstabilisée, Tess aida son client à choisir rapidement un cadeau qu'elle emballa en hâte. Lorsqu'elles furent de nouveau seules, Charlotte reprit la parole.

— Je ne veux pas vous gêner dans votre travail.

— Vous ne me gênez pas. Je suis seulement... intriguée.

— Ma fille s'inquiète beaucoup pour son père. Vous devez le savoir, puisque je crois que vous êtes assez proches.

— Nous nous inquiétons toutes les deux.

Tess retrouvait peu à peu son assurance. Charlotte et Mathieu étaient divorcés depuis longtemps et, d'après leur fille, ils conservaient des rapports apaisés, quasiment amicaux. En revanche, Charlotte pouvait prendre ombrage de l'affection d'Angélique envers Tess. Aucune mère n'a envie d'être supplantée dans le cœur de son enfant par une étrangère, cependant il n'y avait pas eu trace d'agressivité dans le mot « proches » que Charlotte venait d'utiliser.

— Eh bien, nous sommes désormais trois à nous faire du souci ! J'ai toujours beaucoup d'affection pour Mathieu qui est un type formidable, je ne vous apprends rien.

Cherchant une réponse appropriée, Tess dévisagea Charlotte qu'elle trouvait très belle. Brune, les cheveux courts et bien coupés, de grands yeux noirs bordés de longs cils, une jolie bouche, un maquillage discret et une silhouette élégante. Charlotte paraissait plus jeune que son âge et pourtant, elle avait sept ans de plus que Tess qui se sentit soudain complexée face à elle. La fatigue de la journée avait dû faire couler son mascara et effacer son rouge à lèvres. Quant à son jean et son col roulé, s'ils étaient confortables pour passer toute la journée dans son magasin dont la porte s'ouvrait sans cesse, ils semblaient en revanche bien banals devant les vêtements au chic très parisien que portait Charlotte.

— Voulez-vous un café ? proposa Tess. J'ai une machine dans mon arrière-boutique.

Elle l'entraîna vers une petite pièce aveugle encombrée de tout un bric-à-brac.

— Je manque vraiment de place ! s'exclama-t-elle en prenant deux gobelets en carton. J'ai fait récemment une grande razzia chez mes fournisseurs pour tenir jusqu'après Pâques, et au fur et à mesure des ventes je regarnis mes présentoirs.

— Ne vous excusez pas, c'est moi qui m'impose. Et peut-être ai-je tort d'imaginer que je peux quoi que ce soit pour Mathieu. J'aimerais que vous me parliez de son état. Ange est tellement catastrophée qu'elle appelle à la rescousse tous les membres de la famille… moi comprise ! Il va donc si mal ?

— Il est en pleine dépression, et personne ne comprend pourquoi. Mais il voit un psy, ça l'aidera peut-être au bout d'un moment.

— Et ça a commencé comment ?

— D'un coup. Je crois qu'il s'est réveillé sans force un beau matin, vidé et dégoûté de tout.

— De vous aussi ?

La question était si directe que Tess se crispa.

— Mieux vaut se parler franchement, non ? ajouta Charlotte.

— Il ne veut voir personne. Et je ne le prends pas pour moi, parce que même la présence d'Ange lui déplaît, alors qu'il l'adore.

— Je ne sais pas si je ferai mieux que vous deux, mais je vais tout de même essayer puisque je suis là. Ça vous ennuie que j'y aille sans vous ?

— Bien sûr que non.

Mais en le disant, elle ressentit une pointe de jalousie. Mathieu resterait-il indifférent devant cette très belle femme qu'il avait aimée ? S'était-il jamais remis de la rupture qu'elle lui avait imposée ? Et si, par chance, elle obtenait qu'il sorte de sa torpeur pour redevenir lui-même, ce serait sa victoire à elle, comme si personne d'autre ne comptait pour lui. Néanmoins, Tess avait besoin que Mathieu guérisse, elle le voulait de toutes ses forces, aussi était-elle prête à s'incliner devant l'influence que Charlotte avait peut-être conservée sur lui.

— Voulez-vous que je vous indique comment vous rendre à Sainte-Adresse ? proposa-t-elle.

— Je pense me souvenir des bus qui montent jusque-là. J'ai tout de même vécu au Havre quelques années ! Mathieu voulait tellement y revenir, alors que je rêvais de rester à Paris. Mais il n'aurait pas eu les moyens d'y monter une affaire, or il ne comptait pas rester employé toute sa vie. Alors, je l'ai suivi parce qu'Ange était née et… Oh, je suppose qu'il vous a raconté tout ça ?

— Oui, à peu près.

En rencontrant Tess, Mathieu avait été franc mais ne s'était pas appesanti, résumant son passé en quelques phrases sibyllines. Depuis, il n'évoquait que rarement Charlotte, et uniquement s'il était question de leur fille. Cependant, il n'avait pas fait mystère de la blessure provoquée par leur divorce, par le départ de Charlotte et d'Angélique avec elle. Cette rupture aurait pu provoquer la boulimie de travail dont souffrait Mathieu, mais celle-ci était bien antérieure puisqu'elle en était justement la cause. Un mari toujours absent avait été le principal argument de Charlotte pour quitter Mathieu.

— Les débuts de la librairie ont été un cauchemar pour moi, mais lui était aux anges. Plus il travaillait, plus ça marchait, il gagnait son pari de réussir dans un secteur difficile. Pourtant nos emprunts étaient très lourds, et Mathieu ne dormait que trois heures par nuit sans jamais prendre de vacances. J'ai refusé de m'impliquer, je ne voulais pas être aspirée à mon tour. Comme quoi nous ne partagions plus la même vision de l'existence. Se séparer a fini par être la seule solution. Pour Angélique, nous sommes restés plutôt bons amis malgré nos désaccords.

Elle termina son café, lança son gobelet dans la poubelle d'un geste précis. Tess l'avait écoutée avec attention mais sans la regarder, gardant la tête tournée vers son magasin. Pourquoi ces confidences ? Et pourquoi Charlotte était-elle venue la voir au lieu de se rendre directement auprès de Mathieu ? La curiosité n'expliquait pas tout, d'autant plus que, si Charlotte parlait beaucoup, elle ne posait guère de questions. Avait-elle seulement voulu voir à quoi Tess ressemblait ?

Le carillon de la porte signala l'arrivée de deux clients, et Tess eut une mimique d'excuse envers Charlotte qui murmura :

— Je me sauve. Merci pour le café !

Elle s'éclipsa discrètement, laissant Tess désemparée. Saurait-elle jamais de quelle façon allait se dérouler la rencontre avec Mathieu ? Une fois encore, comme souvent ces derniers temps, elle se sentit impuissante, inutile, au bord du découragement. Elle dut faire un effort pour accueillir ses clients avec le sourire, et pour ne pas suivre des yeux la silhouette de Charlotte qui s'éloignait.

*

Après avoir passé toute la matinée sous sa couette, Mathieu avait fini par aller prendre une douche, puis il avait enfilé les premiers vêtements qui lui tombaient sous la main. Une longue après-midi s'étendait devant lui, son prochain rendez-vous avec Benoît Lévêque ne devant avoir lieu que le lendemain. Sans appétit, il se contenta d'un café bien sucré avant de sortir pour se livrer à la seule occupation qui l'apaisait : regarder la mer.

Mais en ouvrant la porte-fenêtre donnant sur la terrasse, il reçut un choc. Dans le jardin en friche, tout le long de la clôture, des détritus s'amoncelaient. Incrédule, il descendit voir de plus près et fut obligé de constater que des monceaux d'ordures avaient été déversés chez lui, sans doute dans le courant de la nuit, quand toute la ville de Sainte-Adresse dormait. À la stupeur succéda aussitôt la colère. Qui pouvait être assez malintentionné ou désœuvré pour avoir jeté tout ça par-dessus le grillage rouillé ? Pas ses voisins, qu'il connaissait à peine et saluait de loin, mais toujours courtoisement. Des jeunes ayant trop bu ? Mais la veille, lundi soir, n'était pas un jour de sortie pour eux. Et puis, pourquoi accuser systématiquement les jeunes, qu'on rendait responsables de tous les maux ? Néanmoins, Mathieu ne se connaissait pas d'ennemis, alors pourquoi aurait-il été la cible d'un inconnu ? Quant aux éboueurs, ils n'avaient aucune raison de s'en prendre à lui car il sortait régulièrement ses poubelles bien triées. Restait la possibilité d'un grincheux qui n'appréciait pas les jardins mal entretenus.

Pestant contre ces abrutis anonymes, il alla chercher de grands sacs en plastique, une pelle et des gants, puis il entreprit de ramasser les déchets en tout genre qui jonchaient le sol. Oui, il aurait pu s'occuper de sa petite pelouse pelée, des rosiers morts, d'un cèdre qui avait grand besoin d'être élagué et des innombrables mauvaises herbes. César n'y prêtait pas attention en son temps, et Mathieu ne s'y était pas intéressé non plus. Tout en remplissant les sacs, il se promit de prendre les choses en main, à l'extérieur comme à l'intérieur de la maison, dès qu'il aurait retrouvé un minimum d'énergie, ou simplement de goût pour son cadre de vie. Car depuis qu'il se terrait à Sainte-Adresse, il avait au moins pris la décision de rendre le bail de son appartement du centre-ville et d'habiter ici. Ce serait moins commode pour aller à la librairie, mais après tout, aurait-il jamais envie d'y retourner ?

— Oh, là, là, quel dépotoir ! s'exclama une voix familière.

Relevant la tête, Mathieu découvrit Charlotte qui, derrière le grillage, le considérait d'un air éberlué.

— Qu'est-ce que tu trafiques ? Tu jettes tes ordures par les fenêtres ? Eh bien, ton cas est pire que ce qu'Ange m'avait décrit...

— Au lieu de rester sur le trottoir, suggéra Mathieu, pousse donc la grille puisque tu es venue jusqu'ici.

— Merci de ton accueil chaleureux, je n'en attendais pas moins, ironisa-t-elle.

Elle vint l'embrasser puis recula d'un pas et ils se dévisagèrent.

— Tu ne changes pas, Charlotte, tu es superbe.

— Et toi, tu as une mine de déterré. Je suppose que tu le sais.

— Absolument.

Après un regard en direction des sacs à moitié pleins, elle montra ses bottes à talons et son manteau clair.

— Je ne suis pas en tenue pour t'aider, désolée. En plus, j'ai froid.

— Entre dans la maison et fais-toi un café si tu veux. Je te rejoins dès que j'ai fini, je refuse de laisser ça dans cet état.

— Même quand tu auras débarrassé ces saletés, l'endroit restera dans un piètre état, non ?

— Je n'ai aucune envie de jardiner.

— Trouve quelqu'un pour le faire. Si tu es déprimé, ce décor ne t'aide pas ! C'est pareil à l'intérieur ?

— À peu près. En moins crasseux.

— Et tu te plais ici ?

— Je ne me plais nulle part. Écoute, Charlotte, j'en ai par-dessus la tête des leçons de morale et des bons conseils. Alors...

— Je vais me mettre au chaud, trancha-t-elle en s'éloignant vers la porte-fenêtre.

Soulagé, Mathieu s'attaqua au reste des ordures dont il finit par venir à bout. La tâche l'avait épuisé, il était en très mauvaise condition physique, en plus du reste. Lorsqu'il regagna la maison, Charlotte était en train d'allumer un feu dans la cheminée de la grande salle, mais le bois fumait.

— Tes bûches sont humides, on va s'asphyxier !

— Ouvre donc la trappe, indiqua Mathieu. Ce bois est entassé là depuis si longtemps qu'il doit être sec comme de l'amadou.

Elle tira sur la chaîne de la trappe qui s'ouvrit d'un claquement sec et la fumée fut aussitôt aspirée. Dès que les flammes s'élevèrent, Charlotte poussa une exclamation de triomphe et se détourna pour s'asseoir dos à l'âtre.

— Je ne t'engagerais pas comme décorateur, railla-t-elle en désignant le canapé qui était le seul meuble de toute la pièce. Tu es vraiment trop minimaliste pour moi !

— Au moins, il est confortable. Et puis, tu sais quoi ? J'ai préféré meubler le studio d'Ange que ma maison de campagne. Enfin, maintenant ça devient ma résidence principale puisque je lâche mon appartement.

— Évidemment, à force de te laisser vivre, tu n'as plus les moyens...

— Ne parle pas de ce que tu ne connais pas ! explosa-t-il. Réchauffe-toi, bois ton café et rentre à Paris, d'accord ?

— Je t'ai vexé, Mathieu ?

— Bien sûr. Je ne me *laisse pas vivre*, figure-toi. Je ne suis pas amateur de farniente, tu m'as assez pratiqué pour le savoir. Et crois-moi, je cherche à sortir de mon état. Je vois un psy, j'essaye de me raisonner, mais pour l'instant rien n'y fait, et c'est moi le plus malheureux. Je pense à notre fille, à mes employés, à Tess, tous ces gens que je déçois et qui ne comprennent pas, j'en suis conscient. Au fait, Tess est la femme qui...

— Je viens de la rencontrer.

— Quoi ?

— Je suis passée par sa boutique, Ange m'avait donné l'adresse.

— De quel droit, grands dieux ? Arrêtez de vous prendre pour des guérisseurs, les uns et les autres ! Je ne veux qu'une chose : qu'on me foute la paix. C'est clair ? Et laisse Tess en dehors, je trouve ta démarche complètement déplacée.

— En tout cas, elle est jolie comme un cœur. Plus jeune que toi, non ? Les hommes divorcés choisissent toujours une femme plus jeune que l'ancienne pour se donner l'impression de ne pas vieillir. Moi, en refaisant ma vie, j'ai tapé dans ma tranche d'âge…

— D'accord, d'accord, ricana Mathieu, à présent je me rappelle pourquoi nous ne nous entendions plus, toi et moi. Tu étais madame j'ai raison, je fais tout mieux que tout le monde. Par chance, Tess ne passe pas son temps à se donner en exemple, c'est l'une de ses nombreuses qualités. Elle est gaie, patiente, gentille, et très jolie, en effet. Qu'elle ait trente-sept ans m'est égal, elle pourrait en avoir quarante-cinq ou vingt-huit, ce serait la même personne. Que j'aime.

— Alors pourquoi es-tu seul ici, déprimé, en échec ? À t'entendre, tu as trouvé une femme formidable, ta librairie est prospère, ta fille est même venue vivre dans ta chère ville du Havre, qu'est-ce qui peut bien te manquer ?

Elle continuait de persifler, mais au lieu de répliquer, Mathieu resta silencieux, réfléchissant à la question de Charlotte. Après quelques instants, il répéta lentement :

— Ce qui me manque… Eh bien, je l'ignore. Je suppose que j'ai besoin d'une vraie pause. De décrocher pour réfléchir au sens de ma vie. Jusqu'ici, j'ai foncé tête baissée sans reprendre mon souffle. Je me suis saoulé de travail comme si j'avais quelque chose à oublier. Quoi ? Mon psy suggère de me plonger dans mes souvenirs, d'en extirper tout ce qui me gêne et que j'ai enfoui inconsciemment. Je ne suis pas sûr que ce soit très constructif, mais si je rechigne à l'introspection, n'est-ce pas pour me fuir ?

— Tu es mûr pour l'HP, mon pauvre Mathieu ! maugréa Charlotte.

La compassion n'était pas son fort. Elle était venue pour le bousculer un peu, le tourner en dérision au besoin, et ainsi avoir le rôle de celle qui avait su s'y prendre, la seule à pouvoir le sortir de son apathie. « Madame j'ai raison » avait fait le déplacement, perchée sur ses talons, élégante et séduisante, sûre du résultat.

— Tu devrais aller à la gare maintenant, recommanda-t-il d'un ton détaché. Les trains du soir ne sont pas très fréquentables.

Il n'en savait rien mais voulait se débarrasser d'elle.

— Je peux dormir ici puisque ton canapé est confortable…

— Hors de question.

— Pourquoi ? On n'aura qu'à vider une bouteille de vin et dire tout ce qui nous passe par la tête. Comme je ne fais plus partie de ta vie, je serai une oreille impartiale, tu pourras me parler en toute confiance.

— Je paye déjà un psy pour ça. Et tu feras toujours un peu partie de ma vie car nous avons une fille. À présent, je te remercie d'être venue mais tu dois vraiment t'en aller.

— Mais…

— Charlotte ! Nous avons conservé de bons rapports et je suis persuadé que nous pouvons compter l'un sur l'autre, seulement je ne t'ai rien demandé, je ne t'ai pas appelée à l'aide. Ange est pleine de bonnes intentions – hélas nous savons que l'enfer en est pavé –, mais ce n'est pas en m'envoyant tous les membres de la famille qu'elle arrange les choses. Je me suis réfugié ici dans l'espoir qu'on me foutrait la paix, pourquoi est-ce impossible ?

— Ici, *en paix* ? Alors comment expliques-tu que le voisinage déverse ses ordures dans ton jardin ? Ange affirme que tu adores cette baraque rachetée à un vieux fou, pourtant c'est un vrai taudis ! Tu crois que tu vas t'en sortir en…

— C'est toi qui vas sortir, et tout de suite ! cria-t-il rageusement.

Après cet éclat, ils se turent, échangeant un regard hostile. Durant une ou deux minutes, il n'y eut plus que le crépitement de la flambée et le vent qui s'était mis à souffler autour de la maison.

— Mathieu, reprit Charlotte à voix basse, qu'est-ce qui t'arrive ?

— Je n'ai pas la réponse à cette question. Il faut me laisser chercher seul.

Elle céda d'un coup, acceptant sa défaite d'un battement de cils. Après avoir ramassé son sac, elle s'approcha de Mathieu, lui caressa la joue du dos de la main.

— Prends soin de toi si tu le peux encore. Et appelle-moi quand tu iras mieux, ça me fera vraiment plaisir.

— Entendu.

Cette promesse ne l'engageait à rien, il n'imaginait pas s'en sortir de sitôt. Lorsque Charlotte fut partie, il alla fermer à clef puis revint près du feu. Vingt-cinq ans auparavant, il avait été très amoureux d'elle... mais aussi très absorbé par son envie de réussir. Avait-il mis la barre trop haut, trop présumé de ses forces ? Toutes ces années de labeur acharné lui avaient fait perdre de vue l'essentiel. Au moment du divorce, s'il avait été très affecté par le départ d'Angélique, celui de Charlotte l'avait à peine perturbé. Leur couple était à bout de souffle, ils ne partageaient plus grand-chose. Mais peut-être était-ce lui seul qui ne savait plus partager. Comme un cheval de labour avec des œillères, il avait continué à creuser son sillon. Sans l'amitié de César, ne serait-il pas devenu un cœur sec ? Parce que sa mère ne l'avait pas aimé, était-il incapable d'aimer à son tour ? De quoi s'était-il vengé en ne songeant qu'à faire marcher son affaire ? De l'indifférence de ses frères ? Sa rencontre avec Tess aurait dû lui ouvrir enfin une porte sur autre chose, pourtant il n'avait rien changé à sa façon d'être. Avancer, avancer... Jusqu'où et pour qui ? Le train de sa vie n'allait nulle part, il devait en descendre et changer de gare pour repartir dans une autre direction.

Réprimant un frisson, il voulut rajouter une bûche et constata qu'il n'y en avait plus. Avec un soupir résigné, il remit son blouson. Une petite réserve de bois se trouvait dans la grange, près du compteur électrique. Muni d'une torche, il sortit et fut immédiatement transi par le vent glacé qui soufflait violemment. En apercevant les grands sacs remplis d'ordures alignés le long du grillage, il s'interrogea à nouveau sur l'auteur de cette malveillance. Devait-il faire le tour de Sainte-Adresse pour voir si d'autres jardins que le sien avaient été visés ? Il hésita puis renonça, soudain submergé par la maudite lassitude qu'il subissait depuis des semaines. Dans la grange, il ne restait qu'une demi-douzaine de bûches. Trouver un marchand de bois s'ajoutait à la longue liste des choses qu'il avait à faire impérativement et qu'il repoussait de jour en jour. Jamais il n'avait remis au lendemain, se débarrassant des corvées ou obligations l'une après l'autre et sans effort, mais à présent son laisser-aller passait les bornes. Rien dans le réfrigérateur, des factures négligées, un besoin urgent d'aller se faire couper les cheveux, des travaux nécessaires qui restaient à l'état de projets… Finirait-il par ne plus se laver ? Comme César, il risquait de devenir un ermite asocial !

Il laissa tomber la bûche qu'il avait ramassée et décida d'aller se coucher sans dîner.

*

— Ne prenez pas ces papiers, ça m'est égal, en ce qui me concerne j'ai fait mon travail.

Dès qu'il l'avait vue entrer, Corentin s'était levé, apparemment pressé de lui céder sa place.

— Attendez une minute ! protesta Angélique. Je compte aller voir mon père ce soir, je lui remettrai tout ce que vous jugez nécessaire. Et à propos, je suis désolée de vous avoir brusqué l'autre jour…

— Non, je vous en prie, il m'arrive d'être un peu susceptible et je le regrette aussitôt. Mais la situation ici me rend fou. La gestion est saine, les clients sont là, seulement voilà, Mathieu n'y est pas et ça ne marche pas sans lui. Cette librairie est son bébé, il n'a jamais été question qu'il en passe les rênes à qui que ce soit, en conséquence nous sommes tout à fait démunis. Quand il ira mieux, à supposer que ce jour arrive, il faudra qu'il apprenne à déléguer et à partager les responsabilités.

Angélique acquiesça, puis elle adressa un sourire désarmant à Corentin.

— Amis ? demanda-t-elle en lui tendant la main par-dessus le bureau.

Il n'hésita qu'une seconde avant de lui rendre son sourire et serrer sa main.

— Alors, rasseyez-vous, vous êtes plus utile que moi à cette place. Vous pourriez m'expliquer des trucs concernant la comptabilité, je ne demande qu'à apprendre.

— Vous devez pourtant avoir suffisamment d'heures de cours pour ne pas en chercher de supplémentaires, s'amusa-t-il. Et à propos, expliquez-moi en quoi consistent vos études. La logistique, c'est mystérieux…

— Logistique internationale, précisa-t-elle très sérieusement. Ça regroupe toutes les activités concernant la circulation des marchandises. Transport et gestion des stocks à travers le monde. Un domaine immense, très divers, vraiment passionnant ! En quatrième année, je devrai passer un semestre à l'étranger et je m'en réjouis d'avance. Mais pour avoir le choix, je dois aussi avoir de bonnes notes d'ici là.

— Et vous arrivez à travailler malgré la situation… familiale ? Ne vous sentez pas obligée de passer nous voir tous les jours, je vous assure que nous gérons le quotidien au mieux des intérêts de la librairie et de Mathieu. Si vous voulez, donnez-moi votre numéro de portable et je vous appellerai chaque fois que j'aurai des papiers importants à faire signer.

— Merci, c'est gentil, mais ce n'est pas vis-à-vis de vous ou de Nadia que je me sens en devoir de venir quotidiennement. Je sais bien que je ne sers pas à grand-chose et que je ne vous aide pas, toutefois je pense que pour les autres employés, ma présence est peut-être rassurante. Un truc du genre « la fille du patron est là ». Si je ne viens plus, j'ai peur qu'ils s'inquiètent. À moins que je ne me donne trop d'importance ?

— Eh bien... Je ne tiens pas à vous décourager, je suis toujours très heureux de vous voir.

Il baissa la tête, comme s'il était soudain intimidé, et pour se donner une contenance il regarda sa montre.

— Je dois partir, je suis en retard.

Angélique savait qu'il ne travaillait qu'à temps partiel à la librairie, mais elle ignorait tout de ses autres activités. Par discrétion, elle n'osa pas l'interroger et se borna à lui donner son numéro. Après son départ, elle rassembla les papiers qu'il avait laissés en évidence, auxquels elle ne jeta qu'un coup d'œil distrait. Sa mère, avec qui elle avait dîné la veille près de la gare, lui avait appris l'échec de sa visite, précisant qu'elle avait trouvé Mathieu renfermé, buté, quasiment hors d'atteinte. Elles avaient parlé de lui longtemps, avant le départ du dernier train pour Paris, et Charlotte s'était montrée pessimiste. D'après elle, mieux valait le laisser tranquille et ne pas le harceler avec les soucis de la librairie. Angélique pensait que, au contraire, il fallait l'obliger à s'y intéresser, sinon il perdrait tout contact avec le monde extérieur.

— Bonjour ! lança Nadia en entrant. Corentin n'est pas là ?

— Il vient de partir.

— Ah, zut, j'avais quelque chose à lui demander... Mais il est très occupé, je sais bien.

— Où travaille-t-il, en dehors de chez nous ?

— Vous avez dit « chez nous », fit remarquer Nadia. Vous commencez à vous sentir concernée, hein ? Corentin s'occupe de la gestion d'une grosse entreprise. Rien à voir avec notre petite affaire. Il est expert-comptable et il jouit d'une excellente réputation, il pourrait aller où il veut ! Je pense qu'il reste avec nous par sympathie. Il aime bien Mathieu, et tout le monde ici.

Angélique remarqua l'air réjoui de Nadia et son regard brillant. Chaque fois qu'il était question de Corentin, sa voix devenait plus douce. Mais elle manifestait aussi de la tendresse envers Mathieu. Perdait-elle un peu de sa rigidité de cheftaine dès qu'il s'agissait d'un homme ? Malheureusement pour elle, Corentin ne semblait nullement intéressé.

— Quel âge a-t-il ? voulut savoir Angélique.

— Vingt-huit ans.

Ce qu'elle semblait regretter, le trouvant sans doute un peu jeune.

— Et vous ?

— Quel rapport ? Et puis, c'est indiscret... Enfin, je n'en fais pas un mystère, je vais avoir quarante ans. Je compte d'ailleurs organiser une petite fête le mois prochain. Si seulement Mathieu était rétabli d'ici là !

Vu l'attitude de son père, Angélique en doutait.

— On verra, répondit-elle évasivement.

Elle rangea les papiers de Corentin dans son sac et quitta le bureau, escortée par Nadia. Au rez-de-chaussée de la librairie régnait l'activité habituelle, mais Nadia lui glissa à l'oreille que le chiffre d'affaires continuait de baisser.

— Nos vendeurs se donnent du mal pour conseiller les clients, mais ils n'ont pas le même enthousiasme que Mathieu, et ils lisent moins. Je vous abandonne, je vais aller remotiver mes troupes !

Angélique quitta le magasin avec une impression de malaise. En quelques mois, la situation pouvait devenir catastrophique. Fallait-il envisager de réduire le nombre d'employés ? Le volume des commandes ? Non, les habitués ne comprendraient pas, ils appréciaient trop la disponibilité du personnel, le très large choix de titres, l'ambiance à la fois dynamique et chaleureuse. Tout ce qui avait fait le succès de Mathieu ne devait pas être modifié, il fallait tenir coûte que coûte.

« Reprends-toi vite, papa ! Je ne sais plus quoi faire et je ne sais pas si j'ai *envie* de le faire. Je ne veux pas te laisser tomber mais ma vie n'est pas là. Cette librairie, c'est ton truc, pas le mien. En ce moment, tu m'empêches d'exister, même si tu n'y peux rien. Je devrais peut-être te le dire pour te faire réagir... »

81

Sauf que chacun avait essayé, sans succès, de provoquer un sursaut chez Mathieu. À quoi bon s'obstiner si toutes ces tentatives ne faisaient que l'enfoncer davantage ? Sur l'avenue Foch, Angélique constata que le vent était tombé. Descendre vers la porte Océane et s'offrir une balade le long de la plage la tentait, mais elle y renonça et prit le chemin du bassin Vauban pour gagner l'ISEL.

*

— Et puis ? insista Benoît d'un ton neutre.

— Et puis j'étais certain que si je pouvais vivre de ma passion pour la littérature, je réussirais ma vie. Il n'y avait pas trente-six métiers possibles, et je ne voulais pas être prof. Éditeur ? Trop aléatoire, trop risqué. D'ailleurs, j'aimais le contact avec les clients. Essayer de cerner leurs goûts, les amener à découvrir d'autres auteurs, partager mes coups de cœur, discuter d'un bouquin, ça me plaisait bien… Oui, libraire me semblait la profession idéale. Dès que j'ai eu suffisamment d'expérience, j'ai rêvé d'avoir ma propre affaire et de la monter à mon idée. Pour réussir, j'étais persuadé qu'il fallait voir grand, une petite boutique n'aurait eu aucune chance. C'est de plus en plus vrai, mais ça l'était déjà il y a vingt ans. Depuis, la lutte est encore plus âpre parce que les gens commandent sur Internet, et bien sûr je me suis mis au numérique sans attendre. Vous savez, c'est formidable de travailler autrement qu'en simple vendeur d'un produit.

Mathieu s'interrompit de nouveau, mais Benoît le relança aussitôt en faisant remarquer :

— La vente, c'est toujours d'un produit ou d'un service.

— Oh, le livre, c'est autre chose ! Un univers enchanté et sans cesse renouvelé.

— Qui ne suffit pourtant plus à vous rendre heureux.

— Si, si, je… Enfin, non. Non, d'accord. Je suppose que ce foutu truc, ce maudit burn-out puisqu'il faut utiliser le terme, me rend inapte au plaisir. Je me sens seulement coupable.

— De quoi ?

— D'être malade, amorphe, tellement décevant !

— Qui est déçu ?

— Moi le premier, mais aussi les gens qui m'aiment.

— Ils vous l'ont dit ?

— Inutile, je le vois. Passer de combatif à végétatif est très humiliant.

— Le regard des autres est important ?

— Tout comme le mien. Je *me* déçois.

— Pourtant, vous savez que vous êtes malade, vous venez de le dire.

— On ne se rend pas malade en travaillant quand on aime son travail ! protesta Mathieu d'un ton farouche.

— Ne croyez pas ça. Je vois tous les jours des gens comme vous, qui ont perdu le contact avec leurs limites et s'en demandent toujours plus. Je sais que vous n'aimez pas le mot « burn-out », que vous l'utilisez du bout des lèvres et avec mépris, mais c'est le terme requis pour désigner cette crise qui doit trouver sa réponse au-delà des circonstances du travail. Ça lève des problèmes bien plus anciens.

Mathieu changea de position, se tortillant sur son fauteuil.

— Encore le retour à l'enfance ? ricana-t-il.

— L'irritabilité et le cynisme vont de pair avec le sentiment de culpabilité, fit remarquer Benoît.

Il laissa passer un temps avant de revenir à la charge.

— Pourquoi ne voulez-vous pas parler de votre enfance ? Ou de votre adolescence, votre première petite amie, une bagarre avec vos frères, une anecdote à laquelle vous n'aimez pas penser.

— Je ne me battais pas avec mes frères, ils étaient bien plus âgés que moi et toujours d'accord entre eux.

— Vous étiez leur souffre-douleur ?

— Même pas. Ils m'ignoraient.

— Vous auriez préféré qu'ils s'en prennent à vous ?

— Peut-être. J'avais envie d'exister à leurs yeux. Comme à ceux de ma mère, je l'avoue. Mais elle était pire qu'eux, elle me rejetait, alors qu'ils se contentaient de ne pas me voir.

— Ce sont donc de mauvais souvenirs ?

— À votre avis ?

— Je n'ai évidemment pas d'avis là-dessus, Mathieu.

Ils s'appelaient désormais par leurs prénoms, ce qui était censé établir un climat de confiance. Mathieu en doutait, néanmoins il se livrait davantage au fil des séances, presque à son corps défendant.

— Je l'ai entendue dire un jour à une voisine qu'elle se serait bien passée du petit dernier, qu'elle n'avait vraiment pas eu de chance.

— Quel âge aviez-vous ?

— Sept ou huit ans.

— Et vous vous êtes senti blessé ?

— Écrabouillé.

Il avait murmuré ce dernier mot, comme pour en contenir la rage ou l'émotion. Cédant au besoin de se lever, il fit quelques pas, revint vers Benoît et désigna l'horloge murale.

— Il reste cinq minutes mais je n'irai pas plus loin aujourd'hui.

— Très bien. On se revoit vendredi.

— Je ne sais pas. Quand je rentre chez moi, je réalise que tout ça ne sert à rien.

— Pourtant, vous revenez. Vous êtes volontaire, Mathieu, personne ne vous oblige.

— Je n'ai pas d'autre solution.

— C'est déjà bien de l'admettre.

Mathieu posa des billets sur le coin du bureau, sachant que chaque séance se payait le jour même. En sortant, il hésita une seconde mais choisit de rentrer. Il n'avait toujours aucune envie, ni de se promener ni d'aller boire une bière, encore moins de passer à la librairie. Une fois chez lui, il erra un moment dans la maison, et pour la première fois depuis des semaines il se sentit agacé d'être désœuvré. Tandis qu'il se préparait un café, il entendit frapper au carreau et il se retourna, furieux. N'aurait-il donc jamais la paix ? Prêt à injurier ses visiteurs indésirables, il eut la surprise de découvrir deux policiers en uniforme.

— Mathieu Carrère ?

— Oui…

— Je vous informe qu'une plainte a été déposée contre vous pour coups et blessures.

— Contre moi ? répéta-t-il, éberlué.

— Sur la personne d'Albert Delvaux, précisa le policier. Je vous remets donc une convocation pour vous présenter au commissariat.

Le policier qui avait pris la parole tendit le papier à Mathieu, porta la main à sa casquette et se détourna, suivi de son acolyte. Ainsi, le cousin de César s'était vengé de sa peu glorieuse chute sur le trottoir ! Mais il n'était pas question de blessure, Mathieu en était presque certain, toutes ses années de judo lui avaient appris comment retenir un adversaire en l'expédiant au sol. Néanmoins, Albert avait pu mal se recevoir, ou peut-être était-il particulièrement fragile. Clavicule cassée ? Épaule démise ? Il n'avait pas semblé beaucoup souffrir en s'en allant. D'ailleurs, l'expression « coups et blessures » était imprécise. Éventuellement aidé par un médecin un peu complaisant, et surtout par le témoignage de sa sœur, Albert avait néanmoins la possibilité de grossir l'incident jusqu'à en faire un vrai problème pour Mathieu.

— Je m'en fous, soupira-t-il. Je veux bien payer une amende, ou même aller en prison, pourquoi pas, au moins j'aurais la paix, je ne veux rien d'autre !

En le disant, il s'aperçut que c'était faux. Les cousins de César avaient le don de le mettre hors de lui, et pour la première fois depuis des semaines il éprouvait le besoin de réagir, pas de tout accepter avec un fatalisme désabusé. De loin, il entendit le camion des éboueurs qui remontait la rue. Au moins allait-il être débarrassé des grands sacs-poubelles qu'il avait alignés devant sa grille. Considérant les sacs, une idée lui vint tout à coup. Et si Albert et Lucie étaient les abrutis qui avaient déversé toutes ces ordures dans son jardin ? Leur geste pouvait s'expliquer par un désir de vengeance pour la manière dont Mathieu les avait éconduits, et pour l'empoignade qui avait suivi. Bien sûr, il ne s'agissait que d'une supposition, mais c'était plausible.

« César, mon pauvre ami, si tu n'étais pas mort, ces deux-là seraient venus te dépouiller sans pitié ! Ils auraient tout fait pour t'attendrir sur leur sort, mais ils n'auraient pas osé le chantage ou l'intimidation avec toi. Pourquoi s'en prennent-ils à moi ? Au nom d'une prétendue légitimité familiale ? Ils se sentent floués alors que nous étions satisfaits de notre arrangement, toi et moi. De toute façon, tu les méprisais, tu disais en riant qu'ils ne valaient pas la corde pour les pendre, jamais tu n'aurais accepté qu'ils s'approprient ta maison. »

Albert Delvaux s'imaginait-il qu'il suffisait de réclamer et de s'indigner pour que Mathieu s'incline ou propose un compromis ? Quelle naïveté !

Les policiers avaient disparu depuis longtemps, mais Mathieu était toujours sur le perron, sa convocation à la main. Soupçonné de violence par la police, de malhonnêteté par les Delvaux, de trahison par ses employés de la librairie, et de faiblesse impardonnable par sa famille, il commençait à se sentir révolté. Ce qui valait mieux, à tout prendre, que résigné. Il rentra chez lui, ferma enfin la porte et alla s'asseoir sur l'un des bancs de la cuisine pour réfléchir. La première chose à faire était de passer une commande chez l'épicier et se faire livrer. La deuxième, appeler Tess avant qu'elle ne décide qu'une rupture entre eux s'imposait.

*

Depuis que Mathieu était absent, Nadia se chargeait de fermer la librairie le soir. À tour de rôle, l'un des employés restait avec elle pour faire le tour de chaque niveau, baisser les grilles des vitrines et couper les différents circuits électriques, hormis l'alarme. Tandis que les lumières s'éteignaient au fur et à mesure, l'obscurité s'étendait, donnant aux piles de livres des formes étranges et rendant les lieux fantomatiques.

L'escalator s'arrêta dans un chuintement, puis le ronronnement discret de la climatisation s'interrompit, et le silence prit possession des lieux. Nadia renvoya l'employé qui lui avait tenu compagnie, lui souhaitant une bonne soirée. Son trousseau de clefs à la main, elle s'attarda quelques instants. Durant des années, venir travailler ici avait été une source de satisfaction. Elle avait gagné la confiance de Mathieu qui, bien que ne sachant pas déléguer, lui avait pourtant confié des responsabilités. Elle le vénérait, en avait longtemps été secrètement amoureuse, mais elle avait cru comprendre qu'il n'était pas disponible pour une aventure, encore moins pour une liaison sérieuse, et elle était restée à sa place, sans rien montrer de ses sentiments. La première fois qu'elle avait vu Tess, venue chercher Mathieu un soir, elle s'était aperçue de son erreur. Car contrairement à ce qu'elle avait cru, Mathieu pouvait regarder une femme avec amour. Hélas, c'était une autre ! Résignée et déçue, Nadia avait choisi d'ignorer Tess, qui d'ailleurs n'apparaissait que rarement. Après cette déconvenue, elle avait reporté son intérêt sur Corentin. Certes trop jeune pour elle, mais si charmant, si efficace et si discret…

Elle balaya du regard tout le rez-de-chaussée plongé dans l'ombre. Sa vie était ici. Quand elle rentrait chez elle, elle n'avait plus rien à faire et elle était seule. La plupart du temps, elle se contentait d'un plateau devant sa télé, attendant avec impatience le lendemain pour recommencer à exister. Depuis quelques semaines, l'absence de Mathieu lui donnait une importance supplémentaire, un peu affolante mais aussi très stimulante. Dans son rôle de responsable par procuration, elle s'était récemment sentie prête à oser quelques travaux d'approche vers Corentin, jusqu'à ce qu'il constate qu'il n'avait d'yeux que pour Angélique. Et cette idiote ne devinait rien ! Avait-elle un petit ami, un fiancé ? Jugeait-elle

Corentin insignifiant ? Tout le monde semblait avoir une vie privée, sauf Nadia qui restait sur la touche. À quarante ans, que pouvait-elle espérer ? Elle pressentait vaguement qu'elle ne s'intéressait pas aux bonnes personnes et qu'elle avait tort de fantasmer sur des hommes inaccessibles. Mais fantasmer était plus simple et moins embarrassant que se confronter à la réalité d'une relation. Indéniablement, elle avait des occasions, qu'elle ne saisissait pas. Elle rencontrait beaucoup de gens dans la librairie, il y avait même des clients fidèles auxquels elle aurait pu tenter de plaire. Certains lui proposaient parfois un café dans le salon de thé, sous prétexte de discuter de tel ou tel roman, mais elle refusait toujours, se prétendant trop occupée alors qu'elle était simplement intimidée. Autant elle avait d'assurance dans son métier, autant elle en était démunie dans sa vie privée. Pour se préserver, elle tenait à rester la première vendeuse, affable et irréprochable, toujours à son poste.

Elle poussa un profond soupir et se décida à sortir par la petite porte latérale qu'elle verrouilla avec soin. Après un dernier coup d'œil sur les vitrines obscures et grillagées, elle s'éloigna. Juste avant de tomber malade et de disparaître, Mathieu avait suggéré de laisser quelques éclairages bien choisis durant la nuit. Il disait que les regards des noctambules seraient attirés par les livres ou les objets ainsi mis en valeur. Les gens qui sortaient tardivement d'un spectacle, d'un restaurant ou d'un bar auraient envie de s'arrêter un instant, et peut-être reviendraient-ils le lendemain. Que la librairie soit comme un phare sur l'avenue Foch lui semblait une bonne publicité, et il affirmait que ça valait la peine d'essayer. Nadia se demandait chaque soir si elle devait en prendre l'initiative. Elle était la seule à pouvoir le décider, mais elle hésitait. Toutes ces heures d'électricité représentaient un coût. Corentin pourrait-il le chiffrer ?

Quittant l'avenue, elle prit une petite rue sur la gauche. Elle n'habitait pas loin, dans le quartier moderne qui était le cœur du Havre. Mathieu louait un appartement non loin de là, mais d'après sa fille il venait de rendre son bail, déterminé à rester à Sainte-Adresse. Ne reviendrait-il jamais prendre sa place ? Cette hypothèse était si effrayante que Nadia la chassa de ses pensées.

*

Sur le trottoir d'en face, Albert et Lucie avaient attendu que la personne chargée de la fermeture de la librairie ait disparu au coin d'une rue. Alors seulement, ils traversèrent l'avenue pour venir se planter devant les vitrines obscures.

— Tu te rends compte de la taille de ce magasin ? s'exclama Albert. À ton avis, combien de mètres de façade ?

Sa sœur tourna la tête à droite et à gauche, jaugeant la longue devanture.

— En plus, juste à côté de l'hôtel de ville et de la rue de Paris, c'est un emplacement de choix, ajouta-t-elle à voix basse.

— Ce vieux poivrot de César possédait un vrai trésor...

— Il n'en avait sûrement pas conscience.

— Trop imbibé ! Avant que l'autre con ne le dépouille, il vendait ici tout et n'importe quoi. Un bric-à-brac quasi insalubre qui ne rapportait rien mais devait faire bien des envieux.

La frustration d'Albert atteignait son comble. En songeant à la valeur de ce gigantesque local, il s'étouffait. Il s'approcha d'une des vitres et mit ses mains en visière pour essayer d'apercevoir l'intérieur à travers les mailles de la grille.

— Trois niveaux, un truc immense... Je crois qu'on est venus une fois, avec les parents. Est-ce que tu t'en souviens ?

— Vaguement.

— C'était la caverne d'Ali Baba. César prétendait réparer des appareils ménagers. Tu parles ! Maman disait qu'il avait refusé plein d'offres pour son magasin parce qu'il ne voulait pas bouger.

— Mathieu Carrère a pourtant réussi à le faire vendre.

— Vendre ou brader. Ce type devait avoir une sacrée influence sur César pour pouvoir le rouler dans la farine comme ça.

— Entre la maison de Sainte-Adresse et ce local magnifique, César devait être riche, non ?

La question de Lucie arracha un sourire amer à Albert.

— Et nous étions sa seule famille, rappela-t-il. Aujourd'hui, nous sommes les dindons de la farce, car c'en est une.

Il ne voyait pas grand-chose hormis la lueur métallique de l'escalator et les masses sombres des comptoirs de livres.

— Du temps de César, le chiffre d'affaires était sûrement ridicule, alors le fonds de commerce ne valait rien, admettons. Mais les murs ? En plein centre ! Combien Carrère les a-t-il achetés ? Et s'il a payé le juste prix, qu'est devenu l'argent ? Les comptes bancaires de César étaient vides.

La rage le faisait bafouiller, sa voix montait dans les aigus. Lucie jeta un coup d'œil inquiet aux alentours.

— Ne restons pas là, Albert. C'est louche de s'attarder comme ça devant des vitrines éteintes.

À contrecœur, il s'écarta et la prit par le bras.

— Très bien, allons-nous-en. Mais tu ne m'ôteras pas de l'idée qu'il existe un recours, quel qu'il soit.

— Le notaire a affirmé que non.

— Nous en consulterons un autre, nous prendrons un avocat.

— Albert, protesta-t-elle, nous n'avons pas les moyens.

— Et pourquoi, d'après toi ? Parce qu'on s'est fait plumer par un petit malin ! Il a dû croire qu'on resterait au bout du monde pour toujours et qu'on ne viendrait jamais lui demander de justifier ses magouilles.

— Mais c'est légal, rappela-t-elle à regret.

— Je m'en fous ! Nous sommes raides, Lucie, on n'a plus un sou, c'est pire qu'à Johannesburg. Où veux-tu qu'on aille, maintenant qu'on est rentrés en France ? Je croyais qu'en venant au Havre on arriverait à récupérer un peu du fric de César pour repartir du bon pied. Je t'ai entraînée avec moi, et on se retrouve dans un hôtel minable sans savoir de quoi demain sera fait !

— On peut demander des aides…

— Pourquoi pas faire la queue à la soupe populaire ? ricana-t-il. Il y a forcément une solution, et je vais la trouver. On peut intimider Mathieu Carrère, autrement qu'avec quelques ordures, pour le contraindre à nous dédommager.

— Et s'il ne cède pas ?

— Alors, je n'aurai plus rien à perdre et je me vengerai.

Il avait craché le dernier mot avec une véhémence qui effraya Lucie. Elle le savait buté, et capable de violence. Pour sa part, elle aurait préféré s'en tenir là, accepter l'évidence de la défaite puisqu'il n'y avait rien à tenter, peut-être même chercher du travail. Mais elle devinait que son frère ne lâcherait pas l'affaire. Mathieu était devenu sa bête noire, tenu pour responsable de tous ses ennuis. Or Albert n'avait besoin de personne pour se mettre dans des situations impossibles, il y arrivait très bien tout seul comme il l'avait prouvé en Afrique du Sud, multipliant les combines douteuses qui, la plupart du temps, s'étaient soldées par des déconvenues. Avait-il la moindre chance d'obtenir quelque chose de Mathieu ? Probablement pas par la force, méthode qu'il était prêt à employer. En revanche, Lucie pouvait peut-être temporiser, essayer de faire valoir le droit moral des liens de parenté, ou encore le simple bon sens. Si Mathieu n'était pas borné, il pourrait convenir de… Au fond, de quoi ? En réalité, les volontés de César semblaient limpides : il s'était défait de ses biens parce qu'il n'avait pas l'intention d'en faire profiter ses lointains cousins. Or c'était son droit le plus strict, comme celui de boire ou de jouer au poker.

— Rentrons, murmura-t-elle en s'accrochant au bras de son frère.

4

— Vraiment, je suis désolé, répéta Benoît. Je ne suis plus en mesure d'assurer votre suivi thérapeutique, mais je vous ai préparé une liste de confrères très sérieux qui pourraient prendre ma suite. Bien entendu, je me charge de mettre au courant celui que vous choisirez. Vous ne perdrez donc pas l'acquis du chemin déjà parcouru.

Décontenancé, Mathieu scruta son psy durant quelques instants.

— J'aimerais connaître la raison de votre défection, finit-il par dire d'un ton las.

Il commençait tout juste à se sentir en confiance avec Benoît, et la perspective de changer d'interlocuteur le consternait.

— Eh bien, c'est très... personnel.

— Vous me trouvez antipathique ? Incurable ? railla Mathieu.

— Ni l'un ni l'autre. Mais je crois que... Écoutez, c'est Tess qui vous a adressé à moi, et comme elle s'inquiète beau-coup à votre sujet, elle me demande de vos nouvelles. Rien d'indiscret, elle veut juste savoir si vous progressez, si vous allez mieux, tout ça... Or je ne peux pas lui répondre, évi-demment, toutefois cela crée un malaise. Il vaut mieux que vous ayez affaire à une personne neutre, qui ne connaisse pas votre entourage. Vous serez plus à l'aise, et je serai soulagé. Tess est une amie très chère.

L'expression fit tiquer Mathieu. Il s'était déjà demandé si Tess et Benoît avaient eu une aventure, dans le passé, puis il avait oublié cette hypothèse, mais il voyait bien que Benoît évoquait Tess d'une manière trop affectée.

— Amie très chère, répéta-t-il. Euphémisme ?

Benoît se leva sans répondre, peut-être pour éviter un affrontement inutile avec un patient dont il ne voulait plus s'occuper. Il précéda Mathieu jusqu'à la porte, en réitérant ses excuses.

— Prenez cette liste de noms. Le psychologue de votre choix n'aura qu'à m'appeler.

— Je ne suis pas sûr de vouloir continuer.

— Vous auriez tort. Vous n'êtes pas tiré d'affaire.

— Et si ça n'arrivait jamais ? Avec vous, je n'ai pas l'impression d'avoir beaucoup progressé. S'il faut parler à un psy pendant trois ans pour se sentir un peu mieux, quelle galère !

Benoît esquissa un sourire amusé, puis il parut réfléchir un instant.

— Je vais vous donner un conseil, Mathieu. En principe, ce n'est pas mon rôle, mais puisque les choses n'ont pas pu se dérouler normalement entre vous et moi, ça n'a plus d'importance. Pour ce que j'ai appris de votre cas, vous avez besoin d'être aimé, non pas pour vos performances mais pour ce que vous êtes. Vous recherchez inconsciemment de l'amour qui ne découlerait pas de vos succès, or jusqu'ici vous avez tablé sur le contraire parce que vous n'avez pas assez confiance en vous. Réussir n'est pas tout, vous finirez par le découvrir. Ce que vous traversez en ce moment est une étape cruciale mais salutaire. Je vous souhaite bonne chance, je suis certain que vous y arriverez.

Mathieu jugea inutile d'épiloguer sur ce discours. Y croyait-il ? Les propos de Benoît étaient intéressants, mais ce qu'ils impliquaient de remise en question semblait assez décourageant. Et Mathieu ne pensait pas manquer de confiance en lui. Pourtant, il avait craqué un beau jour, sans aucun signe avant-coureur, et il faudrait bien qu'il comprenne pourquoi.

Une fois dans sa voiture, il resta songeur un moment avant de démarrer. Au téléphone, Tess était toujours aussi tendre avec lui, mais beaucoup moins enjouée, comme s'il lui faisait perdre sa gaieté. Sans doute refroidie par son absence et son indifférence, elle paraissait se détacher de lui peu à peu. Aurait-il la faiblesse de laisser finir une si belle histoire, à laquelle il avait vraiment cru ? Il lui avait demandé d'être patiente, comme si elle pouvait l'être, à trente-sept ans ! Toutefois, il ne lui avait rien promis. Avant son burn-out, il se préparait à lui déclarer des choses plus sérieuses qu'un banal : « Je t'aime », chuchoté la nuit. S'il se refusait encore à penser au mariage, il comptait lui demander d'abord de venir vivre avec lui car la formule du « chacun chez soi » commençait à lui peser. En découvrant qu'il avait besoin d'elle et qu'elle prenait une place de plus en plus importante dans sa vie, avait-il inconsciemment paniqué ? S'était-il imaginé pris au piège parce qu'il était prêt à lui consacrer du temps, un temps forcément soustrait à la librairie ?

Il eut soudain tellement envie de la voir qu'il démarra sur les chapeaux de roues. Après tout, il n'était pas malade, il allait l'inviter à déjeuner, par exemple au Grignot, une brasserie qu'elle adorait, située juste à côté du pot de yaourt. Il en profiterait pour lui apprendre que Benoît refusait désormais de se charger de son cas. Quoique... N'était-ce pas maladroit de rendre ainsi Tess responsable, même indirectement ? D'ailleurs, avait-il encore besoin d'un psy ?

Une fois garé à proximité de la boutique de Tess, il sentit son enthousiasme retomber. Tout en réfléchissant, il suivit du regard un funiculaire partant à l'assaut de la ville haute. Qu'avait-il à dire de nouveau à Tess ? De quoi était-il capable aujourd'hui ? Sûrement pas de l'inviter à dormir avec lui à Sainte-Adresse, encore moins d'aller chez elle. De loin, il observa la petite vitrine où s'entassait, comme toujours, une foule d'objets colorés. Il aperçut la silhouette de Tess qui allait et venait, sa cascade de boucles blondes illuminée par les lumières de la boutique. Partagé entre le désir de se précipiter vers elle et celui de s'enfuir, il resta immobile un long moment. Puis soudain il la vit sortir, enfilant en hâte sa parka.

— Mathieu ! Mathieu !

Elle le hélait avec de grands gestes, souriante, superbe, et elle traversa sans se soucier des voitures.

— Que fais-tu ici ? Je suis si contente de te voir ! Viens, je ne peux pas laisser le magasin. Je vais te faire un café, tu veux ? Tu te promènes ou tu es venu pour moi ?

Volubile, elle parlait autant pour dissimuler sa surprise que pour ne pas le faire fuir.

— Pas de café, merci. Je t'invite à déjeuner. Enfin, si tu es libre. Tu peux fermer deux heures ?

— Oui, bien sûr. De toute façon, il n'y a pas foule.

— Alors, je t'emmène au Grignot.

Il attendit dehors pendant qu'elle baissait le rideau de fer.

— Tu as oublié d'éteindre, fit-il remarquer.

— Peu importe, j'ai faim !

Durant le trajet en voiture, ils n'échangèrent que des banalités, rechignant à aborder le seul sujet important : dans quel état d'esprit se trouvait Mathieu. Une fois attablés, ils commandèrent une assiette de crevettes et de bulots en apéritif, puis des filets de haddock à la crème.

— Je n'ai pas fait un vrai repas depuis longtemps, constata Mathieu.

— Ça ne tenait qu'à toi...

— Eh bien, figure-toi que, hier, je me suis fait livrer des tas de bonnes choses par l'épicier ! Mon frigo est plein, je vais me mijoter des petits plats.

Tess éclata de rire, sachant que Mathieu était un piètre cuisinier.

— Tu as retrouvé l'appétit ? demanda-t-elle néanmoins.

— De ce côté-là, il y a du progrès.

Une crevette grise à la main, elle attendit en vain qu'il poursuive et parut déçue de son silence.

— Et pour le reste, Mathieu ? finit-elle par insister.

— Difficile à évaluer. À propos, ton ami Benoît m'a lâché.

— Pourquoi donc ?

— Mon cas ne devait pas le passionner, répondit-il prudemment.

Elle parut étonnée mais ne fit pas de commentaire, se bornant à demander :

— Tu vas consulter quelqu'un d'autre ?

— Je ne crois pas.

— Mais si tu commences à te sentir mieux, il faut poursuivre !

— Mes dernières séances m'ont donné largement de quoi réfléchir. Peut-être ne se pose-t-on pas assez de questions. Ou pas les bonnes. Mettre à plat son passé, se voir tel qu'on est et s'accepter... Je pense avoir fait une partie du chemin mais je ne suis pas encore au terme du voyage. Benoît m'a donné des clefs, je dois essayer de les utiliser.

La déception se lisait sur le visage de la jeune femme. Avait-elle espéré, à cause de ce déjeuner inattendu, que Mathieu allait déclarer son problème entièrement résolu ? Il aurait bien voulu avoir une baguette magique pour exaucer ce vœu, hélas il ne servait à rien de mentir.

— J'ai beaucoup abusé de ta patience jusqu'ici, Tess, et je voudrais...

— Te laisser du temps pour récupérer était normal, même si ça m'a semblé long. Pouvons-nous repartir sur de bonnes bases, à présent ? Tu m'as tellement manqué, et j'étais si inquiète ! Mais tu as meilleure mine, c'est certain. Sauf qu'il va falloir te remplumer parce que tu es tout maigre. Est-ce qu'on dort ensemble, ce soir ?

— Non, protesta-t-il, attends, tu vas trop vite. Je ne suis sûr de rien.

L'idée de passer la nuit avec elle le faisait brusquement reculer. Parviendrait-il à lui faire l'amour, à être de nouveau l'homme dont elle se souvenait ? Le désir qu'il éprouvait pouvait tout aussi bien s'éteindre à l'instant où il la serrerait dans ses bras. Il avait subi de si nombreuses et brutales sautes d'humeur ces dernières semaines qu'il se méfiait de lui-même. Il ne prendrait pas le risque de s'infliger une humiliation supplémentaire. Déjà, la veille, il avait dû se justifier, au commissariat. Non, il n'était pas violent, il s'était seulement défendu devant l'agressivité d'Albert Delvaux. D'ailleurs, il ne comprenait pas ce que lui voulait ce type. Les flics avaient ricané, taxant l'affaire de « querelle familiale », mais Mathieu s'était récrié, il n'avait aucun lien de parenté avec les Delvaux, ni de près ni de loin. Et pas question de requalifier l'incident en problème d'héritage. Pour appuyer ses dires, il avait apporté l'acte de propriété de la maison de Sainte-Adresse. Alors qu'il les avait quasiment convaincus, il avait commis l'erreur d'ajouter qu'il ne voulait plus voir ces gens devant chez lui sous peine de se fâcher pour de bon. Une menace inutile, dont il aurait pu se passer. En quittant le commissariat, il s'était demandé pourquoi les Delvaux l'exaspéraient autant. À cause de leur évident mépris pour César ? D'un appât du gain qu'ils ne cachaient même pas ? Il refusait d'éprouver la moindre culpabilité à leur égard, pour lui ils n'étaient que des étrangers avides. Il n'avait pas mentionné l'incident des ordures car il n'avait pas de preuve, mais les seuls ennemis qu'il se connaissait étaient bien ces foutus Delvaux.

S'apercevant que Tess le dévisageait avec insistance, sans doute étonnée par son silence, il se força à sourire.

— J'ai été convoqué chez les flics pour une absurde histoire de bagarre.

— Toi ? Quand et pourquoi ?

— C'est sans intérêt. Tout est réglé, enfin, je l'espère. Écoute, Tess...

Il lui prit la main qu'il pressa doucement. Le moins qu'il puisse faire était de se montrer honnête avec elle.

— Mes sentiments n'ont pas changé, je suis toujours très

amoureux de toi. Mais tu vois bien que j'ai encore plein de problèmes à surmonter. Je voudrais sortir de là la tête haute, en laissant ce trou noir derrière moi. Pour ça, il faut que je comprenne ce qui m'y a précipité. Or je ne peux pas te demander de m'attendre inlassablement, ce serait injuste et très égoïste. Sens-toi libre de faire ce que tu veux, au besoin une croix sur moi si tu en as assez de cette situation impossible. Tu es bien trop belle pour rester sur la touche, en stand-by.

D'un mouvement nerveux, Tess retira sa main.

— Est-ce ta façon de rompre, Mathieu ? Tu n'oses pas appeler les choses par leur nom ? Tu es en train de me quitter, là ?

— Mais non ! Je t'explique seulement que je trouve injuste de faire comme si de rien n'était. Comme si tout allait redevenir normal demain ou après-demain. Oui, je te rends ta liberté. Pas de gaieté de cœur, crois-moi. Tu préférerais attendre mon bon vouloir ?

— Ta guérison.

— Je ne suis pas malade, merde !

— Ah bon ? Je t'ai pourtant connu différent. Maintenant, si tu penses que je dois te laisser tomber parce que tu ne vas pas bien, laisse-moi te dire que tu as une conception de l'amour assez limitée.

— Tess…

— Jusqu'ici, je n'ai pas hurlé avec les loups, je ne t'ai pas abreuvé de conseils ou de mises en garde, je t'ai laissé gérer ta dépression dans ton coin sans rien te demander. Angélique t'a envoyé ton frère, ton ex-femme, elle t'aurait volontiers envoyé un prêtre ou un psychiatre pour t'aider à sortir du marasme, tandis que moi, je t'ai fichu la paix. J'ai patienté dans mon coin pour que tu…

— C'est exactement ce que je ne veux plus que tu fasses ! Poireauter. On dirait que tu attends ma sortie de prison. Bon sang, Tess, tu es une très belle femme, indépendante et joyeuse, tu ne mérites pas qu'un type comme moi soit un boulet à ton pied. Tu es pour moi une source supplémentaire de culpabilité, et j'en ai déjà un certain nombre !

— Tu te défiles sous prétexte de vouloir mon bien ? Tu poses à l'altruiste ? Eh bien, ton attitude est ridicule, indigne !

Jetant sa serviette sur la table, elle se leva si vite que sa chaise bascula à grand fracas. Un serveur se précipita pour la redresser tandis que Tess traversait la salle. Elle heurta la vitre de la porte et dut s'y reprendre à deux fois pour sortir. Atterré, Mathieu hésitait, mais il renonça finalement à la suivre. Elle était en colère, elle ne l'écouterait pas, d'ailleurs il n'avait rien d'autre à lui dire.

Rien d'autre, vraiment ? Pourquoi avait-il endossé le rôle stupide de celui qui prétend rendre sa liberté à celle qui n'a rien demandé ? Pourquoi l'emmener déjeuner et la couvrir de compliments si c'était pour refuser de passer la nuit avec elle ? Seigneur ! *Qui* était-il donc devenu ? À croire qu'un étranger, ou plutôt un mauvais génie, habitait sa tête. Il fit signe au serveur pour obtenir l'addition qu'il régla debout, pressé de partir. Négligeant sa voiture, il marcha jusqu'à l'immeuble où se trouvait son appartement. Il devait organiser son déménagement, trier les meubles qu'il enverrait à Sainte-Adresse et ceux dont il ferait mieux de se débarrasser.

Une fois chez lui, il contempla avec consternation le décor dans lequel il avait vécu toutes ces dernières années. Trop absorbé par la librairie, il n'avait accordé que peu d'attention à son cadre de vie qui lui parut froid et conventionnel. Canapé recouvert de lin crème, table basse en verre fumé, tapis aux motifs géométriques, lampes d'architecte : quand avait-il acheté ces trucs modernes et sans âme qui ne lui ressemblaient pas ? Il décida de ne rien garder, il n'avait qu'à tout mettre en vente immédiatement sur eBay ou Le Bon Coin. Dans sa chambre, il retrouva avec plaisir sa collection de bronzes animaliers. Ceux-là trouveraient sans mal leur place à Sainte-Adresse, par exemple sur la tablette de la cheminée. Il les avait acquis un par un depuis plus de vingt ans, et ils étaient tous signés Barye, Mène, Lecourtier ou

Thomas Cartier. Il les détailla avec un plaisir ravivé durant quelques minutes, se souvenant qu'ils avaient été son unique source d'intérêt en dehors des livres. Mais il y avait bien longtemps qu'il n'avait pas consulté de catalogues de ventes pour dénicher une nouvelle pièce.

Assis au pied de son lit, il décida qu'il n'y aurait pas de déménagement. Un carton suffirait pour les bronzes, un autre pour ses papiers personnels, et ses vêtements tiendraient dans deux valises. Regagnant le séjour, il s'installa à son bureau, mit son ordinateur sous tension. Il rédigea la liste de toutes les choses qu'il vendait et passa une annonce. Puis il navigua sur plusieurs sites avant de commander deux bergères recouvertes d'un tissu écossais, une table basse en teck huilé, une paire de hautes lampes en cuivre avec une console en demi-lune pour les poser, un grand tapis persan, une cuisinière ultramoderne à induction, un réfrigérateur américain qui délivrait de l'eau fraîche et des glaçons à la demande. Satisfait de ses achats, il remit la suite à plus tard et se connecta à sa banque pour vérifier le solde de son compte. Sans surprise, il constata qu'il était à découvert. Résigné, il effectua un virement, vidant la moitié de son compte épargne.

Toutes ces manipulations l'avaient distrait de son différend avec Tess, mais il se remit à y penser. Devait-il l'appeler, s'excuser, aller la voir ? Rien de tout ça ne changerait la vérité, il ne se sentait pas capable d'affronter l'éventuel échec d'une nuit ratée. Déjà, son habituelle lassitude était en train de le rattraper. Pour une fois, aujourd'hui, il avait été très actif, ce qui signifiait sans doute une amélioration de son état, mais la dispute avec Tess gâchait tout et lui rappelait qu'il n'était pas encore prêt à reprendre une vie normale. D'ailleurs, il n'envisageait toujours pas de franchir la porte de sa librairie, de parler à ses employés, de récupérer enfin les rênes.

Il posa ses coudes sur le bureau et se prit la tête à deux mains, soudain accablé. Devait-il se choisir un nouveau psy parmi ceux que proposait Benoît ? Et pourquoi ce dernier s'était-il dérobé ? Envisageait-il quelque chose avec Tess ? Était-ce la raison qui le poussait à ne plus le recevoir ? Ce type possédait un charme évident, mais surtout il paraissait bien dans sa peau, à l'aise dans l'existence, tout ce que Mathieu n'était plus.

— Mon pauvre vieux… Ils ont raison, tous, tu devrais te secouer…

Une incantation vaine, il le savait. Il éteignit l'ordinateur et décida de l'emporter. Il n'aurait qu'à se faire installer le haut débit à Sainte-Adresse, ce qui constituerait un premier pas pour ne plus vivre en ermite. Et recevoir des courriels de sa fille ou de ses frères serait moins dérangeant que des coups de téléphone. Par association d'idées, il réalisa qu'il n'avait pas appelé sa mère ces jours-ci. Son sens du devoir l'avait-il abandonné, en plus de tout ?

— Non, je n'ai pas envie de lui parler parce qu'elle est à l'origine de mon problème !

Il l'avait énoncé d'une voix forte qui résonna dans l'appartement et le fit s'arrêter alors qu'il allait partir.

— Eh bien voilà, ajouta-t-il beaucoup plus bas. Tu l'as dit…

Le miroir en pied placé dans le vestibule lui renvoyait son image, celle d'un homme maigre tenant un ordinateur à la main, les traits creusés et le regard un peu hagard. Certes, il avait toujours dû le savoir, mais il l'avait enfin formulé. Avoir été rejeté par sa mère était comme une écharde toujours plantée dans son cœur. Il n'avait pas eu le courage de l'arracher en mettant les choses au point avec elle. Jamais il ne lui avait demandé d'explication, n'avait pas cherché à obtenir des excuses ou des regrets, il avait fait semblant d'avoir des rapports normaux et affectueux avec elle. Magnanime, il s'était occupé d'elle davantage que ses trois frères, lui offrant ainsi ce qu'elle lui avait refusé. Mais tout était faux dans leur relation artificielle. Il s'était construit malgré elle, contre elle, contre ses frères et contre le monde entier. Réussir ce qu'il entreprenait avait été son obsession, pour donner la preuve qu'on avait eu tort de le négliger. Sa naissance ayant été une déception si clairement avouée, il ne supportait pas de démériter et, comme Benoît le lui avait fait comprendre, il s'en était beaucoup trop demandé.

Se détournant du miroir, il sortit en claquant la porte.

*

— Je ne veux pas que tu me l'offres, je tiens à l'acheter !

Benoît souriait, sa carafe à décanter à la main.

— C'est exactement ce qu'il me faut, ajouta-t-il. Tu sais que j'adore cuisiner et servir de bons vins quand je reçois des amis.

— Mais j'ai bien le droit de te faire un cadeau, s'entêta Tess.

— Non. Tu gères un magasin et je suis un client.

Il se planta devant la caisse, posa deux billets devant elle.

— Pourquoi as-tu lâché Mathieu ? demanda-t-elle en lui rendant la monnaie.

— Ah, je savais que tu me poserais la question !

— Et tu ne veux pas y répondre ?

— Disons qu'il y avait à mes yeux une sorte de conflit d'intérêt.

— À cause de moi ?

— Oui. En fait, je n'ai pas renoncé à te draguer. Quand je m'en suis aperçu…

L'aveu la mit aussitôt mal à l'aise. Pour se donner une contenance, elle prit une feuille de papier cadeau mais il l'arrêta.

— Inutile de l'emballer, c'est pour moi.

— Écoute, Benoît, je pense avoir été assez claire. Notre histoire s'est terminée il y a longtemps, et aujourd'hui j'aime Mathieu. Je ne suis donc pas libre.

— Vraiment ? Pas libre mais toujours seule, non ? Je ne veux pas grand-chose, un restaurant par-ci, par-là, un film, une sortie au théâtre... Ne me dis pas que ça te plaît de passer tes soirées devant la télé !

— Mais enfin, pourquoi moi ?

— Parce que tu es belle, épanouie, et que je ne t'ai jamais oubliée.

— Tu n'as pourtant pas dû manquer de conquêtes.

— Merci du compliment ! Tu me trouves... potable ?

— Séduisant. Malheureusement, mon cœur est ailleurs.

— Combien de temps vas-tu l'attendre ?

— À combien de mois estimes-tu sa guérison, si tant est qu'il tombe sur un psy qui ne l'abandonnera pas en cours de route ?

— Oh, le vilain pavé dans mon jardin ! J'ai mis un terme à nos séances parce que je ne voulais pas entendre parler de toi par un autre, or les gens se confient à leur psy. Et puis je n'avais pas envie que tu me demandes tous les jours où en étaient les progrès du cher Mathieu. Non seulement c'est contraire à la déontologie, mais c'est très agaçant pour moi. Désolé de te dire qu'en m'envoyant ton mec tu as ravivé des souvenirs que j'avais eu bien du mal à classer.

— J'ai donc eu une très mauvaise idée, alors que je croyais bien faire. Mais je ne pouvais pas deviner ton... regain d'intérêt. Bien, je ne veux pas me fâcher avec toi, Benoît, on va en rester là.

— Non ! Donne-moi une chance, une toute petite, laisse-moi t'emmener t'amuser un peu. Tu ne trahiras pas Mathieu en allant boire un verre avec moi !

— Je ne crois pas qu'il serait d'accord, s'obstina-t-elle en secouant la tête.

— Parce qu'il a quelque chose à dire ? Des droits sur toi ? Tu es censée l'attendre jusqu'à quand ? Au moins, t'a-t-il offert une tapisserie pour t'occuper, petite Pénélope ?

Il la couvait d'un regard tendre et amusé qui, à une autre époque, l'aurait conquise. Elle entoura la carafe de papier bulle et la glissa dans un sac à l'enseigne de son magasin.

— Toi qui es la gaieté personnifiée, tu n'es pas faite pour

104

vivre avec un homme torturé, ajouta-t-il en prenant le sac. Moi, je ne le suis pas.

Pour quelle raison l'avait-elle quitté ? Elle ne parvenait pas à s'en souvenir, cependant elle marmonna, comme s'il s'agissait d'un ancien grief :

— Toujours aussi têtu, hein ?

— Oui, et j'en suis fier ! Bon, que dirais-tu d'un petit agneau de lait ou d'un bar confit chez Tartarin ? Avoue que j'y mets les formes ! Je passe te prendre demain soir, à l'heure où tu fermes.

— Benoît...

— Ensuite, je te ramène chez toi et je ne chercherai même pas à flirter, promis juré.

Pour l'empêcher de refuser, il fit volte-face et traversa la petite boutique en trois enjambées. Le joyeux tintement du carillon de la porte arracha un sourire à Tess. Somme toute, la perspective d'un menu gastronomique chez l'ex-cellent Jean-Luc Tartarin, où elle n'avait pas souvent eu l'oc-casion d'aller, n'avait rien de désagréable. Benoît pouvait se montrer un charmant convive, il était fin gourmet, il aurait à cœur de mener une conversation légère et drôle, ce serait sûrement une bonne soirée. Comment avait-il deviné qu'elle ressentait un terrible besoin de distraction ? Le déjeuner avec Mathieu au Grignot lui laissait le goût amer d'une dispute inutile. Elle ne savait pas quand elle le reverrait, ni s'il en aurait seulement envie. Leur relation se diluait dans l'absence, le refus. Mathieu ne voulait pas être traité en malade, pour-tant il l'était. Il se terrait toujours à Sainte-Adresse, n'avait pas reparu dans sa librairie. Ne comprenait-il pas qu'il sabor-dait à la fois sa vie privée et sa vie professionnelle ? Dans quel état allait-il sortir de ces mois de marasme ? Malgré tous ses efforts, elle n'avait pas pu l'aider, et personne ne semblait en mesure d'y parvenir. Devait-elle garder espoir et continuer à patienter ? N'ayant aucune réponse à toutes ces questions, elle ne voyait pas en quoi un simple dîner avec Benoît serait une trahison.

*

En fin de semaine, Mathieu reçut les meubles qu'il avait commandés. La veille, il était allé chercher ses affaires personnelles et sa collection de bronzes à l'appartement, il pouvait donc se lancer dans l'aménagement du rez-de-chaussée. Il proposa un gros pourboire au transporteur pour le débarrasser de la vieille cuisinière et du réfrigérateur hors d'âge, tous deux bons pour la déchetterie. Une fois le transporteur parti, il passa plus d'une heure à tout déballer, étonné d'y prendre un certain plaisir. Dans le séjour, il déroula le tapis, disposa les bergères écossaises de part et d'autre de la cheminée, la table basse devant le canapé, la console contre un mur, les deux hautes lampes posées dessus. Puis il disposa ses bronzes avec soin, les répartissant entre la console et la tablette de la cheminée. Satisfait, il gagna la cuisine et constata qu'il devait d'abord nettoyer le sol avant d'installer ses nouveaux appareils. Tout en sifflotant, il remplit un seau d'eau chaude, ajouta du détergent, dénicha un vieux torchon qui ferait office de serpillière.

Il s'activait machinalement, sans ressentir de fatigue, concentré sur sa tâche et heureux de commencer à faire revivre sa maison. Quand il entendit frapper au carreau, il sursauta en lâchant le balai. Furieux d'être une fois de plus dérangé, il reconnut avec stupeur Lucie Delvaux. Ouvrant la porte à la volée, il constata qu'elle était seule.

— Bonjour, maugréa-t-il. Qu'est-ce que vous me voulez encore ?

— Seulement vous parler. Albert n'est pas avec moi.

— Je vois bien.

— Puis-je entrer ? Il fait froid !

Après un instant d'hésitation, il s'effaça pour la laisser passer et referma derrière elle.

— Faites attention, le sol est mouillé.

Elle jeta un regard stupéfait autour d'elle avant de demander :

— Vous déménagez ?

— Non, je nettoie. Allez-y, dites-moi la raison de votre visite.

Elle fit quelques pas prudents vers la table, se laissa tomber sur l'un des bancs. Comme il ne l'avait pas invitée à s'asseoir, il préféra rester debout pour lui signifier qu'il était pressé.

— Albert n'aurait pas dû porter plainte, j'espère que vous n'aurez pas trop d'ennuis… Mais il est impulsif, et aussi terriblement entêté. Que vous soyez propriétaire de cette maison sans l'avoir vraiment payée, ça le rend fou.

— C'est le principe d'un viager. Croyez-moi ou non, mais j'aurais préféré que César vive longtemps. Il me manque. Et la façon dont vous en parlez, votre frère et vous, me déplaît.

— Nous ne le connaissions pas si bien que ça, admit-elle.

— Sûrement, sinon vous l'auriez apprécié.

— Il n'avait pas très bonne réputation dans notre famille.

— Parce qu'il était fantaisiste, différent ?

— Et aussi buveur, joueur, ours mal léché… Mais je ne suis pas venue pour parler de lui.

— Oh, je suppose qu'il va être question d'argent ?

Elle baissa les yeux et s'accrocha plus fermement à la poignée de son sac à main, posé sur ses genoux.

— Écoutez, monsieur Carrère, mon frère ne se calmera pas si vous ne proposez rien. Une sorte de dédommagement, même symbolique, l'apaiserait sûrement. Il a du mal à croire que tout ça soit légal, et je suppose qu'il a tort, mais pour lui c'est devenu une obsession. Quand nous avons quitté Johannesburg, il était persuadé que nous aurions la possibilité de récupérer quelque chose sur les biens de César. Puisque celui-ci vous avait vendu la maison, ainsi que son magasin qui est immense, il aurait dû avoir de l'argent sur ses comptes. Pour Albert, c'est louche.

Mathieu leva les yeux au ciel, exaspéré par la voix insistante et geignarde de Lucie.

— Vous m'accusez de malhonnêteté ?

— Pas moi, non, s'excusa-t-elle.

Elle semblait apeurée, mal à l'aise. Pourquoi était-elle venue, alors que, Mathieu l'aurait parié, elle devait être sous la coupe de son frère et ne rien entreprendre sans lui. Jouait-elle le rôle de la gentille et lui du méchant, comme une paire de flics dans une mauvaise série policière ?

Soudain fatigué, il s'assit sur l'autre banc, face à elle.

— Que feriez-vous à ma place ? soupira-t-il. Je ne vous dois rien, n'importe quel homme de loi vous le dira mieux que moi, et votre frère sera bien obligé d'accepter cette réalité. D'un point de vue moral, si vous aviez été proches de César, s'il avait eu de l'affection pour vous mais pas le temps de rédiger un testament, peut-être serais-je touché. Enfin, je ne sais pas… En tout cas, je n'ai rien fait de *louche*. Au contraire, César avait terriblement besoin d'argent. Comme vous l'avez dit, c'était un joueur invétéré, il avait peur de finir sous les ponts, et pour lui ce viager représentait l'assurance de vieillir chez lui et de ne jamais avoir faim. S'il avait vendu sa maison d'un coup, il aurait pu tout claquer en une nuit, et il le savait, il se méfiait de lui-même. Si vous voulez visiter, vous verrez jusqu'à quel état d'abandon il avait laissé aller les choses. Le confort matériel ne l'intéressait pas. En revanche, il était né ici et il tenait à y mourir. Ce qui est arrivé un soir. Je pense qu'il ne s'est pas vu partir, il avait le sourire quand je l'ai découvert.

Évoquer la mort de César attristait profondément Mathieu, mais à l'évidence, pas Lucie.

— Vous me croyez riche ? ironisa-t-il. Il n'en est rien, j'ai de gros emprunts sur ma librairie, et très peu de trésorerie. Au nom de quoi devrais-je vous offrir un *dédommagement*, comme vous dites ? D'ailleurs, si je le faisais, qui me dit que vous n'en profiteriez pas pour y voir un aveu de culpabilité ? Je ne suis pas un voleur, je ne dois rien à personne, hormis à ma banque.

Lèvres pincées, elle jeta un coup d'œil circulaire.

— Pourtant, vous avez l'air prospère, vous achetez beaucoup de choses !

— Ça vous regarde ?

Il avait répondu sèchement, à bout de patience.

— J'étais venue dans l'espoir de trouver une solution, mais puisque vous ne voulez rien entendre… Mon frère ne se résignera pas. Nous n'avons pas de plan B, et nous n'avons pas l'intention, nous non plus, de finir sous les ponts ! Albert est capable de tout, je vous aurai prévenu.

— Comme de jeter des ordures dans mon jardin ? C'est censé m'effrayer ?

Il la vit rougir et se lever précipitamment. Elle se dirigea vers la porte, posa une main sur la poignée, l'autre toujours cramponnée à son sac.

— Pourquoi êtes-vous incapable de comprendre ? Quand on est aux abois, on peut faire n'importe quoi !

Elle attendit quelques instants puis sortit sans rien ajouter, refermant doucement derrière elle. Mathieu n'arrivait pas à la croire sincère, il se demandait ce qu'elle avait bien pu espérer de cette visite. L'avait-elle cachée à son frère ou étaient-ils complices ? Quoi qu'il en soit, il ne céderait ni aux menaces ni aux tentatives réitérées pour lui soutirer de l'argent. Leur idée de se faire dédommager était absurde ! Néanmoins, elle provoquait un certain malaise chez Mathieu. Il s'était toujours estimé honnête, et cette mise en accusation le déstabilisait. Parce qu'il n'en avait pas terminé avec sa dépression, la moindre contrariété devenait un problème. Il se tourna vers le réfrigérateur américain à moitié déballé et il poussa un long soupir. Son entrain avait disparu, effacé par les propos de Lucie Delvaux. Il jeta le torchon qui lui avait servi de serpillière, vida l'eau sale du seau. Arranger la maison lui avait semblé un bon dérivatif, mais à présent, ce n'était plus qu'une corvée. Morose et fatigué, il s'obligea à plier les cartons vides.

*

— C'est tellement bon de te voir, répéta Micheline d'un air béat.

Sylvain lui adressa un sourire contraint avant de répliquer :

— Je ne suis pourtant pas le mieux placé ! Paris est loin, et il y avait un monde fou sur l'autoroute. Mais puisque *personne* ne se donne la peine de te rendre visite... Mathieu pourrait faire un effort, non ? Ou même Fabrice, après tout Rouen est bien plus proche.

Il avait du mal à dissimuler son déplaisir, trouvant très injuste que ses frères n'assument pas leur devoir. À la rigueur, il absolvait Jean qu'il savait débordé par son travail immobilier à Londres, mais lui aussi avait un emploi du temps chargé car son cabinet de kinésithérapie ne désemplissait pas. Certes, ils étaient trois associés et se répartissaient la clientèle, ce qui lui laissait une certaine liberté, néanmoins il aimait se prétendre surbooké.

— Tu es toujours seul dans la vie, mon chéri ? voulut savoir Micheline.

La question, bien que récurrente chez sa mère, lui parut saugrenue. Seul ? Bien sûr qu'il ne l'était pas ! Depuis près de dix ans, il vivait en couple avec Louis, qu'il s'était bien gardé de présenter à sa famille. Habiter, travailler à Paris et ne fréquenter que des Parisiens avait fini par lui inculquer une sorte de mépris pour la province, lui faisant renier ses origines. Ainsi s'était-il persuadé que sa mère, avec ses idées étriquées, ne pourrait ni comprendre ni approuver son mode de vie. Il prétendait donc partager une colocation avec un copain, sans rien dire de ses mœurs.

— Tu finiras bien par rencontrer une gentille petite femme, affirma-t-elle d'un ton péremptoire.

— Je suis très bien comme ça, marmonna-t-il.

Elle n'avait pas entendu et continuait de le couver du regard.

— J'ai prévenu que nous serions deux aujourd'hui, ajouta-t-elle. Tu verras, la cuisine n'est pas trop mauvaise.

Étant arrivé en fin de matinée, il n'avait aucun moyen d'éviter le pensum du déjeuner.

— Pourquoi ne vient-il plus, Mathieu ? articula-t-il distinctement.

— Il doit être occupé avec sa fichue librairie, comme toujours.

— Mais non, il paraît qu'il n'y met plus les pieds ! Fabrice dit qu'il est déprimé, or je n'y crois pas une seconde. Bon, viens, allons manger.

En la voyant s'extirper difficilement de son fauteuil, il eut une petite bouffée de compassion.

— Tu peux marcher ? Tu veux mon bras ? Au moins, es-tu prise en charge par un confrère ?

— Arrête de me parler de ton frère.

— Un con-frère, maman. Un kiné, quoi !

Son audition baissait de plus en plus, mais elle refusait toute prothèse. Sylvain estima que leur repas allait être cauchemardesque. Une fois de plus, il avait dissuadé Louis de l'accompagner, décrétant que passer deux heures dans une maison de retraite n'avait rien d'une partie de plaisir et qu'il fallait vraiment y être obligé. Mais Louis se faisait de plus en plus insistant, tolérant mal sa mise à l'écart. C'était facile pour lui, qui avait des parents charmants, d'imaginer qu'il saurait amadouer Micheline, alors qu'elle tomberait forcément des nues. Sylvain ne voyait pas ce qu'une rencontre pourrait leur apporter, hormis de grandes désillusions.

La salle à manger était bien telle que dans son souvenir, avec un carrelage blanc au sol, des nappes tristounettes, de petits vases de fleurs artificielles, des gens très âgés déjà attablés et qui patientaient, le regard dans le vague. Un coup d'œil à la grosse horloge murale lui fit comprendre qu'il était trop tôt, l'entrée ne serait servie que dans dix minutes. Il reporta son attention sur sa mère, cherchant quelque chose de gentil à lui dire. Malgré son impatience et son envie d'être ailleurs, il se rappelait qu'elle avait été veuve assez jeune et qu'elle s'était débrouillée pour élever seule ses fils avec beaucoup d'amour. Fabrice, Jean et lui-même avaient été choyés. Mathieu un peu moins, comme si elle avait usé toute son énergie avec les trois premiers. À l'époque, Sylvain et ses frères en riaient, ils traitaient Mathieu de vilain petit canard qui ne deviendrait jamais un cygne. Comme leur mère, ils le jugeaient en surnombre dans la fratrie. Toutefois il n'y avait rien de méchant dans leurs moqueries d'adolescents. En s'amusant aux dépens du benjamin, ils se croyaient drôles et n'avaient jamais imaginé qu'ils pouvaient le faire souffrir. D'ailleurs, Mathieu possédait son monde à lui, ses livres, son judo. Le jour où il avait obtenu sa ceinture noire, Sylvain s'était senti bluffé par la volonté du gamin. Il l'avait félicité sincèrement, n'obtenant qu'un haussement d'épaules. Sans doute était-il trop tard pour tisser un lien. Micheline n'avait jamais rien fait pour que les trois grands s'intéressent au petit, ne voulant pas leur imposer ce qu'elle se sentait incapable de faire. Résultat, si elle avait été une très bonne mère pour les uns, elle avait vraiment démérité pour l'autre.

Un chariot était en train de circuler entre les tables et on leur servit des concombres à la crème. Un légume que Sylvain digérait mal mais qu'il se força à ingurgiter.

— Les gens sont gentils, ici ? demanda-t-il pour avoir l'air de s'intéresser à son quotidien.

— Non, mon chéri. Pas du persil, plutôt de la ciboulette.

À défaut de bien entendre, elle avait conservé le goût. Il hocha la tête, soudain malheureux pour elle. Comment faisait-elle pour supporter de vieillir dans cet endroit si impersonnel ? Il se reprocha de ne venir que trop rarement, mais c'était presque au-dessus de ses forces. Jusque-là, il avait lâchement compté sur Mathieu puisque c'était lui qui avait trouvé la maison de retraite, lui qui vivait à quelques kilomètres. Mais Mathieu allait mal, d'après Fabrice, et il ne remplissait plus son rôle, somme toute paradoxal, de bon fils. S'était-il inventé une dépression pour y échapper ? Non, cette histoire de librairie désertée était édifiante, jamais Mathieu ne s'en serait désintéressé, il fallait qu'il soit réellement malade.

— Je vais passer le voir, décida Sylvain à haute voix.

— Qui ?

— Mathieu.

— Pourquoi ?

— Parce qu'il y a des mois que...

Non, pas des mois, des années. Deux, trois ? Autant il allait volontiers chez Jean à Londres, le temps d'un week-end, autant il répugnait à venir au Havre. Quand il s'y résignait, c'était pour embrasser sa mère en coup de vent. Il se promettait toujours de faire un détour par la librairie, mais il oubliait, pressé de rentrer à Paris.

— Ça lui fera plaisir, non ?

Micheline eut une moue dubitative et ne répondit rien. Les concombres avaient été remplacés par du hachis Parmentier que Sylvain considéra avec dégoût. Louis faisait admirablement la cuisine, mijotant des plats fins et légers dont ils se régalaient tous les deux ou en conviant des amis. Le samedi, ils sortaient presque toujours, en quête de nouveaux restaurants.

— Tu ne penses vraiment pas à te marier ? Je ne comprends pas que...

— J'ai cinquante et un ans, maman !

— Justement, tu n'as plus le temps de t'amuser, il faut songer à l'avenir.

Il ricana, exaspéré par son insistance, et il eut envie de lui avouer qu'il était pacsé avec un homme. Mais bien sûr, elle ne comprendrait pas. Il la regarda manger avec appétit, pourtant elle avait maigri. Ne trouvait-elle du plaisir à la nourriture que si elle avait de la compagnie ? Soudain, il s'en voulut de son indifférence. Pourquoi s'était-il autant – et si vite – détaché d'elle ? À peine son bac en poche, il avait exigé d'aller faire ses études à Paris. Il rêvait de la capitale et savait qu'une fois arrivé là-bas il n'en bougerait plus. Il avait obtenu son diplôme, ouvert son cabinet, s'était fait des amis. Sa famille ne lui manquait pas.

— Je voudrais rencontrer ton médecin avant de partir. Faire le point sur ton état de santé, connaître tes traitements.

— Mauvais traitements ? Non, pas ici ! protesta-t-elle en riant. Le personnel est correct, rassure-toi, mais je m'ennuie beaucoup...

— Le sac que j'ai laissé dans ta chambre est plein de magazines. Il y a aussi du chocolat et du nougat. Et un jeu de cartes pour que tu puisses faire des réussites, je sais que tu aimes ça. Allez, prends ton dessert tranquillement, je dois voir ton médecin. D'accord ? Ensuite, je filerai chez Mathieu avant de rentrer à Paris.

Il avait parlé assez distinctement pour qu'elle entende, et il la vit acquiescer avec un air de chien battu.

— Quand reviendras-tu ?

— Bientôt, maman. Promis !

Il se leva, à la fois soulagé et coupable d'avoir trouvé une raison de fuir. En l'embrassant, il rajusta son châle sur ses épaules frêles, mais il évita de la regarder. Avant de quitter la salle à manger, il se retourna pour lui faire un petit signe d'adieu. Tandis qu'elle agitait mollement la main en réponse, le cœur de Sylvain se serra.

*

— Nous sommes au bord du gouffre, soupira Corentin. Le chiffre d'affaires continue de baisser. Si je prends les comptes de l'année dernière à la même époque, c'est flagrant.

— Les choses peuvent encore s'arranger, non ?

Face à lui, Angélique paraissait prendre la situation à la légère. Elle ajouta :

— Nadia a refait la vitrine qui est magnifique ! D'ailleurs, les gens s'arrêtent tout le temps devant.

— Nous l'avons arrangée ensemble, protesta Corentin. Sans votre père, Nadia est un peu timorée, elle ne prend pas beaucoup d'initiatives. Mais c'est une employée formidable

114

quand son patron est là. Bon, inutile que je vous demande s'il compte revenir ?

— Bien sûr qu'il reviendra !

— Quand ?

— Je ne sais pas. En revanche, ce que je sais, c'est qu'on peut s'en sortir. Les gens ne vont pas s'arrêter de lire parce que le libraire est absent !

— Eh bien, vous vous trompez. Cette affaire a la particularité de reposer entièrement sur les épaules de Mathieu. Il l'a voulu ! Les idées viennent de lui, et je dois reconnaître qu'il en a toujours eu d'excellentes. Vous voyez bien qu'on ne vend pas que des livres.

— C'est le salon de thé qui rapporte ? railla-t-elle.

— Non, c'est l'ensemble ! L'atmosphère est celle d'un passionné, chacun le ressent. Les clients adorent discuter avec lui, ils le suivent sur ses coups de cœur et ne sont jamais déçus. Ils reviennent, ils en redemandent. Quand il n'est pas là, ils le cherchent, c'est à lui qu'ils veulent parler. Et à force de s'attarder ici, au milieu des rayons, ils finissent par craquer aussi pour un beau papier à lettres, un stylo-plume ou un jeu de société. Dans le commerce, Angélique, le monde attire le monde, et quand plein de gens arpentent la librairie, il s'établit une sorte d'effervescence, de frénésie d'achat. Mathieu gère très bien ça. En plus, il sait se renouveler, susciter de l'intérêt. Il a fait venir des auteurs célèbres pour des après midi de dédicace qui ont créé l'événement. À chaque fois, il y a la queue jusque sur le trottoir ! Combien de livres avez-vous lus depuis qu'il est malade ? Deux ? Davantage ? Et vous sauriez en parler ? Moi, je l'avoue, je n'ai pas le temps, je ne suis pas un gros lecteur, et de toute façon ce n'est pas mon rôle. Mais je vois faire les employés, ils s'embrouillent dans leurs explications. Quant à Nadia, elle n'aime que les romans policiers ! Comment voulez-vous qu'on conseille les clients ? Mathieu dévore, et il apprécie tous les genres, BD comprise. Il possède une culture littéraire immense, alors quand il rédige un commentaire flatteur sur un bouquin et qu'il le met en évidence, tous les fidèles achètent les yeux fermés. Libraire, c'est un métier. S'il n'y a pas de conseil, les ventes stagnent. D'ailleurs, c'est si facile de commander sur Internet qu'il faut un intérêt supplémentaire pour franchir la porte d'une librairie. Or il y a tant et tant de nouveautés qui sortent, deux fois par mois, que le lecteur a besoin d'être guidé dans cette profusion de titres.

Il reprit son souffle et s'aperçut qu'Angélique le regardait avec stupeur.

— Corentin, vous auriez dû être avocat ! Avec vous, papa compte un défenseur de premier ordre...

— J'admire les gens qui font bien leur métier, et j'apprécie les affaires qui marchent. Travailler ici a vraiment été un plaisir jusqu'à ce que Mathieu nous lâche. Je ne comprends toujours pas ce qui lui est arrivé.

— Vous n'avez pas le même âge que lui, et vous n'avez sans doute pas eu la même vie.

— Je ne connais pas son parcours, reconnut-il.

Angélique s'approcha de la vitre pour regarder l'animation de la librairie. Elle avait rapporté les documents signés par son père, mais apparemment elle n'avait aucune idée de la date de son retour. Corentin trouvait injuste qu'elle soit obligée de perdre son temps en allées et venues, supposant qu'elle avait mieux à faire, mais il ne pouvait s'empêcher de se réjouir chaque fois qu'elle entrait dans le bureau. Quand Mathieu reprendrait sa place – il faudrait bien que ça finisse par arriver –, elle ne viendrait probablement plus. En conséquence, s'il voulait tenter quelque chose, il ne devait plus attendre. Prenant l'air détaché, il se leva, mit son portable dans sa poche et enfila son imperméable.

— Une grillade au Clapotis, ça vous dirait ?

Elle se retourna, eut un sourire embarrassé.

— J'ai cours à deux heures.

— Je vous ramènerai en voiture à l'ISEL.

— Ah... Eh bien, pourquoi pas ?

Apparemment, elle ne débordait pas d'enthousiasme et n'avait peut-être pas osé refuser. Mais il était décidé à saisir sa chance, et il aurait de l'entrain pour deux.

*

Après avoir dîné légèrement, Mathieu s'était forcé à sortir. Passer toute la journée à déballer, nettoyer et ranger l'avait épuisé, il éprouvait le besoin de respirer l'air du large. Dans la nuit, les lumières du port scintillaient sur la mer, ce qui l'avait poussé à descendre jusqu'à la plage malgré le vent froid.

Assis sur les galets, il remonta le col de son blouson et mit les mains dans ses poches. À marée haute, contempler l'eau noire dans l'obscurité était un plaisir que lui avait fait découvrir César. Ils s'installaient parfois avec un pack de bière, face au large, et refaisaient le monde. César avait beaucoup voyagé dans sa jeunesse. Il disait qu'à force de voir des paquebots appareiller pour l'Amérique, il avait fini par embarquer. Fâché avec ses parents pour des raisons qu'il taisait, il était resté douze ans loin du Havre, parcourant le monde en faisant tous les métiers. À son retour, ses parents étaient au cimetière et son héritage, assez confortable, l'attendait. Il avait gardé la maison, acheté un commerce pour s'occuper, mais il restait un touche-à-tout dans l'âme. Ses récits, ponctués d'aventures rocambolesques et d'histoires d'amour tumultueuses, fascinaient Mathieu. César était joueur, avec les cartes comme avec les femmes, il avait bien vécu et ne s'embarrassait d'aucun regret. Farouchement indépendant, impulsif, parfois philosophe, il appréciait les bons restaurants mais pouvait tout aussi bien se contenter d'une boîte de haricots blancs mal réchauffés. Dès leur première rencontre, il s'était pris d'amitié pour Mathieu, séduit par son caractère droit et volontaire, par sa capacité à ne tendre que vers un seul but. Après lui avoir vendu son commerce, César avait suivi le chantier avec intérêt, amusé de voir les locaux se transformer peu à peu en une somptueuse librairie sur plusieurs niveaux. L'escalator faisait sa joie, pendant les travaux il s'amusait à monter et descendre en déclamant des vers de Racine, sous l'œil médusé des ouvriers. Pour l'inauguration, il était arrivé avec une cravate qui ressemblait à une ficelle, une chemise froissée mais propre, un carton d'excellent champagne sous le bras.

Mathieu s'était vite attaché à César. Il trouvait en lui une fantaisie et un mépris des conventions très réjouissants. Et aussi, peut-être, l'image d'un père car il avait trop peu connu le sien. Mais un père rebelle, brillant, râleur, dont l'éclectisme pouvait dérouter mais dont l'affection ne se démentait jamais.

Bien plus tard, c'était César qui avait eu l'idée du viager. Il y voyait la solution à ses problèmes, une sorte de garantie contre lui-même et le démon du jeu. Mais Mathieu n'avait pas d'argent, il remboursait l'emprunt de son gigantesque chantier. Ils avaient discuté durant près de deux ans avant de se mettre d'accord, et Mathieu s'était endetté davantage. « Tu es un guerrier, tu y arriveras très bien ! » La prophétie de César s'était réalisée car la librairie prospérait. Outre la rente mensuelle, la vente comprenait une petite somme, le fameux bouquet, que César avait vite dilapidée au black jack et à la roulette du casino. « Tu vois bien que tu m'as sauvé, j'ai encore un toit grâce à toi ! » César riait car, en effet, sans ce viager il aurait été capable de perdre sa maison sur une table de jeu. Hélas, il n'en avait pas profité longtemps. Ce qui aurait dû être un arrangement en sa faveur avait finalement bénéficié à Mathieu.

« Que dirais-tu de me voir comme ça, mon ami ? Guerrier, tu parles… Amorphe, oui ! Tiens, je n'ai même pas apporté de bière… À quoi bon puisque je ne pourrai plus jamais discuter avec toi ? »

César aurait-il pu comprendre l'étendue de la lassitude physique et morale de Mathieu ? L'aurait-il plaint ou au contraire houspillé ?

« En plus, je finirai par perdre Tess, que je n'ai pas le courage de rappeler. »

Pour lui dire quoi, puisqu'il n'allait pas vraiment mieux ? Pourtant, s'il était capable de déplacer un réfrigérateur et des fauteuils, il avait sûrement la force de faire l'amour à la femme qu'il désirait et qu'il aimait. Était-ce un tel défi ? Il n'avait pas souvenir d'avoir connu d'échec au lit, ni avec Tess ou Charlotte, ni avec d'autres avant elles. Toutefois, même s'il n'avait pas de défaillance, il lui faudrait répondre ensuite à ses questions. Immanquablement, elle demanderait qu'il s'explique sur les raisons de sa dépression, voudrait savoir quel jour il comptait revenir à la librairie et se remettre à vivre normalement. Elle lui dirait à quel point elle avait été inquiète et malheureuse. Et sans doute s'empresserait-elle de faire des projets d'avenir. Tout ça pour s'assurer que les choses étaient rentrées dans l'ordre, que la page était tournée. Il n'aurait plus jamais le droit d'être fatigué, sous peine de l'alarmer aussitôt. D'une certaine manière, ce serait un retour dans la cage dorée qu'il avait lui-même forgée.

Il changea de position, un peu meurtri par les galets. Le dernier ferry avait quitté la gare maritime et partait pour la traversée de nuit vers Portsmouth, toutes ses lumières allumées. Mathieu le suivit longtemps des yeux, laissant ses pensées vagabonder. Il ne se sentait ni triste ni angoissé, ce qui, à l'évidence, représentait un progrès. Sauf si ce détachement le conduisait à tout abandonner pour de bon.

— César, aide-moi !

Il avait crié ces trois mots qui furent emportés par le vent. César le voyait peut-être mais ne pouvait plus rien pour lui. Comme dans son enfance, quand ses frères et sa mère l'ignoraient, comme lorsque Charlotte l'avait quitté en prenant Angélique avec elle, il était seul.

« Pour toutes les choses vraiment importantes, ne compte que sur toi-même. » Sentence d'ivrogne ou réalisme de vieux sage ? César le lui avait conseillé un soir, répétant sa phrase en la martelant pour être sûr que Mathieu s'en souviendrait.

— Que sur moi, d'accord, dit-il à voix basse en se levant.

Le salut ne viendrait de personne, il était temps qu'il l'admette. Durant quelques secondes, il regarda l'eau noire, devant lui, qui affleurait sur les galets. La marée était au plus haut, le vent toujours aussi fort. En se retournant, il contempla la colline de Sainte-Adresse qu'il lui fallait remonter jusque chez lui. De rares fenêtres allumées signalaient les maisons où les gens ne dormaient pas encore. Il aimait cet endroit, preuve qu'il avait conservé la capacité d'aimer. Le constat qu'il n'était pas devenu indifférent à tout le fit jubiler. Non, il n'était pas *fini*, il allait s'en relever.

5

Tess sifflotait tout en passant délicatement son plumeau sur les objets du présentoir. Les derniers achats effectués lors d'un aller-retour éclair à Paris lui donnaient toute satisfaction. En particulier une poule en porcelaine, de petites boîtes à pilules en forme d'œuf, des cloches de cuivre. Cette série se vendrait facilement pour Pâques car Tess proposait toujours quelques bibelots en rapport avec le calendrier. Pour le reste, elle demeurait fidèle à deux grossistes chez lesquels elle se rendait plusieurs fois par an, y dénichant les idées de cadeaux qui faisaient le succès de sa boutique.

Lorsque le carillon de la porte retentit, elle se retourna, sourire aux lèvres, pour accueillir des clients.

— Angélique ! Ah, ta visite me fait plaisir, je te croyais trop accaparée par tes examens…

— J'ai bouclé mes partiels.

Mal à l'aise, Tess essaya de conserver son sourire. Elle aimait beaucoup Angélique, mais elle se sentait vaguement coupable devant elle. En moins d'une semaine, elle avait dîné deux fois avec Benoît et y avait pris du plaisir, ce qu'elle ne pouvait évidemment pas raconter à la jeune fille. Mathieu ne donnant aucune nouvelle, elle ne l'avait pas appelé non plus et ne savait pas s'il allait mieux ou plus mal. Avoir pu rire de bon cœur en compagnie d'un autre homme lui semblait soudain répréhensible, pourtant elle n'éprouvait aucun regret.

— Tu es resplendissante, lui dit gentiment Angélique. Tes affaires marchent bien ?

— Euh… Pas trop mal, oui.

— C'est joli tous ces nouveaux objets dans ta vitrine.

— Je les ai rapportés de Paris, j'y suis allée lundi.

Elle ne parvenait pas à être naturelle et craignait qu'Angélique le remarque.

— Comment va ton père ? se força-t-elle à demander. La dernière fois que je l'ai vu, il n'a pas été très… très aimable.

— Je compte passer chez lui maintenant. Veux-tu m'accompagner ?

— Je ne suis pas sûre que ce soit une bonne idée.

— Pourquoi ? Vous vous êtes disputés ?

— Un peu. Il est distant avec moi, il m'a même suggéré de faire une croix sur lui et de reprendre ma liberté.

— Tu plaisantes ? Il t'adore !

— Depuis qu'il rumine seul dans son coin, peut-être s'est-il aperçu que je ne lui manque pas.

Angélique la dévisagea avant de lâcher :

— Et tu m'annonces ça comme ça, sur le ton de la conversation ?

— Comment devrais-je le dire ?

— Il n'y a pas si longtemps, tu trouvais qu'il était irremplaçable, que c'était le genre d'homme qu'on ne rencontre pas tous les jours, que…

— Oui, il était tout ça avant. Aujourd'hui, personne ne sait plus qui il est, même pas lui. Tant qu'il me demandait de l'attendre, de laisser passer la crise, j'ai pu espérer que tout redeviendrait normal. La semaine dernière, il m'a invitée à déjeuner au Grignot et j'ai cru qu'il avait accompli un grand pas en avant. C'était un faux espoir, en réalité il m'a complètement découragée, voire congédiée. Il ira sûrement mieux un jour, mais ce jour-là il ne tient sans doute pas à ce que je sois là.

— Oh, Tess…

Angélique semblait accablée par ce qu'elle venait d'entendre.

— Si tout le monde le lâche, murmura-t-elle, comment va-t-il s'en sortir ? Maman a jeté l'éponge, mes oncles aussi, toi à ton tour, et même son psy, paraît-il ! Il ne reste donc plus que moi pour le soutenir.

Elle fit quelques pas dans la boutique, tendit la main vers un présentoir, n'acheva pas son geste. Puis elle regarda de nouveau Tess, son expression chagrine remplacée par une brusque colère.

— Vous n'êtes pas très patients, les uns et les autres ! Il y a deux mois qu'il est déprimé, et pour vous, c'est déjà trop long. Comme quoi il faut toujours être au top, sinon on est impitoyablement jugé et rejeté ! Moi, j'aime mon père, je le défendrai jusqu'au bout.

— Ne t'énerve pas, Angélique. Je n'ai jamais dit que…

— Si, tu viens de le dire ! Et tout dans ton attitude exprime le soulagement. En arrivant, je t'ai trouvé gaie et très en forme, maintenant je comprends pourquoi.

Faisant volte-face, elle se précipita dehors, laissant Tess médusée. Gaie ? Était-elle *gaie*, éprouvait-elle du *soulagement* ? Oui, il y avait une part de vérité dans les mots d'Angélique, inutile de le nier. Durant toutes ces dernières nuits solitaires, Tess avait beaucoup réfléchi, beaucoup pensé à son avenir. Mathieu était malade, pas en voyage, il n'y avait pas de date prévue pour son retour, il pouvait s'enfoncer dans une interminable dépression. Elle avait la sensation de ne plus compter pour lui. Il avait décidé de rendre le bail de son appartement sans lui en parler, peut-être pour mieux s'enterrer à Sainte-Adresse et ne plus en bouger. En songeant à tout cela, elle prenait peur. Et la compagnie chaleureuse et joyeuse de Benoît lui avait fait du bien. Au point de se demander pourquoi elle l'avait quitté quelques années plus tôt. À l'époque, elle n'avait pas envie de s'engager, mais aujourd'hui ?

Mathieu, Benoît… Aurait-elle jamais pu imaginer les comparer ? Et puis, Angélique avait raison sur un point, n'aimer quelqu'un qu'au mieux de sa forme était vraiment très égoïste, voire méprisable. Elle s'était crue liée pour la vie à Mathieu, éperdument amoureuse, or elle s'apprêtait à lui tourner le dos. Ses sentiments pour lui avaient donc eu si peu de profondeur ? Perdue dans ses pensées, elle recommença à épousseter distraitement les objets jusqu'à ce que la poule de porcelaine, heurtée par le manche du plumeau, bascule de son étagère et se brise au sol.

Elle regarda les morceaux, puis elle se mit à pleurer alors qu'un couple de clients entrait dans la boutique.

*

Angélique n'était toujours pas remise de sa discussion avec Tess lorsqu'elle arriva chez Mathieu. Très déçue, elle était bien obligée d'admettre que Tess ne serait plus sa meilleure alliée face à la dépression de son père. Désormais, elle devrait lutter seule.

En entrant dans la cuisine, elle découvrit avec stupeur le nouveau réfrigérateur américain et la cuisinière à induction. Incrédule, elle gagna le séjour où les bergères écossaises, la table basse, le tapis et les lampes de cuivre sur leur console lui arrachèrent un cri de joie.

— Papa, tu es là ? Tu t'es enfin décidé à meubler la maison ? C'est superbe, j'adore !

Elle entendit son père descendre l'escalier et elle alla se jeter dans ses bras.

— Vraiment ça change tout, comment as-tu fait ?

— J'ai navigué sur Internet et je me suis fait livrer.

— Tu as bien choisi ! Tu es content ?

— Oui… Enfin, je suppose.

— Un beau cadre de vie, ça remonte le moral, affirma-t-elle. Tu te souviens du jour où nous avons installé mes meubles dans mon studio ? Je ne m'en suis pas lassée ; quand je rentre chez moi le soir, je me sens toujours aussi bien.

— Si je m'en souviens ? Tu m'avais ruiné avec ces achats, dit-il en riant, et j'ai eu le dos en capilotade pendant huit jours. Quand je pense que je viens de recommencer ici !

Son air faussement désinvolte inquiéta Angélique.

— Tu as des soucis d'argent ? Tes finances vont mal ?

— Plutôt, oui. J'ai ce que je mérite, j'imagine.

Elle faillit lui demander pourquoi il choisissait ce moment précis pour dépenser, mais elle était si heureuse de le voir enfin réagir qu'elle préféra s'en abstenir. Quand cette pénible histoire de burn-out serait terminée, il recommencerait à gagner sa vie et tout s'arrangerait.

— Et à part ça, papa, comment te sens-tu ?

— Toujours fatigué, mais un peu moins…

Il s'interrompit pour réfléchir, chercha le bon mot et conclut :

— Détruit. Oui, un peu moins détruit, c'est ça.

— Peut-être entames-tu la reconstruction ? suggéra-t-elle, pleine d'espoir.

— Je suppose que ça ne peut pas venir d'un coup. Je ne vais pas me réveiller un beau matin en constatant que tout est arrangé par miracle !

— Pourtant, tu as entrepris quelque chose, tu n'es donc plus dégoûté de tout.

Elle voulait y croire et ne lui laissa pas le temps de la contredire.

— Je vois que tu as aussi rapporté ton ordinateur et que tu t'es débrouillé pour avoir une connexion Internet. Alors, ne me raconte pas que tout ça n'est pas positif.

Le voyant sourire, détendu pour une fois, elle décida de profiter de sa bonne humeur pour réclamer une flambée.

— Je veux tester une de tes bergères, d'accord ? On va prendre le thé au coin du feu. Enfin, si tu en as…

— Oui, mademoiselle, j'en ai ! Et tu en profiteras pour me parler un peu de tes études.

Cette fois, le doute n'était plus permis, il allait mieux puisqu'il se souciait enfin de la vie de sa fille. Elle gagna la cuisine où elle mit la vieille bouilloire en route. Fouillant dans les placards, elle découvrit qu'une livraison d'épicerie avait eu lieu, ce qui la conforta dans son idée que les choses s'arrangeaient pour de bon, même si son père ne voulait pas encore le reconnaître. Elle prit un paquet de biscuits, des sachets de thé, installa des tasses sur un plateau qu'elle reconnut comme un ancien cadeau de Tess. Devait-elle évoquer leur dispute, essayer d'en savoir davantage ? Mais à quoi bon s'en mêler ? Elle n'y pouvait rien, et surtout ce n'était pas son rôle.

Elle jeta un coup d'œil au-dehors où son attention fut attirée par un homme qui courait sur le trottoir, dévalant la rue. Elle regarda mieux, mit sa main en visière. La voiture de Mathieu, qui était garée devant la maison, paraissait bizarrement affaissée. Elle ouvrit la porte, fit quelques pas.

— Papa, viens voir ! s'écria-t-elle.

Il la rejoignit, le soufflet à la main, inquiet du ton qu'elle venait d'employer. Ensemble, ils allèrent jusqu'à la grille et sortirent du jardin.

— Non, mais, qu'est-ce que…

Mathieu fit le tour de sa voiture, atterré. Les quatre pneus étaient à plat, manifestement crevés. Il se pencha, allant de l'un à l'autre pour constater les dégâts. À certains endroits, le caoutchouc était quasiment déchiqueté.

— Il y a deux minutes, bredouilla Angélique, j'ai aperçu un type qui avait l'air très pressé. Mais je n'ai rien vu de précis, je ne sais pas si c'est lui ou quelqu'un d'autre qui a fait ça. Quand t'es-tu servi de ta voiture pour la dernière fois ?

— Ce matin. Allez, je crois que je suis bon pour changer le train de pneus, en plus il faut que je la fasse enlever, elle ne roulera pas toute seule jusqu'à un garage.

Sortant son téléphone de sa poche, il prit plusieurs photos.

— Je vais appeler Fabrice pour faire jouer l'assurance, soupira-t-il.

— Qui peut bien s'amuser à faire des choses pareilles ? s'inquiéta Angélique.

— J'ai peut-être une idée, malheureusement, je n'en aurai jamais la preuve...

Il n'acheva pas et haussa les épaules. Sa bonne humeur avait disparu, il retrouvait un air las et soucieux. Angélique l'observa tandis qu'il parlait à son interlocuteur. Comment pouvait-il avoir une *idée* de l'identité du vandale ? S'était-il fait des ennemis ? Le laissant discuter et tourner autour de sa voiture, elle rentra. La bouilloire sifflait, lançant des jets de vapeur, mais boire du thé semblait soudain bien dérisoire. Depuis le séjour lui parvenaient les bruits de la flambée et elle alla vérifier que le pare-feu était en place. Décidément, les nouveaux meubles transformaient l'atmosphère de la pièce. Encore quelques efforts et cette maison deviendrait carrément chaleureuse. Dommage que Tess ne soit pas là pour découvrir les changements, elle aurait sans doute repris espoir en la capacité de Mathieu à s'en sortir. Était-ce vraiment fini entre eux, allaient-ils se séparer ?

— C'est réglé, le garagiste vient la chercher avec une dépanneuse ! annonça son père en la rejoignant.

Il lui désigna l'une des bergères, prit place dans l'autre.

— Et le thé promis ?

— Je pensais à quelque chose de plus fort, suggéra-t-elle en souriant. Pour te remettre de tes émotions.

— Je ne suis pas ému, je suis en colère.

— C'est le deuxième incident de ce genre, non ? Maman m'a raconté l'histoire des ordures déversées dans le jardin.

— Oui, elle est arrivée en plein chaos, elle aurait mieux fait de me prévenir.

— Est-ce que quelqu'un t'en veut, papa ?

— Je ne vois que les cousins de César, deux abrutis avec lesquels je me suis déjà accroché. Le frère et la sœur, Albert et Lucie Delvaux. Ils sont persuadés que la maison aurait dû leur revenir.

— Mais tu l'as achetée !

— En viager.

— Et alors ?

— Rien, mais ils sont enragés. Lui, surtout. À quoi ressemblait le type que tu as vu courir ?

— Je l'ai à peine distingué. D'ailleurs, c'était peut-être seulement quelqu'un de pressé.

— Oui...

— En attendant, tu dois faire attention à toi.

Tournant la tête vers elle, il la scruta un moment puis éclata de ce rire communicatif qu'elle n'avait pas entendu depuis longtemps.

— Ma chérie ! Tu es un amour de fille mais tu n'as pas besoin de veiller sur moi, voyons !

Il se leva, vint s'agenouiller près d'elle, lui prit les mains.

— Tu te fais trop de soucis pour ton vieux père. Tu perds trop de temps avec moi et tu vas trop souvent à la librairie essayer de gérer une affaire que je néglige. Tu t'impliques trop, voilà. Je ne suis pas en train de couler, Ange. Au contraire, je crois que j'ai saisi la bouée. Toi, occupe-toi de tes études, tes examens, tes copains.

— Papa...

— Promets-le-moi. Maintenant.

— D'accord, soupira-t-elle. Mais je veux savoir quelque chose. Tu vas quitter Tess ?

— J'ai gâché sa vie ces derniers mois, et justement, je ne veux pas que ça arrive avec toi.

— Ce genre de discours est insupportable quand on est amoureux ! Si tu lui proposes de reprendre sa liberté, elle a forcément l'impression que tu cherches à te débarrasser d'elle.

— Elle te l'a dit ?

— Pas comme ça, mais...

— Alors, ne fais pas de déductions. Tess est une femme loyale, intègre, qui ne se sent pas le droit de me quitter en ce moment.

— Ou pas l'envie !

— Soyons honnêtes nous aussi, Ange. Je ne lui apporte plus rien. À trente-sept ans, elle espère sûrement autre chose que se morfondre seule dans son coin. Elle croyait en moi et je l'ai déçue. Elle y a perdu toute sa joie de vivre, elle est en train de s'éteindre. Quelle injustice ! Et de mon côté, je me sens déjà tellement coupable pour tant de choses...

— Quoi, par exemple ? Tu n'as rien fait !

— Exactement. Pour quelqu'un qui avait l'habitude de tout faire, j'ai tout laissé tomber. J'entraîne des gens dans ma chute, je me sens nul, minable. Et dans cet état d'esprit, je ne peux pas rendre une femme heureuse.

— Et si elle trouve un autre homme pour te remplacer, tu n'en souffriras pas ?

Il se raidit, détourna son regard et finit par se relever. À l'évidence, elle venait de toucher un point sensible. Elle se demanda s'il était capable d'éprouver de la jalousie et si ce serait un levier suffisant.

— J'aimerais qu'on arrête de parler de Tess, murmura-t-il. Je n'ai pas à discuter de ma vie sentimentale avec ma fille.

— Pourquoi ? Je suis adulte, papa ! Et pour moi le moment est venu de te poser certaines questions que je n'ai pas osé formuler jusqu'ici.

Surpris, il revint vers elle mais resta debout.

— Je t'écoute, l'encouragea-t-il.

— Qui a pris l'initiative du divorce ? Maman ou toi ?

— Oh... C'est vraiment du passé, chérie... Écoute, je ne sais pas ce que ta mère t'a dit...

— Je veux ta version, c'est tout.

— Bien. Elle me trouvait trop absent. Je ne voyageais pas et je n'avais pas de maîtresse, mais la librairie m'absorbait entièrement. Je voulais réussir à tout prix, or le pari était risqué parce que j'avais vu très grand. Elle devait se sentir seule, en plus elle déteste Le Havre, elle souhaitait retourner à Paris, ce qui était hors de question pour moi. Je rentrais tard le soir, et on s'engueulait, ou bien elle faisait semblant de dormir et j'en profitais pour lire. Ça la rendait folle. Il lui est arrivé de m'arracher un livre des mains et de le balancer à l'autre bout de la chambre en hurlant qu'elle en avait assez. Nous ne partagions plus rien, notre amour s'était usé. Elle a commencé à sortir de son côté, et moi à partager mes fins de soirée avec César en buvant des bières. Elle le détestait, ne comprenait pas que j'aie pu me lier d'amitié avec un type pareil. Finalement, elle a pris la décision de partir, mais quand elle m'a annoncé qu'elle t'emmenait avec elle, j'ai essayé de la retenir. Sans succès. Me séparer d'elle n'était pas au-dessus de mes forces, j'avais encaissé l'échec de notre couple. En revanche, te savoir loin a été beaucoup plus dur à accepter. Sauf que je ne pouvais pas prétendre te garder, aucun juge n'aurait confié une enfant de huit ans à un père aussi occupé par son métier !

Il se tut, attendant qu'elle réagisse, mais comme elle restait silencieuse il ajouta :

— Est-ce que j'ai répondu à ta question ?

— Oui... Maman dit à peu près la même chose. En d'autres termes. Et elle a parfois essayé de me faire croire que tu n'étais très paternel. Je voyais bien que c'était faux quand je venais passer un dimanche avec toi. Mais j'aurais aimé que tu m'emmènes parfois en vacances.

— Je n'en prenais jamais !

— Justement. Voilà pourquoi tu en es là.

— Au moins, répondit-il en ignorant la dernière phrase, on faisait une balade en bateau dès que le temps le permettait, on arpentait les jardins suspendus ou le parc de Montgeon, on se réfugiait au Muséum d'histoire naturelle les jours de pluie, on traînait sur le port, on déjeunait au bord de la mer, on...

— Grimpait tout le temps des escaliers !

— Faux, on prenait le funiculaire pour les monter. Après, oui, on les dégringolait.

— Tu m'as fait aimer Le Havre. J'étais toujours triste de rentrer et, dans ma tête, j'avais juré d'y venir pour mes études.

— Oh, pour tes études, pour l'ISEL, pas pour moi ?

De nouveau, il eut ce rire communicatif auquel il s'était laissé aller un peu plus tôt. Redevenait-il enfin lui-même ? N'osant pas encore y croire, elle lui demanda d'ajouter une bûche dans le feu pendant qu'elle préparerait un plateau d'apéritifs, l'heure du thé étant largement passée.

*

Le jour se levait à peine et une lueur grise s'infiltrait entre les rideaux mal fermés. Tess s'était réveillée cinq minutes plus tôt, peinant à reconnaître le décor de la chambre. Lorsqu'elle prit conscience de l'endroit où elle se trouvait, le souvenir de la soirée lui revint d'un coup et son cœur se mit à battre plus vite. Lentement, elle tourna la tête vers Benoît. Par chance, il dormait. Avec d'infinies précautions, elle repoussa la couette, posa les pieds sur le parquet, puis elle se leva et traversa la pièce sans bruit. Ses vêtements étant répandus un peu partout, elle les ramassa en hâte. Avant de sortir, elle jeta un dernier coup d'œil à Benoît endormi. Elle se rhabilla sur le palier, descendit l'escalier à pas de loup. Comme elle était venue avec sa voiture, elle pouvait partir sur-le-champ et rentrer chez elle pour se laver et se changer.

Benoît habitait une élégante petite maison à Octeville, à cinq minutes du Havre. Séduit par ce qui n'était à l'origine qu'une grange, il l'avait rénovée dans un esprit résolument contemporain, utilisant le verre, l'acier, le béton ciré. La veille, il avait été très fier de la faire visiter à Tess car il ne la possédait pas à l'époque de leur brève aventure. Pour lui faire plaisir, elle n'avait pas ménagé ses compliments, mais en réalité elle préférait la maison de Mathieu à Sainte-Adresse, malgré sa vétusté. Après le tour du propriétaire, ils avaient dîné dans la grande pièce à vivre qui occupait tout le rez-de-chaussée. Benoît avait ouvert devant elle deux douzaines d'huîtres, et annoncé qu'il avait préparé lui-même le dessert, un riz au lait à la cannelle appelé *teurgoule*, spécialité normande dont Tess raffolait. Il s'était également souvenu qu'elle appréciait le vin blanc d'Alsace servi très frais. La soirée se révélant propice à l'intimité et aux confidences, ils avaient longtemps parlé, puis tout naturellement flirté. Tess était malheureuse, elle se sentait seule et sa dispute avec Mathieu lui laissait un souvenir pénible. Benoît avait prétendu la consoler en la prenant dans ses bras.

Elle ne regrettait rien. Ni de s'être laissée aller, rassurée par la tendresse de cet homme séduisant qu'elle connaissait bien, ni d'avoir éprouvé du désir. Un peu plus tard, elle avait réalisé qu'elle ne voulait pas forcément faire l'amour mais qu'elle ne pouvait plus reculer. N'étant pas une gamine, elle savait ce que son comportement avait induit. Enlacés, ils étaient montés jusqu'à la chambre de Benoît. Là, elle avait chassé de son esprit ses doutes, ainsi que tout sentiment de culpabilité envers Mathieu, ce qui lui avait permis de s'abandonner.

Mais ce matin, les choses lui apparaissaient sous un autre jour. Benoît était bien tel que dans son souvenir, un amant agréable et attentionné, quelqu'un qui savait écouter – même en dehors de ses obligations professionnelles – et qui riait volontiers. Malheureusement, elle ne se sentait pas amoureuse de lui. Il avait fallu des circonstances propices, du vin d'Alsace et des semaines de solitude pour qu'elle lui cède.

De retour chez elle, une fois douchée, habillée et maquillée, elle ne se sentit pas mieux. Ses doutes, revenus en force, la tenaillaient. Pouvait-elle considérer que son histoire avec Mathieu était réellement terminée ? « Sens-toi libre de faire ce que tu veux, y compris une croix sur moi. Je te rends ta liberté. » Le pensait-il lorsqu'il l'avait dit ? Il avait ajouté qu'elle représentait pour lui une source de culpabilité supplémentaire. Qu'il refusait de la faire poireauter. « On dirait que tu attends ma sortie de prison ! » Blessée par ces mots, et surtout par cette attitude de renoncement, elle avait jeté sa serviette sur la table, renversé sa chaise. Elle qui se mettait si rarement en colère ! Mais comment expliquer à Mathieu qu'elle l'aimait assez pour l'attendre encore très longtemps s'il le fallait ? Comment lui faire comprendre qu'elle ne souhaitait plus être libre ? La liberté de passer une soirée semblable à celle de la veille ? Précisément, elle n'en voulait plus ! Aujourd'hui, elle aspirait à la stabilité d'un grand amour partagé, elle désirait des enfants, tout ce qu'elle avait cru possible avec Mathieu. Elle lui aurait volontiers sacrifié son indépendance et consacré tout son avenir. L'aventure ne la tentait plus, faire l'amour uniquement pour le plaisir non plus.

Néanmoins, elle l'avait fait. L'avouerait-elle à Mathieu si elle le revoyait ? Elle saisit son téléphone mais resta indécise en regardant l'écran. L'envie d'appeler Mathieu la submergeait, ne serait-ce que pour entendre sa voix et lui dire qu'elle n'aurait pas dû se mettre en colère au Grignot, que le malentendu ne devait pas durer entre eux, que...

Que quoi ? De nouveau, passer ses nuits seule à se morfondre, attendre, encore attendre, ne pas même oser aller chez lui, vivre d'espoir puis de désillusion ?

La matinée avançait, elle devait absolument aller ouvrir son magasin. Elle remit à plus tard la décision de parler à Mathieu ou pas.

*

Personne ne pouvait prendre au sérieux une affirmation qui ne reposait sur rien. Les flics avaient donc éconduit Mathieu, se bornant à enregistrer une plainte contre X pour ses pneus crevés. Il avait pourtant la certitude qu'un tel acharnement ne relevait pas du hasard ou d'un mauvais plaisant. Albert Delvaux, ainsi que l'avait reconnu sa sœur, était capable de tout. Si c'était bien lui qui avait déversé des tas d'ordures puis lacéré quatre pneus, s'estimait-il à présent assez vengé ?

Mathieu n'étant pas facile à effrayer, il ne se sentait pas inquiet mais exaspéré. Que pouvait-il faire contre ce type enragé qui agissait à la sauvette ? Et qu'arriverait-il s'il le prenait sur le fait ? Déjà accusé de coups et blessures par ce lâche, Mathieu ne pourrait pas se permettre de lui administrer la correction qu'il méritait. Mais saurait-il s'en empêcher ?

Rentré chez lui d'assez mauvaise humeur, il eut la désagréable surprise de trouver Corentin devant sa porte. Que le comptable soit venu jusqu'ici était anormal, Mathieu ayant exigé qu'on le laisse en paix, et sa présence ne présageait rien de bon.

— Désolé, désolé…, commença Corentin avec un sourire hésitant.

— J'espère que vous avez une bonne raison ! La librairie est en faillite ?

— Pas encore, mais ce n'est pas grâce à vous.

La franchise de la réponse amusa Mathieu qui le précéda dans la maison.

— Je vous fais un café ?

— Volontiers.

Il prépara deux tasses qu'il emporta dans le séjour, suivi du jeune homme.

— Quelle vue magnifique ! s'exclama Corentin en s'approchant de la fenêtre en avancée sur la mer.

— Vous n'êtes pas ici pour admirer le paysage, j'imagine ? Asseyez-vous donc et annoncez-moi les mauvaises nouvelles.

— Les comptes sont dans le rouge, mais ça, vous le savez déjà.

— Oui.

Corentin le dévisagea avant de répliquer, d'un ton dépité :

— Je vois que vous prenez les choses tranquillement…

— Ai-je le choix ? Me taper la tête contre les murs ne servirait à rien. Venez-en à l'essentiel, Corentin.

— L'essentiel ? Votre retour immédiat.

— C'est trop tôt.

— Vraiment ? Eh bien, après, ce sera trop tard.

— Cette librairie…

— Vous appartient, d'accord. C'est l'œuvre dont vous étiez si fier ! Seulement, vous n'êtes pas seul en cause. Les employés ne comprennent pas. Vous auriez une maladie clairement identifiée, ils vous plaindraient. Là, ils sont sceptiques et ils ont peur.

— Expliquez-leur que s'il y avait eu la moindre chance pour que j'arrive à mettre un pied devant l'autre, je me serais traîné jusqu'à la librairie. Vous n'avez aucune idée de ce qui m'est arrivé, je ne souhaite ça à personne. J'étais quelqu'un d'autre, Corentin. Dans la peau d'une larve ! Imaginez ce que ça fait de se réveiller un jour en ayant le dégoût de tout, et surtout de soi-même. Plus aucune envie, pas une seule étincelle, la batterie entièrement déchargée. Un vide sidéral dans la tête hormis, parfois, quelques idées morbides. Alors, vendre des livres... La passion de toute ma vie m'avait quitté, ça ne m'arrachait plus qu'un rictus désabusé. Pour tout l'or du monde, je n'aurais pas pu faire autre chose que rester couché en regardant le plafond.

Il se tut, surpris d'en avoir dit autant. Corentin respecta son silence quelques instants avant de déclarer :

— Je remarque que vous utilisez le passé pour décrire votre état.

— Le passé ?

— Absolument.

Mathieu secoua la tête, incrédule. Pourtant, les prémices d'une amélioration s'étaient multipliées ces derniers jours et à présent le constat s'imposait : il allait moins mal. Était-il sur la voie de la guérison ou bien y aurait-il bientôt une rechute ?

— Je considère que vous êtes en état d'écouter ce que j'ai à vous dire, enchaîna Corentin. Nadia fait tout son possible, mais elle ne peut pas vous remplacer. Le rôle de second lui va comme un gant, pas celui de capitaine. Elle peine dans la gestion des stocks et des retours, elle hésite lors de ses choix de catégories pour l'office. Comme elle n'a pas le même rapport privilégié que vous avec les éditeurs, elle informe mal nos clients sur les titres à paraître.

— Vous en savez, des choses, pour un comptable, ironisa Mathieu qui n'appréciait pas ce qu'il entendait.

— Le seul aspect positif de votre absence est que nous avons tous été contraints d'apprendre des tas de choses. En ce moment, c'est moi qui gère notre site marchand sur Internet. Et il y a quatre-vingt mille références !

— Heureusement que vous aimez les chiffres…

— Très drôle. Vous voulez un autre exemple ? Un de vos employés a commandé plusieurs volumes de La Pléiade pour un client qui n'est jamais venu les chercher. Et comme ce sont les seuls livres qui ne bénéficient pas de la faculté de retour, ils nous resteront sur les bras.

— Ce n'est pas très grave.

— Si vous le dites !

Corentin était en train de s'énerver devant l'indifférence apparente de Mathieu, mais il fit un effort pour se reprendre.

— De manière plus générale, poursuivit-il, nous n'organisons plus aucune animation. Pas de rencontres avec des écrivains, pas d'accueil de scolaires. Nadia n'ose pas, ou bien elle n'a pas d'imagination, mais il ne se passe rien. La librairie est en roue libre. Elle est comme vous, elle a perdu son moteur. Les représentants font la tête, c'est à vous qu'ils veulent présenter les livres et ils vous réclament. Nos marges ont baissé, nous finirons par être étranglés parce que nos charges sont très lourdes.

— Corentin, je comprends que vous vous sentiez partie prenante, mais je n'ai pas de leçon à recevoir.

— Oh que si ! Bien sûr, vous avez quasiment l'âge d'être mon père et je vous dois le respect, en plus vous êtes mon employeur, enfin, à temps partiel, mais franchement je pourrais vous laisser tomber pour aller travailler ailleurs avec un meilleur salaire, ce ne sont pas les offres qui manquent dans ma profession. Si je vous parle comme ça, c'est parce qu'il fallait bien que quelqu'un s'en charge et qu'il n'y avait pas de volontaire. Je suis venu vous dire : vendez votre affaire si vous n'en voulez plus, au lieu de la laisser couler et de mettre des gens au chômage. Voilà.

Il se leva, esquissa un geste d'excuse.

— Je vous aime bien, Mathieu. Je pense que vous le savez ? Maintenant, je m'en vais avant que vous me flanquiez dehors.

Mathieu ne fit rien pour le retenir, le laissant traverser le séjour. Il le vit pourtant s'arrêter sur le seuil, se retourner.

— Une dernière chose, tant qu'à faire… Comme elle vient presque tous les jours, je suis tombé amoureux d'Angélique. Elle m'enverra peut-être sur les roses, mais je vais tenter ma chance et je préfère que vous le sachiez parce que vous êtes parfois très coléreux. Enfin, vous l'étiez avant…

Il attendit encore une seconde puis sortit, laissant Mathieu médusé. Le comptable, amoureux de sa fille ? Et elle ? De toute façon, Corentin avait la trentaine, soit dix ans de plus qu'Angélique. Était-ce un obstacle rédhibitoire ? Mathieu ne s'était pas posé la question pour lui-même sous cet angle. Sa différence d'âge avec Tess ne l'avait pas arrêté.

À son tour, il se leva, alla jusqu'à la fenêtre. Au loin la mer semblait calme, les porte-conteneurs glissaient vers le large. Angélique… Sa fille était adulte, il la traitait comme telle depuis qu'il l'avait installée dans son studio. Il s'était vaguement attendu à ce qu'elle lui présente un jour un étudiant, désigné sous le terme de « copain », mais qu'elle aurait regardé de manière significative.

Ouvrant la croisée, il fit quelques pas sur la terrasse. Malgré l'absence de vent, l'air était froid et laissait un goût de sel sur les lèvres. Ange et Corentin ? Non, elle n'avait jamais fait attention à lui. Comment essaierait-il de lui plaire ? C'était à cause de Mathieu qu'elle se rendait si souvent à la librairie et se retrouvait à discuter avec le comptable. C'était donc son absence qui avait permis leurs tête-à-tête. Et forcément, Corentin était tombé sous le charme, elle était si jolie !

Appuyé contre la rambarde de pierre, les yeux sur la ligne d'horizon, Mathieu fit l'inventaire de ses soucis. D'abord lui-même, qui n'émergeait que trop lentement de sa dépression. Les foutus Delvaux, acharnés à lui pourrir l'existence pour lui extorquer un dédommagement indu. Ses finances, au plus bas par sa faute. Une librairie magnifique qu'il avait mis des années à bâtir et qu'il était en train de ruiner. Un de ses employés décidé à séduire sa fille, les autres menacés de chômage. Enfin Tess, à laquelle il refusait de penser depuis plusieurs jours parce qu'il lui avait stupidement rendu sa liberté alors qu'il ne le voulait pas.

— Tu cherches à te détruire, maugréa-t-il d'une voix amère. Hormis ces crétins de cousins, tu es responsable de tout le reste. Qu'aurait dit ton psy, hein ? En plus, il t'a lâché… Tu vois, tu emmerdes tout le monde ! Quand tu allais bien, jamais tu n'aurais supporté un type comme toi.

Mais avant ce burn-out, allait-il *bien* ? N'avait-il pas seulement la tête dans le guidon, pédalant à l'assaut d'une côte sans fin ? Il avait stoppé de force, et depuis, il restait anéanti sur le bord du chemin.

— Mathieu, mon vieux, je te répète que tu es le seul à pouvoir faire quelque chose pour toi. Ne tarde plus.

Cette impression d'impuissance et de solitude, ne l'avait-il pas souvent subie lorsqu'il était enfant ? Tout venait de là. Il avait occulté le passé au lieu de le liquider et la machine s'était bloquée. Se noyer dans le travail n'avait été qu'une fuite en avant qui ne réglait rien. Accroché à son unique passion, les livres, il s'était mis des œillères. En vain. La bombe à retardement lui avait sauté à la figure.

Il jeta un coup d'œil à sa montre et décida qu'il avait le temps d'aller rendre visite à sa mère pour lui poser enfin les questions qu'il n'avait jamais osé formuler.

*

Micheline laissa le magazine tomber sur ses genoux. Les photos et les noms de tous ces gens ne lui disaient rien, elle était dépassée par une époque qui ne l'intéressait pas. Elle s'ennuyait à longueur de journée, faisant des plans sur la comète pour s'échapper de cette maison de retraite et rentrer chez elle. Sauf qu'elle n'avait plus de chez-elle. Dans la chambre qui constituait la majeure partie de son univers, il y avait heureusement quelques meubles et objets familiers qui lui rappelaient sa vie d'avant. Des photos de Fabrice, Jean et Sylvain, de ses petits-enfants, et même de son défunt mari trônaient sur la commode, mais elle les regardait rarement. Tout comme elle ignorait les arbres du parc, sous ses fenêtres, et les premières fleurs. La plupart du temps, elle restait rivée à sa télévision, surtout depuis qu'Angélique lui avait fait découvrir une chaîne qui ne passait que des vieux films. Les décors, les acteurs et leurs vêtements lui rappelaient des souvenirs de jeunesse, elle en oubliait le présent.

Lucide, elle admettait n'être plus assez autonome pour vivre seule. Elle avait besoin d'aide pour accomplir des choses toutes simples comme se laver ou se préparer un repas. Mais n'aurait-elle pas pu habiter chez un de ses fils ? À quoi servait donc sa grande famille ? Aucun n'avait proposé de l'héberger, de s'occuper d'elle. Ils l'avaient reléguée là, au milieu d'autres personnes âgées. Elle n'avait pas envie de se lier avec des inconnus, elle refusait les parties de cartes ou de scrabble, détestait qu'on vienne s'asseoir à sa table pour engager la conversation. Pourquoi avait-elle si peu de visites ? Sylvain venait très rarement, Jean presque jamais, Fabrice de loin en loin. Et Mathieu, pourtant proche, se faisait à présent désirer, un comble ! Elle ne croyait pas un seul instant à cette dépression évoquée à plusieurs reprises par Angélique. Déprimé, lui ? C'était risible ! D'ailleurs, la dépression nerveuse n'était pas une maladie d'homme. Avait-il assez mis en avant sa virilité avec tous ces cours de judo qu'elle avait payés ! Non, il se servait de ce prétexte ridicule pour la délaisser, trop occupé à gagner de l'argent pour se souvenir qu'il s'était débarrassé de sa mère dans une maison pour vieux. Certes, il avait réussi professionnellement, mais ses frères aussi, et s'il se croyait au-dessus des autres, il avait bien tort. Fabrice pouvait se targuer d'un beau portefeuille d'assurances, Jean prospérait dans l'immobilier à Londres, et Sylvain faisait partie du prestigieux monde médical. Alors, vendre du papier… Libraire n'était pas un métier si glorieux que ça. Si ses chers livres le faisaient vivre, tant mieux pour lui, au moins tout le temps perdu en lectures lui rapportait enfin.

— Entrez ! cria-t-elle en entendant frapper à sa porte.

Persuadée qu'il s'agissait d'une femme de ménage ou de la personne chargée d'établir les menus de la semaine, elle ne tourna même pas la tête. Aussi, quand Mathieu entra dans son champ de vision, elle sursauta.

— Tiens donc ! Justement, je pensais à toi…

— Bonjour, maman.

— Mes jours sont rarement bons, figure-toi, répliqua-t-elle d'un ton aigre. Tu n'es pas venu depuis un temps fou !

— J'ai eu des problèmes de santé.

— Quoi donc ?

Il posait sur elle un regard indéchiffrable, avec une expression qu'elle ne lui connaissait pas.

— J'ai dû arrêter toutes mes activités pour pouvoir réfléchir et faire le point.

— Le joint ?

Au lieu de répéter plus fort, il s'assit en face d'elle et désigna une petite boîte posée sur la table, à moitié dissimulée par une plaque de chocolat entamée et un programme de télévision.

— Pour une fois, articula-t-il distinctement, mets ton appareil.

— Ça ? Tu sais bien que je déteste avoir quelque chose dans l'oreille !

— On se comprendra mieux, crois-moi.

Elle s'exécuta de mauvaise grâce, tripota un moment les minuscules prothèses en provoquant une série de sifflements.

— Je ne t'entendrai pas davantage, grommela-t-elle.

— Mais si, prends ton temps…

Il attendit qu'elle soit prête, sans manifester d'impatience.

— Bon, allons-y, céda-t-elle. Tu as d'importantes nouvelles à m'annoncer ? Quelque chose de grave ?

— Non, pas du tout. Je suis venu pour que nous parlions à cœur ouvert, toi et moi.

— Parler de quoi ?

— Eh bien, je vais commencer par une question simple. Pourquoi ne m'as-tu pas aimé ?

Mal à l'aise, elle émit un petit ricanement.

— Voyons, c'est ridicule !

— Sûrement pas. C'est vrai, et tu le sais aussi bien que moi. Je ne t'accuse pas, je te demande pourquoi. J'ai besoin de savoir.

— Une mère aime ses enfants, Mathieu. Mais pas tous de la même manière. Tu n'étais pas très avenant, fais l'effort de t'en souvenir.

— Avenant ?

— Non. Tu étais renfermé, solitaire.

— Évidemment ! Mes frères ne me regardaient même pas, et toi non plus. Quitte à se souvenir de quelque chose, j'aimerais que ce soit d'un câlin, d'un moment de tendresse, mais je n'en trouve pas trace.

— Enfin, Mathieu, j'avais quatre garçons à élever !

— Tu avais du temps pour les autres.

— Ils étaient beaucoup plus grands que toi, avec eux je devais régler des tas de problèmes autres que des enfantillages.

— Je t'ai demandé d'être sincère, maman. Si tu ne voulais pas d'un quatrième fils, pourquoi l'as-tu fait ?

— J'espérais une fille ! s'écria-t-elle avec un terrible accent de vérité. Toute ma vie d'épouse, j'ai cherché à avoir une fille. Tu étais ma dernière tentative, ma dernière chance. Ton père estimait que nous étions déjà bien pourvus avec trois enfants mais je me suis obstinée, j'y croyais dur comme fer.

— Donc, tu as été déçue ?

— Forcément. Enfin, je veux dire…

Elle s'interrompit, secoua la tête, toucha de nouveau ses prothèses auditives.

— Une fois la déception passée, reprit-il, tu aurais pu cesser de m'ignorer.

— Je ne vois pas où cette conversation nous mène ! Tu remontes quarante-six ans en arrière, c'est grotesque. Je me suis occupée de toi, que je sache.

— Du bout des doigts.

— Tu t'isolais.

— Pas à quatre ans ! Dans mes tout premiers souvenirs, je suis seul dans mon coin.

De plus en plus embarrassée, elle resta silencieuse, les lèvres pincées.

— Je n'ai pas inventé toutes ces situations. Pour m'accompagner au judo, tu prenais l'air excédé et tu me laissais à la porte de la salle. Tu n'as jamais assisté à un cours. Pareil pour les fêtes de fin d'année à l'école, tu brillais par ton absence. Tu n'aimais pas me voir plongé dans un livre, tu trouvais ça *pitoyable*. Plus tard, tu m'as laissé beaucoup de liberté parce que tu te moquais bien de ce que je pouvais faire.

— Tu dresses le portrait d'une mère indigne, protesta-t-elle, sans conviction.

— Non, celui d'une mère indifférente. Pas concernée, pas aimante. Tu ne m'as jamais brutalisé, j'en conviens, mais je ne t'intéressais pas du tout malgré mes efforts.

— Quels efforts ? ricana-t-elle. Toujours le nez dans un de tes fichus bouquins, tu ne participais pas à la vie de la famille !

— La vie de famille, comme tu dis, se résumait à admirer et applaudir les moindres faits et gestes de mes trois frères. On respirait à leur rythme, jamais au mien. Ils étaient intéressants, moi j'étais transparent. Tu t'inquiétais de leur avenir, tu ne parlais pas du mien. Et ils étaient pires que toi ! J'ai appris à faire du vélo tout seul. Ils n'ont jamais joué au ballon avec moi, ils ne m'ont emmené nulle part. Tu les encourageais, d'ailleurs, tu leur disais : « Laissez-le donc à la maison ! » Je les regardais partir en espérant qu'on allait enfin faire quelque chose ensemble, toi et moi. Mais tu ne voulais pas que je t'aide à faire de la pâtisserie, tu ne voulais pas qu'on aille se promener, tu ne voulais pas regarder un dessin animé.

— Bon sang, Mathieu, je n'étais pas oisive ! J'avais une maison à tenir et personne pour me soulager. Tu étais toujours dans mes jambes, ça m'exaspérait mais ce n'est pas un crime. Tu aimais les livres, je t'en offrais.

— Faux ! Tu me donnais un peu d'argent pour aller les acheter moi-même.

— Et alors ?

— Alors, j'aurais aimé tenir ta main dans la rue.

Elle se passa la main sur les yeux, comme si elle voulait contenir ses larmes, mais ce fut d'une voix sèche qu'elle déclara :

— Je ne comprends pas où tu veux en venir. Qu'est-ce que c'est que ce réquisitoire ?

— Une mise au point.

— À ta manière ! Tu es injuste. Tu inventes. Quand on est petit, on se fait un monde de tout.

— Vraiment ?

Il se leva, alla jusqu'à la commode pour examiner les photos exposées.

— Où suis-je, moi ?

— Tu n'as qu'à m'en donner une.

— Je l'ai déjà fait, mais tu dois l'avoir enfouie dans un tiroir.

— Quel orgueil mal placé...

— Mes frères qui trônent là, tu ne les as qu'en photo, n'est-ce pas ? Ils ne viennent pas et tu ne leur en tiens pas rigueur, il n'y a rien de changé. Te rendent-ils un peu de tout ce temps que tu leur as consacré ? Pourtant, c'est à moi que tu adresses des reproches, pas à eux. Eh bien, je ne peux pas te rendre ce que tu ne m'as pas donné !

Se dressant à demi sur son fauteuil, elle s'écria :

— C'est toi qui m'as enfermée ici ! Tu t'es débarrassé de moi !

143

— Il fallait que tu ailles quelque part, tu ne pouvais plus rester chez toi. Et tu n'es pas enfermée. Je me suis donné du mal pour t'obtenir une place ici, je tenais à ce que tu sois bien. Le personnel est aimable, le parc est magnifique. Tu as une grande chambre, la télé, Internet, et tu peux demander la visite d'un médecin à n'importe quelle heure. Si tu es fatiguée, on t'apporte un plateau-repas. Tu n'as ni ménage ni courses à faire. En somme, tu n'es pas à plaindre.

Lui lançant un regard furieux, elle se mit à le toiser.

— Tu verras, mon petit Mathieu, ce n'est pas drôle de vieillir tout seul, et ça t'arrivera à ton tour.

— Ah, cette inflexion condescendante que tu as toujours mise dans ce « petit » Mathieu ! Nous en étions justement à mon enfance, maman, et tu ne m'as pas fourni beaucoup de réponses.

— Je n'en ai pas. Je voudrais seulement que tu arrêtes de me tourmenter…

Cette fois, elle essayait un ton plaintif dont il ne fut pas dupe.

— En déménageant, enchaîna-t-il, je suis tombé sur mes photos de classe. J'étais un gamin plutôt mignon et sympathique, ce ne devait pas être ma bouille qui te tapait sur les nerfs.

— Tu as déménagé ?

— Je suis installé à Sainte-Adresse, mais ne change pas de sujet.

— Au moins, tu ne t'es pas éloigné, tu n'auras pas d'excuse pour ne pas venir. Écoute, c'est bientôt l'heure du repas. Veux-tu dîner avec moi ? À condition de cesser cette conversation stupide. Il n'y a pas de pourquoi, Mathieu. Je voulais une fille, c'est ça le fond du problème, si tant est qu'il y en ait un. En revanche, je refuse tes insinuations, je n'ai pas été une mauvaise mère. Aide-moi à me lever.

De nouveau, elle tapota ses prothèses, et l'une d'elles glissa sur son cou avant de tomber sur le carrelage. Une minuscule pile s'en échappa, roulant jusque sous un meuble. Il alla la ramasser et entendit sa mère marmonner :

— Je ne veux pas les mettre, elles me font mal et ne servent à rien.

Sans doute préférait-elle s'isoler de tout ce qu'il avait encore à lui dire. Cependant, elle avait répondu à sa façon en avouant sa déception de n'avoir pas eu de fille, en décrétant qu'il inventait sa solitude d'enfant, en lui assénant qu'il n'était pas un petit garçon *avenant*. Nulle protestation d'un amour fou, aucune justification, pas le moindre remords.

— Alors, s'impatienta-t-elle, tu restes dîner ?

Il pouvait refuser, par revanche, ou accepter car malgré tout il éprouvait de la compassion en la voyant, les bras tendus, incapable de s'extirper seule de son fauteuil. Il pouvait aussi inventer un prétexte poli, mais il n'avait pas envie de mentir. Ni de s'attarder.

— Une autre fois, dit-il seulement.

Il l'aida à se lever, rajusta son châle.

— Je t'accompagne jusqu'à la salle à manger.

On ne disait pas « réfectoire » dans ce genre d'établissement haut de gamme. Et, en effet, les lieux étaient accueillants, il y avait même une bibliothèque que Mathieu avait enrichie d'une centaine de livres. Non, sa mère n'était pas malheureuse ici, et sa capacité à ne pas se remettre en question l'y aidait sûrement.

Lorsqu'il remonta dans sa voiture, il ne démarra pas aussitôt. Durant de longues minutes il se demanda ce qu'il était venu faire, ce qu'il avait espéré. Mettre des mots sur une douleur ancienne ? Il pensa à Benoît lui expliquant que des choses s'échappaient parfois d'un subconscient verrouillé.

— Bon vent…, souffla-t-il en mettant le contact.

6

Le printemps semblait être arrivé d'un coup. Après des semaines de froid et de brumes, le soleil s'imposait enfin dans un ciel radieux. À l'heure du déjeuner, de nombreux promeneurs envahirent les abords de la plage. Les fameuses cabanes ne feraient leur apparition que vers la mi-avril, mais en attendant les Havrais s'en donnaient à cœur joie, du port jusqu'à Sainte-Adresse. Sur le skatepark, des jeunes tentaient des acrobaties avec leurs rollers ou même des trottinettes ; des joueurs avaient envahi les terrains de pétanque, d'autres les pelouses pour taper dans un ballon. Les gens souriaient, heureux de jouir d'un moment d'évasion car la plage ne se trouvait qu'à quelques minutes de marche du centre-ville. Une multitude de petits voiliers profitaient d'un vent léger pour effectuer leur première sortie en mer, ajoutant à l'atmosphère de vacances qui régnait partout.

Sans s'annoncer, Benoît était venu chercher Tess alors qu'elle fermait sa boutique à midi et demi, et il l'avait entraînée dans une longue balade le long du boulevard Albert 1er. Il ne cachait pas son plaisir d'être avec elle, la tenait par la main ou par la taille, lui chuchotait des mots gentils à l'oreille et ne semblait pas remarquer qu'elle lui répondait à peine et restait crispée.

— Ce temps me donne une folle envie de voyage, déclarat-il avec entrain. Je peux reporter tous mes rendez-vous et prendre quelques jours. Tu serais d'accord ? Tiens, je te laisse choisir la destination !

— Impossible. Je ne ferme qu'au mois d'août, et seulement deux semaines.

— Oh, pour une fois…

— Non, vraiment. Je n'ai pas tes moyens, je ne peux pas me le permettre.

— Mais je t'invite, évidemment !

— J'ai mis deux ans à fidéliser mes clients, pas question qu'ils trouvent porte close. C'est une toute petite affaire, Benoît, et mes comptes sont juste à l'équilibre.

La perspective d'un voyage avec lui ne l'enthousiasmait pas alors qu'elle aurait dû sauter sur l'occasion. Il y avait longtemps qu'elle n'avait pas pris de vacances, Mathieu n'étant jamais d'accord pour laisser sa librairie, encore moins pour quitter sa tanière de Sainte-Adresse depuis qu'il avait sombré dans la dépression.

— Nous serions pourtant bien tous les deux au soleil, au bout du monde…

L'air déçu, il insistait sans parvenir à la convaincre. Elle se reprocha sa tiédeur et son indécision. Mathieu occupait toujours ses pensées, elle ne s'était pas détachée de lui et se sentait mal dans sa peau. Benoît avait beau être attentionné, drôle et charmeur, il ne faisait pas battre son cœur comme avait su le faire Mathieu. Elle devait absolument cesser de les comparer, chasser ses regrets, oublier sa frustration. Mathieu ne l'avait pas rappelée après leur dispute, il l'ignorait et elle en souffrait. Ne pouvait-elle se résoudre à l'oublier ?

— Tu as besoin d'une rupture, Tess. De t'amuser, de t'évader. On pourrait même faire des projets d'avenir, c'est si merveilleux d'avoir des projets…

Le mot *rupture* était insupportable pour elle. Quant à l'avenir, elle ne parvenait pas encore à l'imaginer autrement qu'auprès de Mathieu. Néanmoins, une page était tournée, ne pas l'accepter la conduirait dans une impasse.

Ils marchèrent un moment en silence, s'éloignant du bord de mer pour regagner le centre. En haut de l'avenue Foch, Tess ne jeta qu'un coup d'œil discret vers la longue devanture de la librairie, mais Benoît s'en aperçut.

— Es-tu toujours en contact avec Mathieu ? demanda-t-il d'un ton neutre.

Elle ne prit pas la peine de répondre, contrariée par la question. L'aventure qu'elle vivait de nouveau avec Benoît était peut-être éphémère, et il n'avait pas le droit, pour l'instant, de se montrer trop curieux.

— Donc, insista-t-il, tu ne sais pas s'il va mieux, s'il est retourné travailler…

Comme elle continuait à se taire, il s'arrêta et lui fit face.

— Tess, je ne veux pas être indiscret, je suis seulement inquiet. T'avoir retrouvée est très important pour moi.

Elle ne lui avait pas fourni beaucoup de détails sur cette dispute devenue rupture. Sans doute considérait-il que, puisqu'elle avait accepté d'être consolée par un autre homme, elle avait rayé Mathieu de sa vie. Submergée par un sentiment de culpabilité, elle murmura :

— Il ne m'a donné aucune nouvelle. Je crois qu'il veut que je le laisse tranquille. Je te l'ai raconté, il m'a rendu ma liberté.

— Mais tu penses toujours à lui ?

— Tout ça est très récent, alors… En plus, je ne m'y attendais pas. Il m'a plus ou moins… congédiée.

Elle avait du mal à en parler et sentait les larmes arriver. Elle déglutit, tenta un sourire peu convaincant. Benoît la scrutait d'un air si anxieux qu'elle se détourna et se remit à marcher. Il la rattrapa aussitôt, mit un bras autour de ses épaules sans rien dire. Qu'il soit protecteur était rassurant, agréable, en revanche elle savait que son métier l'avait formé à décrypter les sentiments des gens et que lui mentir ne servait probablement à rien.

— Il te faut du temps, finit-il par dire. Et te changer les idées ! Tu as tort de ne pas vouloir partir en voyage.

— Vas-y tout seul, je ne m'éloignerai pas du Havre.

La réponse avait fusé trop vite, et de façon trop catégorique.

— Tu espères un signe de lui ? soupira-t-il.

La cruauté de la situation apparaissait de plus en plus nettement à Tess. Benoît devait avoir peur de la perdre une deuxième fois, peur de dire des mots qui la feraient fuir. Il l'avait consolée, réconfortée, et il s'était bien gardé de critiquer Mathieu ou de formuler un quelconque jugement. Il avait saisi sa chance, impossible de le lui reprocher.

— Tu vas trop vite, bredouilla-t-elle. Tu brûles les étapes, tu as l'air de penser qu'après une seule nuit passée ensemble nous allons… Mais je ne veux pas que tu puisses croire que je me suis servie de toi.

— Et moi, je ne veux pas que tu puisses croire que je me suis servi de ton désarroi ! Si tu ne veux pas aller plus loin, tu as le droit de me le dire. Nous sommes tous les deux assez mûrs et responsables pour nous comporter librement. Chacun ses désirs. Le mien est de ne pas faire que passer dans ta vie, n'être qu'un dérivatif. Il y a quelques années, je n'ai pas su te garder, et je ne m'en suis pas remis. En conséquence, je suis prêt à être très patient aujourd'hui. Je sais que le moment est mal choisi parce que tu es vulnérable, pourtant, sans cette fragilité, tu ne serais pas revenue vers moi, n'est-ce pas ?

Bien qu'ayant marché lentement, ils arrivaient avenue René Coty, à proximité de la boutique de Tess.

— On dîne ensemble ? demanda-t-il d'une voix tendue.

— Non, pas ce soir. Je suis fatiguée, j'aimerais me coucher tôt.

Elle ne savait plus où elle en était, elle devait absolument réfléchir en paix. Devinant sa déception, elle évitait de le regarder et gardait les yeux baissés. Ils étaient presque devant sa porte lorsqu'elle releva enfin la tête. Saisie, elle aperçut

Mathieu, debout près de sa voiture. Il avait dû la guetter, attendant son retour, et à présent il considérait Benoît d'un air incrédule. Tess s'arrêta net, Benoît s'écarta d'elle, laissa retomber son bras. Durant quelques secondes, ils se dévisagèrent tous les trois.

— Et merde…, murmura Benoît.

Tess souhaitait désespérément être ailleurs, s'évanouir ou rentrer sous terre.

— Tu n'as rien fait de mal, ajouta Benoît, toujours à voix basse.

Ne voulant pas, en plus, avoir l'air de conspirer, Tess s'écarta de lui davantage. Elle tenait les clefs de sa boutique à la main mais ne faisait rien pour aller ouvrir. Finalement, ce fut Mathieu qui vint vers eux.

— Bonjour ! lança-t-il d'une voix qui ne tremblait pas.

Son regard alla de l'un à l'autre, comme s'il cherchait une réponse à son salut. Tess savait très bien ce qu'il avait vu un instant plus tôt : le bras protecteur de Benoît autour d'elle, leur attitude de couple.

— Vous êtes ensemble ? s'enquit Mathieu.

Il ne leur laissa pas le temps de répondre et enchaîna :

— Dans ce cas, ce que j'avais à dire n'a plus aucun intérêt. Je vous laisse.

Le voyant prêt à s'en aller, Benoît se décida à intervenir.

— Mathieu, attendez !

— Quoi donc ? Tout est clair, je pense. Si vous avez bien décrit mon cas à Tess, de votre irréfutable point de vue de psychologue, elle a sûrement compris qu'elle n'a pas grand-chose à espérer de moi. Vous l'avez aidée, elle vous en sera très reconnaissante, même si c'est un peu discutable sur un plan déontologique.

Il s'adressait à Benoît avec une ironie cinglante, ignorant Tess.

— Je suis tenu au secret professionnel, tenta Benoît.

— Je ne suis pas tenu de vous croire.

— Vous avez rendu sa liberté à Tess.

— Apparemment, il y avait urgence !

Tess se sentait clouée au sol. Mais voir ces deux hommes s'affronter à cause d'elle lui était si insupportable que, malgré tout, elle s'interposa entre eux.

— Mathieu, laisse-moi t'expliquer…

— Non, inutile. Reste avec lui, c'est bien.

Elle perçut la faille dans sa voix, puis la douleur dans son regard lorsqu'il se tourna enfin vers elle.

— Mathieu, s'il te plaît…

Mourant d'envie de se jeter dans ses bras pour le retenir, elle avait aussi une conscience aiguë de la présence de Benoît derrière elle. D'un geste imprévisible, Mathieu leva la main et lui effleura très doucement la joue avant de repartir vers sa voiture. Ce bref contact, triste comme un adieu, fit tressaillir Tess qui éclata en sanglots silencieux.

*

Albert avait dissimulé sa pioche au fond du local des poubelles, dans l'immeuble miteux où ils avaient fini par échouer, sa sœur et lui. Acheté dans une jardinerie, cet outil lourd et encombrant lui servirait bientôt. Durant plusieurs nuits, il était allé observer les abords de la librairie, dénombrant les rares passants, observant l'éclairage de l'avenue et mesurant la distance avec le commissariat le plus proche. À chacun de ses retours, il trouvait Lucie réveillée, et elle le questionnait, devinant le danger. Mais il refusait de dévoiler son plan secret, poursuivant son idée fixe : pour lui Mathieu méritait une *vraie* leçon, qu'il allait lui donner !

Aveuglé par sa fureur et sa rancune, il ne comprenait pas que s'acharner sur Mathieu ne lui apporterait rien de bon. Il tenait farouchement à prendre sa revanche, quelles qu'en soient les conséquences, sinon il étoufferait de frustration. Toute sa vie, il avait été sur le point de réussir quelque chose et avait échoué au dernier moment. Poursuivant âprement la fortune, il l'avait toujours ratée. Pourtant, il ne se remettait pas en question, prétextait la malchance et recommençait les mêmes erreurs. Le piteux retour en France devait *obligatoirement* déboucher enfin sur quelque chose.

S'il arrivait à obtenir de Mathieu une somme suffisante, il pourrait repartir du bon pied, peut-être monter une affaire, gagner enfin l'argent qu'il méritait. Comme au jeu, il suffisait d'une mise de départ. Sauf qu'il n'était pas aussi bête que César et ne faisait pas confiance au hasard, préférant compter sur sa détermination plutôt que sur sa bonne étoile. Si seulement il avait eu le gigantesque local de la librairie, il en aurait tiré un autre parti que la vente de bouquins ! Mais César les avait méprisés, oubliés, n'hésitant pas à renier sa seule famille pour lui préférer un étranger. S'était-il laissé berner par Mathieu ? En tout cas, son incompréhensible décision de brader son commerce et sa maison condamnait Albert et Lucie à la misère.

Le retour en France se soldait donc par un nouvel échec, ce qui humiliait profondément Albert et attisait sa colère. Penser à Mathieu le rendait fou, et puisqu'il ne pouvait pas se réapproprier les biens de César, il allait au moins se venger. Et avec un peu de chance, pour une fois, s'il parvenait à terrifier ce type…

— Qu'est-ce que tu mijotes, Albert ? demanda Lucie d'un ton plaintif.

Elle l'avait attendu dans la cuisine, comme d'habitude, et serrait ses mains autour d'une tasse ébréchée. Le minable meublé qu'ils avaient loué offrait peu de confort et ne devait être qu'une solution provisoire.

— Ne t'inquiète pas, répondit-il de manière évasive.

— Bien sûr que si ! Tu te couches au milieu de la nuit et tu te lèves à midi sans jamais m'expliquer pourquoi. Tu ferais mieux de chercher du travail.

— Ce n'est pas ma priorité pour l'instant.

— Ah non ? Et comment allons-nous vivre ? Nous n'avons presque plus d'argent !

Depuis longtemps, elle s'en remettait à lui pour les moindres décisions, mais ces derniers jours elle semblait vouloir prendre un peu d'indépendance.

— Moi, je cherche, annonça-t-elle avec emphase.

— Et tu trouves ?

— Pas encore.

— Qu'est-ce que tu sais faire, ma pauvre ?

— Du secrétariat, s'insurgea-t-elle. Je suis une dactylo rapide et j'ai de bonnes notions d'informatique. Je pourrais aussi donner des cours d'anglais.

— Avec ça, nous n'irons pas loin !

— L'important est d'aller quelque part, de ne pas végéter dans ce trou à rats. Tu devrais arrêter de penser à ce type. Il ne nous donnera rien puisqu'il n'y est pas obligé.

— Quand on a peur, on est prêt à faire des concessions. Je peux l'amener à crever de trouille.

— Trouille de quoi ? Tu comptes lui mettre un revolver sur la tempe et finir tes jours en prison ? Tu vas trop loin, Albert.

En Afrique du Sud, elle avait applaudi à ses petites combines pas toujours légales, mais depuis qu'ils avaient mis le pied sur le sol français elle était redevenue timorée.

— Qu'est-ce que tu envisages, Lucie ? Rentrer dans le rang, devenir respectable ?

— Avoir une fin de vie tranquille.

— On n'est pas en fin de vie à la cinquantaine, bon sang ! Haussant les épaules, elle désigna sa tasse.

— Veux-tu une infusion ?

— Non. C'est un truc de grand-mère. Je vais plutôt aller dormir.

— Raconte-moi d'abord en quoi consistent tes sorties nocturnes.

Il la toisa durant quelques secondes, se demandant s'il pouvait avoir confiance en elle. Mais oui, après tout elle était sa grande sœur, même si la plupart du temps c'était lui qui veillait sur elle.

— Je fais des repérages parce que je prépare un coup d'éclat, fanfaronna-t-il.

Sourcils froncés, elle le dévisagea d'un air si méfiant qu'il fit marche arrière et décida de ne rien lui confier de précis.

— Tu verras bien, dit-il en souriant. Te connaissant, ça t'amusera…

Sur ces paroles sibyllines, il quitta la cuisine, content de lui. Dépitée, Lucie but quelques gorgées de sa verveine. En guise de coup d'éclat, Albert préparait sans doute un coup fourré qui allait leur attirer des ennuis. Pourquoi ne pouvait-il pas s'assagir ? Leur situation était précaire, leurs comptes débiteurs, et à l'évidence Mathieu Carrère ne les aiderait pas. Quant à lui faire peur, l'idée paraissait ridicule. Lors de l'altercation sur le trottoir qui l'avait opposé à Albert, Mathieu n'avait pas semblé facile à effrayer ! Et lorsqu'elle était allée lui rendre visite, Lucie l'avait jugé très déterminé. Un homme fatigué, peut-être, mais sûr de son bon droit et qui ne céderait pas à l'intimidation.

Elle se leva pour rincer sa tasse. Elle détestait cet appartement sordide où elle ne voulait pas rester plus que nécessaire. Or ce n'était pas Albert qui allait les sortir de là. Autant elle lui avait fait confiance en Afrique du Sud, car après tout, là-bas, il avait toujours réussi à les faire vivre plus ou moins bien, autant elle doutait de lui aujourd'hui. Enfermé dans sa rage, il courait après une vengeance illusoire et pouvait se révéler dangereux pour son ennemi comme pour lui-même. De son côté, Lucie était bien décidée à travailler, elle comprenait que son salut en dépendait et était prête à accepter n'importe quel emploi. Oui, elle voulait *rentrer dans le rang*. Quel mal à ça ? Sans doute aurait-elle suivi Albert s'il avait tenté quelque chose de malin et de profitable, mais il était en train de s'égarer. Lucie aimait la France, elle se réjouissait d'y être enfin revenue et elle voulait y trouver sa place. Albert boudait, il prétendait que la chaleur de Johannesburg lui manquait, qu'ici tout était gris et étriqué. En réalité, s'il avait obtenu l'héritage de César, il aurait été ravi.

Elle regagna sa chambre qu'elle considéra d'un regard morne. Jamais elle n'avait vécu dans un endroit pareil. Son frère n'était plus celui auquel elle pouvait s'accrocher les yeux fermés. Cette fois, il n'allait pas la sauver mais l'entraîner en enfer. Car ainsi qu'elle en avait averti Mathieu, il était capable de n'importe quoi.

*

Mathieu s'était littéralement tapé la tête contre les murs. Il n'en revenait pas de sa propre bêtise. Tess ! Comme un abruti, il avait *rendu sa liberté* à Tess ! Tout ça parce qu'il redoutait de passer une nuit avec elle ? Par crainte d'une humiliation ? Cette saloperie de burn-out l'avait complètement détruit, et pas uniquement sur un plan professionnel. Il n'avait plus confiance en lui, doutait de *toutes* ses capacités, que ce soit pour tenir une librairie ou tenir une femme dans ses bras. Lamentable… Et ce dégoût de tout qui l'avait accablé depuis des mois débouchait sur un dégoût de lui-même. Pathétique !

Donc, Tess et Benoît. La femme de sa vie avec son psy. Son *ancien* psy, qui avait eu le machiavélisme de l'écouter – et dire qu'il était payé pour ça ! – afin de mieux détourner Tess de lui. Quel affreux portrait avait-il dressé ? Celui d'un pauvre type traumatisé par une mère indifférente et incapable de remonter la pente ? Un stakhanoviste qui avait pété les plombs et n'avait aucune chance de rétablir le courant ? Avait-il insinué que Mathieu mettrait des années à sortir de son marasme ? Qu'il s'était surestimé par orgueil ? De quoi décourager n'importe quelle femme, même très amoureuse.

Car Mathieu ne doutait pas de la manière dont Tess l'avait aimé jusque-là. Elle avait trente-sept ans, lui quarante-six, ils étaient une chance l'un pour l'autre, ils pouvaient se construire une vie merveilleuse mais il avait tout gâché. Prête à l'attendre, Tess l'avait laissé tranquille, respectant son besoin d'être seul, et pour la remercier il lui avait rendu cette foutue liberté qui avait permis à Benoît de s'immiscer entre eux. Seigneur ! Qu'avait-il fait ?

Alors qu'il se sentait depuis peu sur le chemin de la guérison, il venait de retomber en chute libre au fond de son malaise. Durant des heures, il avait arpenté la maison dans un état proche du désespoir. Il ne voulait plus être malade, il voulait sortir la tête hors de l'eau mais n'y parvenait pas. Bien qu'il l'ait éloignée délibérément, voilà que Tess lui manquait de façon aiguë. Quel beau résultat !

À force de tourner comme un animal en cage, il finit par gagner la terrasse et resta un long moment face au soleil couchant. La journée avait été belle mais un vent frais venait de se lever. Les voiliers rentraient au port, les promeneurs quittaient les abords des plages. Bientôt l'heure pour Tess de fermer sa boutique. Benoît viendrait-il l'attendre ou était-il resté près d'elle pour la réconforter après leur scène sur le trottoir ? Peut-être iraient-ils dîner tous les deux avant de rentrer. Chez qui ? Leur attitude, sans équivoque, prouvait qu'ils étaient déjà amants. L'emmenait-elle chez elle ? Et lui, où habitait-il ?

Les poings serrés, Mathieu prit une grande inspiration. Il devait se calmer. Ne pas se consumer de jalousie. Repousser les images qui se formaient dans sa tête malgré lui. Ne surtout pas évoquer les jambes fines de Tess quand elle laissait tomber son jean, ses boucles blondes en cascade sur ses épaules nues, les pointes de ses seins dressées, la peau satinée de son ventre, le goût de sa bouche. Tess qui savait si bien s'abandonner, se livrer tout entière. Et puis ses mains expertes, la caresse de ses cheveux quand elle se redressait au-dessus de lui... Offrait-elle tout cela à Benoît ? Lui chuchotait-elle ces mots qui avaient parfois rendu Mathieu fou de désir ?

Il frappa si violemment la rambarde devant lui qu'il poussa un cri de douleur. Incrédule, il regarda ses doigts dont les jointures saignaient. Il était en train de devenir cinglé, il devait s'interdire de penser à Tess. En tout cas pas à Tess *et* Benoît. Frissonnant dans le crépuscule, il s'aperçut que, de nouveau, il n'avait plus envie de rien.

*

Angélique avait voulu présenter Corentin à ses copains de l'ISEL, ce qui se révélait de prime abord une mauvaise idée. Les amis d'Angélique avaient son âge, une vingtaine d'années, et la même mentalité d'étudiants obnubilés par leurs examens mais avides de s'amuser le samedi soir. Pour eux, un *comptable* vieux de *trente* ans était un ovni. Après l'avoir passablement chambré, ils avaient néanmoins voulu savoir en quoi consistait son métier. Corentin était resté souriant pour expliquer qu'il s'agissait d'une profession passionnante. Ayant eu son bac très jeune, il avait choisi le long cursus qui conduisait au diplôme d'expert-comptable. Cinq ans d'études, suivis de trois ans de stage rémunéré avant les derniers examens. Puis il s'était inscrit au tableau de l'ordre, avait prêté serment et choisi d'exercer en libéral. Il vantait le rôle de diagnostic, de conseil et d'assistance auprès des chefs d'entreprise, soulignait la dimension humaine, affirmait ne jamais s'ennuyer. Très loin des clichés d'un métier poussiéreux, il n'y avait, de surcroît, pas de chômage chez les experts-comptables.

— On choisit ses clients, on cherche des solutions à leurs problèmes, on parvient à valoriser n'importe quelle affaire.

Les copains d'Angélique, d'abord sceptiques, avaient fini par se montrer intéressés et la soirée s'était poursuivie dans une ambiance plus détendue. Corentin ne semblait pas gêné d'être l'aîné de la petite assemblée à laquelle il avait réussi à s'intégrer. Tassés à une dizaine dans le studio d'Angélique, la plupart assis par terre, ils avaient bavardé et bu en écoutant de la musique jusqu'à deux heures du matin. Corentin s'était bien gardé de donner le signal du départ, mais il avait suivi ceux qui s'en allaient les premiers. Sur le pas de sa porte, Angélique l'avait retenu un instant.

158

— Comment les trouves-tu ?

— Tes amis ? Très sympas.

— Vous avez eu un peu de mal à vous mélanger au début.

— C'est normal. Ils ne sont pas encore entrés dans la vie active, ils sont insouciants.

— Pas moi. À cause de papa, sans doute.

— Tu devrais arrêter de te faire du souci pour lui. N'inverse pas les rôles. Même s'il n'est pas… au mieux de sa forme, il s'en remettra.

— Tu crois ?

— J'en suis certain.

— Mais si ça prend six mois, qu'adviendra-t-il de la librairie ?

— En tant que commerce, elle ne sombrera probablement pas et pourra trouver un repreneur. Pour ton père, ce sera plus dur. Il a de gros emprunts, peu de marge de manœuvre.

— Il ne supportera pas de la perdre.

— Ne te demande pas ce qu'il supportera ou pas. Trace ta route, fais ta vie. Tu n'es pas sa béquille, Angélique.

— Tu peux m'appeler Ange, tout le monde utilise mon diminutif.

— Je ne souhaite pas forcément être *tout le monde*. Déjà, nous nous tutoyons, mademoiselle Carrère !

La jeune fille eut un rire bref, puis elle mit ses mains sur les épaules de Corentin.

— Merci d'être venu.

— Merci de m'avoir invité. D'ailleurs, pourquoi l'as-tu fait ?

Plutôt que de répondre, elle hésita puis lui déposa un baiser léger sur la bouche avant de rentrer chez elle. Debout sur le palier, il regarda la porte qu'elle venait de refermer. Elle l'avait embrassé ? Il n'en revenait pas et se sentit exulter en dévalant l'escalier. Il n'aurait pas espéré, encore moins osé ce geste. Était-il possible qu'il lui plaise ? Jusqu'ici, lors de leurs discussions dans le bureau de la librairie, il avait eu l'impression d'être transparent pour elle. Et même quand il l'avait invitée à déjeuner, il ne s'était rien passé d'autre qu'une banale conversation. Avait-elle bu trop de bières ce soir ? Pour sa part, en acceptant l'invitation il avait eu des scrupules. Elle n'avait que vingt ans, elle était la fille de Mathieu, deux bonnes raisons pour ne pas jeter son dévolu sur elle. Par souci d'honnêteté, il avait averti Mathieu qu'il était tombé amoureux, mais sans vraiment croire qu'il pourrait jamais la séduire.

Et si elle l'avait embrassé par jeu ? Si elle était en train de se moquer de lui avec les copains restés dans le studio ? Il ne la croyait pas méchante, mais peut-être lui faisait-elle ainsi comprendre qu'il n'était pas à sa place dans ce groupe de jeunes gens. *Monsieur l'expert-comptable*, comme avait ironisé l'un d'eux en début de soirée. Et même si elle était sincère, sans doute la mettaient-ils en garde en ce moment même contre un choix discutable. Les garçons de son entourage devaient être nombreux à succomber à son charme, jolie comme elle l'était, et ne verraient pas d'un bon œil l'irruption de Corentin parmi eux.

Que devait-il faire, à présent ? L'inviter à son tour, lui envoyer classiquement des fleurs ou bien la bombarder de SMS assortis de smileys ? Avant tout, s'assurer que ce baiser léger n'était pas une blague. Un simple coup de téléphone le renseignerait – rien qu'au ton de sa voix, il comprendrait. Pour ne pas avoir l'air de la harceler, il l'appellerait dans deux jours, pas avant. Restait juste à tenir jusque-là, mais Corentin ne manquait pas de patience, il allait attendre sagement.

*

Albert avait passé un très long moment dans sa voiture à l'arrêt. Un petit véhicule anonyme dont la location pour vingt-quatre heures lui avait coûté une somme modique, néanmoins c'était une dépense importante vu l'état de ses finances. Depuis son retour au Havre, il avait cherché à contacter d'anciennes relations, mais trop d'années s'étaient écoulées et il n'avait pas retrouvé grand monde. En tout cas, personne susceptible de lui prêter de l'argent.

Pour la énième fois, il consulta sa montre avant de jeter un coup d'œil sur l'avenue. À cette heure tardive, les passants étaient très rares. Bientôt, il pourrait passer à l'action et il commençait à frissonner d'excitation. En Afrique du Sud, il avait participé à quelques « coups » bien plus aventureux que ce qu'il s'apprêtait à faire et il n'avait pas peur. Que risquait-il, au pire ? Il n'allait tuer personne, ni même voler, mais seulement détruire. Ah, quelle fierté de pouvoir tout raconter à Lucie dès qu'il regagnerait l'appartement ! Elle ne le croyait sans doute pas capable de prendre une vraie revanche sur celui qui les avait spoliés, et elle avait tort. S'ils en étaient réduits à vivre comme des miséreux, la faute à qui ? Lucie détestait l'appartement minable, elle n'avait pas été habituée à cette pauvreté qui la remplissait d'aigreur, et l'initiative téméraire de son frère forcerait son admiration. Car ces dernières semaines, il ne l'avait pas sentie aussi solidaire que de coutume et il en était contrarié.

Derrière le volant, toujours aux aguets, il se sentait fort. Il avait besoin de se prouver quelque chose, il ne supportait plus d'être celui qui rate tout ce qu'il entreprend. Ensuite, une fois qu'il aurait réglé ses comptes, peut-être se rendrait-il aux raisons de sa sœur et envisagerait-il de chercher du travail. Leur survie à tous deux dépendrait, hélas, de leur capacité à obtenir chacun un emploi. Ou à dénicher des combines, il n'était pas regardant – voire il aurait préféré –, mais pour l'instant il était trop isolé, sans amis ni réseau.

Au moins, ce soir, il allait retrouver sa fierté, relever la tête. On ne provoquait pas impunément Albert Delvaux, voilà ce qu'il comptait démontrer.

— Bien mal acquis ne profite jamais, dit-il entre ses dents. J'en connais un qui va apprendre la leçon !

Mathieu Carrère saurait, ou se douterait, de qui venait le coup, mais il ne pourrait rien prouver et serait condamné à ruminer sa colère sans jamais l'apaiser. Quelle revanche !

Il laissa passer encore un quart d'heure, puis une demi-heure. À présent, il n'y avait plus aucune circulation, ni voiture ni piéton. Il enfila des gants épais avant de descendre de voiture. Rabattant la capuche de sa parka sur sa tête pour se dissimuler, il prit la pioche dans le coffre. Elle était lourde dans ses mains, idéale pour le genre de travail auquel elle était destinée. En quelques enjambées, il gagna la devanture de la librairie. Il en avait soigneusement repéré les faiblesses, lors de ses précédents passages nocturnes, et savait à quoi s'attaquer. Sans hésiter, il glissa l'extrémité de la pioche dans un des larges maillons de la grille qui protégeait la dernière vitrine, la plus étroite, et il pesa de tout son poids pour faire levier. C'était plus solide qu'il ne l'avait craint mais il s'acharna. Quand le métal commença à se tordre, il insista rageusement, encore et encore, sans plus se préoccuper du monde qui l'entourait.

Par chance pour lui, l'avenue était toujours déserte. Au bout de quelques minutes, la grille commença enfin à sortir de son rail, en bas, puis sur un côté. Il recula de deux pas avant de balancer la pioche de toutes ses forces dans l'espace découvert, et la vitrine se fendit en étoile. Alors il se mit à frapper comme un bûcheron jusqu'à ce que la vitre s'écroule dans un fracas de verre brisé. Aussitôt, il se glissa dans l'ouverture en baissant la tête et, depuis l'intérieur de la librairie, s'attaqua aux autres vitrines. Le bruit lui paraissait énorme, il piétinait des morceaux de verre, des livres et des présentoirs mais continuait à frapper au hasard. Soudain, une sirène assourdissante se déclencha. Comme il l'avait prévu, cela sonna la fin de son expédition punitive et il se rua à l'extérieur, abandonnant sa pioche.

*

Torturé par sa rupture avec Tess, qui venait s'ajouter à tous ses problèmes, Mathieu était devenu insomniaque. Pourtant, il refusait toujours de s'abrutir avec des tranquillisants ou des somnifères. La veille, il avait fini par boire trois whiskys coup sur coup avant d'aller se coucher. Quand son téléphone sonna, au milieu de la nuit, il eut du mal à émerger d'un sommeil lourd et agité.

L'appel provenait du commissariat, et ce qu'il entendit le fit se redresser d'un bond. La librairie venait d'être vandalisée, on lui demandait de se rendre immédiatement sur place.

Abasourdi, il enfila un jean et un pull, mit ses mocassins sans chaussettes pour aller plus vite et se précipita hors de la maison. Roulant à tombeau ouvert dans les rues désertes, il descendit au Havre puis gagna l'avenue Foch où l'attendait la police. Les gyrophares des deux fourgonnettes éclairaient par intermittence les vitrines dévastées, et en découvrant ce spectacle, Mathieu eut l'impression de recevoir un uppercut en plein estomac. Il arrêta sa voiture le long du trottoir, descendit et alla se présenter comme le propriétaire des lieux. Sa voix tremblait légèrement, il maîtrisait mal la fureur qui le submergeait devant le désastre.

— Le vandale a laissé sur place l'outil dont il s'est servi, l'informa l'un des policiers. On va l'emporter, mais ne vous faites pas d'illusion, il ne doit pas y avoir d'empreintes. Les voyous sont malins ! Peut-être que les caméras de surveillance de l'avenue montreront quelque chose… Si toutefois elles fonctionnent !

Il parlait d'un air désabusé, presque résigné.

— On a fait un tour à l'intérieur, histoire de s'assurer qu'il n'y avait pas de départ d'incendie, et aussi pour débrancher l'alarme qui a réveillé tout le quartier. Maintenant que vous êtes là, on va constater ensemble les dégâts. Faites attention, il y a du verre partout.

Ils passèrent par l'une des vitrines totalement éventrée, Mathieu n'ayant même pas pensé à prendre ses clefs. Il alla directement au tableau électrique pour allumer quelques lumières. Sous les rampes de spots, le chaos apparut dans toute son étendue.

— Ceux qui ont fait ça n'y sont pas allés de main morte,

soupira le policier. Les grilles sont intactes hormis la petite, au bout, qui était sans doute la plus vulnérable. Après, ils sont entrés et s'en sont donné à cœur joie de l'intérieur. Une vraie volonté de saccage ! Vous avez des ennemis ? On verra tout ça demain au commissariat, mais d'ici là, si vous pouvez dresser une petite liste...

— *Petite* ? ricana Mathieu.

— Pas seulement ce qui a été détruit, mais aussi dérobé.

— Volé ? Sûrement rien, la caisse est vidée tous les soirs. Et les cinglés qui se sont attaqués à ma librairie ne cherchaient pas à piquer des romans policiers, je suppose !

Blasé, le policier tapota familièrement l'épaule de Mathieu.

— Contactez votre assureur à la première heure. Vos vitres n'étaient pas blindées ?

— Non, puisqu'elles étaient protégées par des grilles.

— Il va vous falloir sécuriser le magasin qui ne peut pas rester ouvert aux quatre vents.

Mathieu hocha la tête en silence, dépassé par les événements.

— Allez, on va vous laisser. On décidera demain si on classe l'affaire en cambriolage ou en acte de vandalisme. Pour nous, il n'y a pas de victime, pas de blessé, c'est déjà bien. Venez nous voir dans la journée, hein ?

Le policier fit trois pas, se retourna et ajouta :

— Désolé pour vous, vraiment. Mais si vous saviez tout ce qui se passe ! Il y a pire, je vous le garantis. Ce bris de verre, ce n'est que de la délinquance. Sans doute des jeunes...

— Des jeunes ! s'emporta Mathieu. Pourquoi leur met-on toujours tout sur le dos ? Et pourquoi cette appellation si pudique ? Il s'agit de voyous, tout simplement. Autant appeler un chat, un chat !

Un peu hésitant, le policier demanda à Mathieu s'il souhaitait qu'un agent reste avec lui.

— Non, ça ira. Merci.

Debout au milieu du magasin, Mathieu le regarda partir. Il était sonné, hagard, impuissant et toujours bouillant de rage. À quatre heures du matin, il ne pouvait appeler personne. Et pas question de quitter la librairie, évidemment. Il sentait qu'il devait faire quelque chose mais ne savait par où commencer. Il finit par aller s'asseoir sur l'une des marches de l'escalator immobile et se prit la tête à deux mains. Combien de temps allait prendre la réfection des vitrines ? En attendant, et pour éviter d'autres vandalismes, les grilles protégeaient toujours l'essentiel, dans l'immédiat il suffirait de condamner la plus petite, celle qui avait cédé. Par chance, il ne pleuvait pas, la plupart des livres et des objets épars seraient sauvés, hormis ceux qui avaient été piétinés. Avant tout, il fallait convoquer une entreprise de nettoyage.

Au bout d'un long moment, il se leva et entreprit de faire le tour de la librairie. D'abord, il alla s'assurer que le premier étage était intact. Évidemment, le ou les casseurs n'avaient pas eu le temps de monter jusque-là, sans doute interrompus dans leur forfait par l'alarme alors qu'ils étaient encore en bas. Celle-ci était vraiment assourdissante, quasi paralysante, Mathieu en avait fait l'expérience lors des tests, mais elle n'avait pas dû se déclencher assez vite.

Après avoir constaté que rien n'avait été touché en haut, il redescendit pour arpenter pas à pas le rez-de-chaussée. Revenir ici après des semaines d'absence lui semblait très étrange. Il effleurait au hasard les piles de livres, jetait un coup d'œil aux étiquettes. À première vue, Nadia ne s'était pas montrée très inventive, néanmoins les choses étaient à leur place. Il s'attarda devant la table des nouveautés dont les titres n'évoquaient rien pour lui. Était-il possible qu'il ait raté tant de parutions ? Il retourna un roman, parcourut la quatrième de couverture. Il aimait bien cet écrivain, il aurait fallu le mettre un peu plus en valeur. Nadia avait fait ce qu'elle pouvait mais ce n'était pas suffisant. Parmi ses employés, au moins l'un d'entre eux lisait énormément. Avait-il fait des choix parmi les derniers offices, installé ses préférences près de la caisse avec une petite note de lecture élogieuse qui donnait souvent envie d'acheter ? Les clients étaient habitués aux sélections de Mathieu, ils lui faisaient confiance. Mais sans lui pour les guider, les inciter à découvrir un nouvel auteur, sans lui pour commenter – en bien ou en mal – les best-sellers, et discuter avec les passionnés de littérature en les invitant à boire un café, les ventes avaient inexorablement chuté. La fréquentation de la librairie aussi. Et dire qu'il avait provoqué lui-même cette désaffection !

Il prit brutalement conscience de sa responsabilité. Le voile noir qui s'était étendu sur lui, l'expédiant au fond de l'abîme et le clouant à Sainte-Adresse, menaçait d'asphyxier également son affaire. Il avait trahi les gens qui travaillaient pour lui, ainsi que ses clients les plus fidèles. Après s'être acharné durant dix ans à faire de sa librairie un modèle de réussite, un lieu incontournable du centre-ville, quasiment un point de rendez-vous des Havrais, il avait tout laissé tomber… Quelle démence !

Il reposa avec précaution le livre qu'il tenait toujours. Des questions se télescopaient dans sa tête. Aurait-il le courage ? Pouvait-il en finir, maintenant, tout de suite, avec cette abrutissante dépression ? Ne suffisait-il pas qu'il regarde autour de lui pour réagir enfin ?

La température chutait avec l'air froid de la rue qui s'engouffrait jusqu'au fond du magasin. Il frissonna, releva le col de son blouson tout en déplorant d'avoir oublié ses chaussettes. Une pensée bien dérisoire au milieu du chaos, qui lui arracha un sourire grimaçant. Pour se réchauffer, il commença à ramasser les livres. Il les prenait un par un, attentif aux débris coupants. Les prochaines vitrines seraient incassables, en double vitrage antieffraction quel qu'en soit le prix. Mais face à une pioche et à des types décidés, rien ne résistait au-delà de quelques minutes.

Des types… ou un seul. Albert Delvaux ? Était-il envisageable que ce soit lui ? Sa sœur avait mis Mathieu en garde : Albert était capable de tout. Y compris de massacrer trente mètres de devanture ? Il lui aurait fallu un sacré culot pour oser car il devait bien se douter qu'une alarme finirait par se déclencher et ameuter les flics. Ce qui lui avait laissé le temps de se sauver, hélas !

Mathieu empila les exemplaires rescapés sur le bord d'un comptoir et il retraversa le rez-de-chaussée pour gagner le coin du salon de thé. Il mit en route le percolateur, se servit un double espresso. Nadia, qui arrivait la première, ne serait là qu'à huit heures et demie. Mais à partir de six heures, quelques passants commenceraient à emprunter l'avenue. Forcément, ils s'arrêteraient, choqués. Alors, il faudrait bien leur répondre, raconter, accepter leur éventuelle compassion… La solitude et le silence n'étaient plus possibles, la parenthèse se refermait de force, que Mathieu soit prêt ou non.

Il but le café brûlant puis retourna à son travail de fourmi. Les livres étaient visibles au milieu des débris, mais pas les petits objets de papeterie. Il récupéra un superbe stylo laqué, à présent tout rayé, qu'il essuya sur sa manche.

— Puisque je ne peux plus te vendre, je t'adopte, marmonna-t-il. Et on a du boulot, crois-moi !

Il se dirigea vers l'escalator, grimpa quatre à quatre les marches métalliques. Au rayon des cartouches d'encre, il trouva celle qu'il lui fallait et il l'inséra dans le corps du stylo. Ensuite, résolument, il gagna son bureau. Se retrouver dans cet endroit familier lui procura une émotion intense. Il était chez lui, il rentrait au bercail, dans ce poste de vigie qu'il avait conçu. Tournant le dos à la vitre donnant sur le rez-de-chaussée, il alla s'asseoir dans son fauteuil. Devant lui se trouvaient un planning qu'il ne connaissait pas et un iPad qui devait être celui de Corentin. Ou de Nadia. Ceux qui s'étaient occupés de son affaire à sa place. Il repoussa ces objets qui ne lui appartenaient pas pour mieux reprendre possession du bureau, puis il ferma les yeux un instant. Il ne se sentait ni fatigué, ni même anxieux à l'idée de ce qui l'attendait. Saisir les rênes, oui, il allait le faire, et pas uniquement par devoir, pas pour les autres, rien que pour lui. Voir sa librairie saccagée venait de réveiller sa combativité.

S'il ne tenait pas le coup, s'il replongeait dans le désespoir ou l'apathie, alors il jetterait l'éponge pour de bon, mettrait en vente, se ferait hospitaliser. Et en attendant, si jamais il apercevait Albert Delvaux au coin d'une rue, il irait lui casser la figure pour se soulager. En dehors de cet homme, il ne se connaissait aucun ennemi, et ses précédentes tentatives, des ordures déversées aux pneus crevés, prouvaient sa rancune. Si c'était bien lui le coupable, était-il enfin satisfait ? S'était-il suffisamment vengé ?

— Qu'est-ce que tu penses de tout ça, César ? Ton dégénéré de cousin va continuer à me pourrir la vie ? Il mérite d'aller en taule, ou en enfer !

Faisant pivoter son fauteuil, il regarda de nouveau les débris de verre, en contrebas. Il lui tardait de pouvoir passer ses premiers appels. Pour l'assureur, ce serait simple puisque c'était son frère Fabrice, mais ensuite il faudrait contacter une entreprise de nettoyage, le vitrier, le fabricant de grilles motorisées, enfin les employés un par un. Ceux qui souhaiteraient aider à la remise en état seraient les bienvenus, les autres pourraient prendre un jour ou deux de repos. À quand la réouverture ? Il devrait aussi se rendre au commissariat et porter plainte contre X, même s'il était certain que la police n'aurait rien à lui apprendre et que l'affaire serait vite classée sans suite. Un communiqué dans la presse locale était en tout cas indispensable pour informer les clients. Et, avant tout, il fallait couper le chauffage qui ne servait plus à rien.

Il prit une feuille de papier afin d'établir la liste des tâches urgentes, et se mit à écrire nerveusement avec son stylo rescapé du désastre. L'aube n'allait plus tarder. Angélique était-elle déjà réveillée, en train de réviser un cours ? Pas question de la laisser venir ce matin pour la visite quotidienne qu'elle s'imposait, elle risquait d'être bouleversée devant un tel gâchis.

Et Tess ? Elle n'avait pas beaucoup de raisons d'emprunter l'avenue Foch, mais si jamais elle passait par là, qu'éprouverait-elle en découvrant les vitrines en miettes ?

Aurait-elle au moins une pensée émue pour lui ? Allait-elle lui envoyer un SMS, l'appeler, passer à Sainte-Adresse ? Il n'avait pas du tout – en fait, il avait beaucoup trop – envie de la voir.

Incapable de tenir en place, il quitta son bureau, redescendit. Une nouvelle fois, il parcourut le rez-de-chaussée. Seigneur ! Il adorait cette librairie, comment avait-il pu s'en éloigner si longtemps ? S'en désintéresser ? Oublier la bonne odeur du papier ? Machinalement, il se mit à redresser un volume ici ou là, à ranger les albums que les enfants feuilletaient puis abandonnaient n'importe où dans le rayon jeunesse. Personne ne pensait donc à mettre de l'ordre avant la fermeture ? Pendant les travaux de réfection, il allait devoir se pencher sur les comptes. Corentin venait-il le jeudi ? Il ne s'en souvenait plus. En tout cas, c'était le jour de l'office, les cartons de nouveautés allaient arriver et il était curieux de les découvrir.

Il s'arrêta au milieu d'une allée, se redressa.

— Maintenant, tu choisis, mon gars ! claironna-t-il. Si tu restes…

Sa voix lui sembla un peu assourdie par les piles de livres qui l'entouraient et il répéta les mêmes mots, encore plus fort.

7

Au lieu d'écouter son père, Angélique avait foncé jusqu'à la librairie. Bien décidée à aider, elle avait mis de solides baskets en cuir, un jean élimé et un gros pull sous sa parka. En arrivant, elle avait trouvé Mathieu en pleine discussion avec deux entrepreneurs. Spontanément, elle s'était mise à côté de lui, prête à intervenir si elle le sentait soudain lâcher prise. Rien ne garantissait qu'il ne retombe pas dans l'apathie et se désintéresse de la situation. Mais pour l'instant, il semblait plutôt survolté.

Avant que le nettoyage du verre brisé ne commence, les employés qui s'étaient présentés ramassaient puis classaient les livres et les objets sous la direction de Nadia. Des passants s'arrêtaient, curieux, mais un cordon de chantier, hâtivement mis en place, les empêchait d'entrer.

— On va en profiter pour modifier certaines choses, était en train d'expliquer Mathieu à un artisan. Le revêtement de sol des vitrines est tristounet, nous allons le remplacer par un rouge cerise ou un bleu canard, dans un tissu chaleureux mais solide, du genre alcantara.

Il se tourna enfin vers sa fille, lui passa un bras autour des épaules.

— Pourquoi es-tu venue ? C'est un spectacle consternant...

Mais tout sera réparé très vite, je veux absolument rouvrir la semaine prochaine !

Les traits tirés, les yeux cernés et les joues creuses, il semblait avoir vieilli en une seule nuit. En revanche, son regard était vif, son élocution rapide et précise. Angélique ne l'avait pas vu aussi déterminé depuis bien longtemps.

— Viens boire un café, suggéra-t-il en l'entraînant vers le coin du salon de thé.

Sur le comptoir, de multiples gobelets attestaient de l'animation qui régnait dans la librairie depuis l'aube.

— Décidément, personne ne range jamais rien, maugréa Mathieu en empilant les gobelets en carton qu'il mit dans la poubelle, derrière le comptoir.

— Tu as l'air à bout de nerfs, constata Angélique. Tu devrais t'asseoir un peu, sinon tu ne tiendras pas le coup.

— Je ne suis ni malade, ni gâteux ! répondit-il sèchement.

Puis aussitôt, il eut un désarmant sourire d'excuse.

— Excuse-moi, Ange. Je suis en effet très énervé, contrarié, épuisé. Et aussi...

Baissant la voix, il acheva :

— Les employés n'ont pas été très chaleureux avec moi, ça me désole. Bien sûr, je les comprends, il y a trop longtemps que j'ai déserté la boutique, et on ne leur a pas donné beaucoup d'explications. « Dépression », ça la fout mal, Nadia a préféré éluder leurs questions depuis deux mois. Et ce matin, c'est moi qui les ai appelés pour leur annoncer la mauvaise nouvelle. Ils ne savent plus où ils en sont ni ce qu'ils doivent redouter.

— Tu vas leur parler ?

— Oui, j'ai convoqué tout le monde à midi dans mon bureau pour une petite réunion.

— Tu comptes te changer d'ici là ?

Il baissa les yeux sur son blouson sali, ses pieds nus dans les mocassins.

— On est en pleine pagaille, plaida-t-il.

— Papa, je ne t'ai jamais vu comme ça ici.

Depuis l'ouverture de la librairie, et chaque jour durant des années, Mathieu avait adopté des tenues sobres mais élégantes. Des blazers bien coupés, des chemises impeccables, des pulls en cachemire.

— Je ne peux pas m'absenter maintenant, Ange.

— Alors, donne-moi tes clefs, je vais aller te chercher des affaires.

Il se retourna pour se regarder dans la glace qui surplombait le comptoir. Passant la main dans sa barbe naissante, puis sur ses cheveux ébouriffés pour les aplatir, il soupira.

— D'accord… Mais tu n'as pas cours ?

— Pas ce matin. Je peux avoir les clefs de ta voiture aussi ? J'irai plus vite.

— Chantage ! plaisanta-t-il avant de lui tendre les deux trousseaux.

Attendri, il la suivit des yeux tandis qu'elle traversait le rez-de-chaussée. Il la vit s'arrêter auprès de chacun, sans doute pour glisser un mot gentil. Tout le monde la connaissait et l'appréciait, elle avait été le seul intermédiaire entre Mathieu et la librairie depuis trop longtemps.

— Vous avez une minute ? demanda Nadia en le rejoignant. Voilà le chiffre estimé par l'entreprise de vitrerie. « À la louche », ainsi que vous l'avez demandé, mais ils vont vous établir un devis plus détaillé.

— Quand ?

— Aujourd'hui.

— Et ils commencent quand ?

— Lundi.

— Non, c'est trop tard !

— N'exigez pas la lune, Mathieu.

Il jeta un coup d'œil au papier qu'elle lui tendait et lâcha un long sifflement.

— La vache… Mon assureur va s'étrangler, mon banquier aussi.

— N'appelez pas votre banque sans moi ! lança Corentin qui arrivait.

Mathieu lui serra la main et lui proposa de monter au bureau. Une fois qu'ils furent enfermés, Corentin dévisagea Mathieu et lui demanda comment il se sentait.

— Énergique, si c'est ce que vous voulez savoir.

— Vous avez une tête à faire peur.

— Je n'ai quasiment pas dormi de la nuit.

Après un petit silence, Corentin murmura :

— J'avais envie de vous revoir ici, mais je n'imaginais pas des circonstances pareilles. Vous êtes sûr que ça va aller ?

— Certain. Au moins pour aujourd'hui ! Il y a tellement de trucs à décider, à signer...

Mathieu se laissa tomber dans son fauteuil et fit signe à Corentin de s'asseoir en face de lui.

— Je récupère ma place. Ça ne vous ennuie pas ?

— J'avais pris mes aises, mais c'était pour la bonne cause. Est-ce que vous êtes définitivement revenu ou momentanément parce qu'il y a une tempête ?

— Même sans cette catastrophe, le bateau prenait l'eau, je crois ? Vous étiez venu me l'expliquer chez moi, si j'ai bonne mémoire.

— Mais ça n'avait pas suffi pour vous convaincre.

— Me *convaincre* ? Vous pensiez que je boudais, que je faisais un caprice ? Personne ne peut imaginer ce que j'ai vécu ! J'espère que vous n'aurez jamais à subir ça.

— Je sais me ménager.

— Le sempiternel reproche... Pourtant l'excès de travail n'est pas seul en cause. Je ne sais pas ce qui m'est arrivé, même si je commence à en avoir une vague idée. Et je vais vous donner un conseil, Corentin. N'enfouissez pas les conflits non réglés au fond de votre tête, ils finissent par ressurgir au moment où on s'y attend le moins.

— Vous en avez fait l'expérience ?

— À peu près.

Corentin récupéra son iPad, que Mathieu avait poussé sur un coin du bureau, et il l'ouvrit.

— Voyons de quoi vous disposez, mais je pense que ma réponse ne va pas vous plaire.

— Je sais que les comptes sont dans le rouge, pourtant il va falloir trouver des solutions.

— Votre assureur, c'est bien votre frère ? Il pourra sûrement accélérer les formalités, peut-être même régler directement les…

— Oubliez ça. Fabrice n'a jamais rien fait pour m'arranger. Je l'ai prévenu il y a une heure et j'ai eu l'impression qu'il se sentait personnellement agressé ! Surtout quand je lui ai demandé de venir aujourd'hui, avec un expert.

Pendant que Corentin s'absorbait dans les chiffres, les yeux rivés sur sa tablette, Mathieu se souvint de son aveu concernant Angélique.

— Ma fille est allée me chercher des vêtements propres, déclara-t-il.

Comme prévu, il vit Corentin se figer.

— Elle va venir ?

— En principe. Sauf si elle préfère me les envoyer par la poste.

Sa plaisanterie amena l'ombre d'un sourire sur le visage du jeune homme.

— Eh bien, je serai ravi de la voir…

— Je m'en doute ! Toujours amoureux ?

— Je ne suis pas versatile. La comptabilité demande de la suite dans les idées.

— Et vous ne vous trouvez pas un peu vieux pour Ange ?

— À elle d'en juger. D'ailleurs, quelques années d'écart, ça n'a rien d'insurmontable ou d'amoral, n'est-ce pas ?

Mathieu prit quelques instants pour digérer la réponse, qui visait directement sa liaison avec Tess, puis il se leva.

— Assez parlé des histoires de cœur, nous avons une librairie éventrée à remettre en état de marche.

Alors qu'il se dirigeait vers la porte, il entendit Corentin murmurer :

— Je vous trouve étonnant, ce matin. On dirait presque vous… avant.

— Serait-ce un compliment que vous venez de chuchoter ?

— Une constatation. Pleine d'espoir, mais encore un peu sceptique.

La main sur la poignée, Mathieu marqua un temps d'arrêt, puis il sortit sans rien ajouter.

*

Angélique avait mis la voiture de son père au parking, supposant qu'il allait passer une grande partie de la journée sur place. En arrivant avenue Foch, un sac de vêtements à la main, elle aperçut Tess qui était arrêtée à quelques pas de la librairie et qui regardait les vitrines brisées d'un air consterné. Elle semblait hésiter à s'approcher davantage. Éprouvait-elle une quelconque compassion ? La dernière fois qu'Angélique avait demandé à son père où ils en étaient, Tess et lui, il avait répondu avec cynisme qu'elle l'avait déjà remplacé. Angélique s'était sentie très déçue. Son amitié avec Tess n'existait plus, alors qu'elles avaient été vraiment proches et qu'Angélique s'était mise à la considérer comme sa future belle-mère. Était-ce le burn-out de Mathieu qui l'avait lassée ? Avait-elle rencontré quelqu'un d'autre ? Peu importait la raison, la rupture semblait consommée.

Angélique décida d'ignorer Tess, mais au moment où elle allait passer sous le cordon de sécurité pour entrer dans la librairie, elle s'entendit héler.

— Ange ! Attends !

De mauvaise grâce, elle s'arrêta.

— Qu'est-ce qui s'est passé ici ? demanda Tess en la rejoignant.

— Tu le vois. Des casseurs…

— Mais pourquoi ?

— Personne n'en sait rien.

— Et Mathieu, il va bien ?

— Ça t'intéresse ?

— Évidemment !

— À quel titre ? Vous n'êtes plus ensemble, non ?

Lui tournant le dos, elle l'abandonna sur le trottoir mais elle avait eu le temps de voir ses yeux se remplir de larmes. Avait-elle été trop dure ? Une fois à l'intérieur, elle jeta un coup d'œil par-dessus son épaule et remarqua qu'un homme venait de rejoindre Tess. Ses remords disparurent quand elle vit le type l'enlacer familièrement. C'était donc ça ? En effet, elle avait remplacé Mathieu et s'affichait sans scrupule avec l'autre devant la librairie ! Furieuse, humiliée pour son père, elle traversa le rez-de-chaussée à grands pas et tomba sur Corentin.

— J'arrive à temps, j'espère ? La réunion n'a pas commencé ?

— Tu arrives toujours bien, Angélique...

Il lui souriait mais elle n'avait aucune envie de marivauder. Le comprenant sans doute, il enchaîna :

— Ton père est dans son bureau, il t'attend.

— Tu seras présent ? voulut-elle savoir.

— Oui, tout le monde est convoqué et Mathieu aura besoin de soutien.

— Comment le trouves-tu ?

— En forme, et ça m'étonne. Je suppose que la colère le dope. Ce soir, il sera à ramasser à la petite cuillère.

— Alors, je l'emmènerai au restaurant.

— Si tu veux de l'aide pour le faire rire, je me joins à vous.

— Tu sais te transformer en clown, toi ?

— Pas vraiment, mais je te dois un dîner. Je vous invite tous les deux, d'accord ?

— On verra ça, transigea-t-elle.

Elle n'était pas sûre que son père ait envie de la compagnie de Corentin, d'ailleurs, peut-être rentrerait-il directement à Sainte-Adresse sans manger. À moins qu'il veuille continuer à parler chiffres et réparations jusqu'à tomber d'épuisement.

177

En gravissant les marches inertes de l'escalator, elle se demanda si elle devait lui parler de sa rencontre avec Tess, mais elle décida que ce serait une mauvaise idée. Son père ne pensait sûrement pas à son ex aujourd'hui.

Comme elle lui avait apporté son rasoir électrique, en plus de ses vêtements, Mathieu mit quelques minutes à se rendre présentable, et il finissait à peine d'enfiler son blazer quand les employés commencèrent à arriver. Certains étaient là depuis le début de la matinée, d'autres venaient de les rejoindre, prévenus que Mathieu voulait leur parler à tous.

— On ne va pas pouvoir s'asseoir, mon bureau est trop petit, mais au moins il y fait moins froid qu'en bas.

Adossé à la baie vitrée, Mathieu s'exprimait posément, d'une voix ferme et chaleureuse.

— De toute façon, rassurez-vous, je ne serai pas long. Je tiens d'abord à vous présenter des excuses pour ma très longue absence. Je sais que vous avez fait le maximum pour maintenir la librairie à flot. Si les résultats de ces derniers mois sont moins bons que d'habitude à la même époque, ils ne sont pas non plus catastrophiques, et j'en assume l'entière responsabilité. Je sais aussi que nos clients aiment bien discuter avec moi et qu'ils n'étaient pas contents de ne jamais me trouver. Je sais enfin que la marche de l'entreprise, que j'ai délibérément diversifiée depuis quelques années, est assez complexe puisqu'il faut gérer la papeterie, la petite maroquinerie, les jeux de société, le numérique, le salon de thé… Nous ne sommes plus dans une librairie pure, néanmoins c'est la plus importante du Havre en volume d'exemplaires vendus. Et elle va le rester, croyez-moi ! Je reprends mon poste et chacun garde le sien, je ne me sépare évidemment de personne.

Il s'interrompit une seconde pour laisser le temps à chacun de digérer cette information cruciale.

— Vous devez penser que je vous dois des explications quant aux raisons qui m'ont tenu éloigné. Je ne peux pas vraiment vous en fournir, j'en suis encore à m'interroger moi-même. Ni les médecins ni les psys ne m'ont vraiment aidé, mais je crois en être sorti. Maintenant, pour ce qui est de la réouverture, je fais le maximum auprès des entreprises qui vous nous réinstaller de superbes vitrines... que vous n'aurez plus qu'à remplir ! D'ici là, vous êtes en congé payé. Je vous avertirai personnellement du jour où regagner le navire. J'espère que vous me gardez votre confiance et que nous allons repartir ensemble du bon pied.

Il se tut, attendant des commentaires qui ne vinrent pas immédiatement.

— Si vous avez des questions, n'hésitez pas.

Nadia leva la main, comme une écolière, et attendit que Mathieu la regarde.

— Je crois que tout le monde était désolé de vous savoir malade, mais on n'a jamais nommé cette maladie. Certains ont pu penser à quelque chose de très grave, un truc de longue durée, vous voyez...

— Un cancer ? Non, ce n'est pas le cas. Je vous l'aurais dit, le cancer n'est pas une maladie honteuse. En fait, il s'agit de ce qu'on appelait autrefois une dépression, mais d'un genre particulier, et aujourd'hui on dit plutôt burn-out. Ce n'est pas un état imaginaire, on sombre irrémédiablement au fond du puits, et on doit s'y reprendre à cent fois pour arriver à remonter la paroi. Avant que ça me tombe dessus, je me croyais très fort, maintenant je sais que personne n'est à l'abri. En revanche, ce n'est pas contagieux.

Il avait prononcé sa dernière phrase en souriant, et il sentit l'atmosphère se détendre.

— Bienvenue chez vous ! lui lança l'un des employés.

— Merci. Je ne peux pas vous offrir à boire, le jour serait mal choisi pour organiser un pot, mais je vous promets qu'on trinquera ensemble le soir de la réouverture.

Après un regard circulaire pour s'assurer que personne ne voulait rien ajouter, il quitta sa place et alla ouvrir la porte, signifiant que la réunion était terminée. Tour à tour, les employés lui serrèrent la main en partant. Nadia s'attarda un peu, comme si elle voulait montrer qu'elle faisait partie des privilégiés, avec Corentin et Angélique qui n'avaient pas bougé.

— Vous avez bien fait d'intervenir, lui dit Mathieu. Personne n'aurait osé poser la question.

Il tenait toujours la porte grande ouverte, ce qui obligeait Nadia à s'en aller aussi. Cependant il ajouta, alors qu'elle passait devant lui :

— Je compte sur vous pour veiller à ce que tout s'organise sans problème en bas. Prévenez-moi quand l'entreprise de nettoyage aura terminé, d'ici là j'ai pas mal de choses à régler.

Quand elle fut sortie, il poussa un long soupir de soulagement.

— Ça s'est plutôt bien passé, non ?

— Vous n'étiez pas obligé de vous justifier, objecta Corentin.

— Si, bien sûr ! Vous les prenez pour des idiots ? Leur dire la vérité est la moindre des choses pour rétablir un climat de confiance entre eux et moi.

— Sauf qu'ils n'ont aucune garantie que vous ne vous réfugierez pas sous votre couette dès demain et jusqu'à Noël.

Mathieu se redressa pour toiser Corentin sans indulgence.

— N'allez pas trop loin, je ne suis pas d'humeur.

Il était blessé par la remarque de Corentin parce qu'il avait exactement les mêmes doutes. Résisterait-il au-delà de cette journée marathon ? Avait-il retrouvé une motivation suffisante ? Et ne commettrait-il pas de nouveau l'erreur de trop s'en demander, ce qui le ferait replonger ? Il n'était pas sûr d'être guéri de sa dépression, à peine se sentait-il convalescent, et guetté par les rechutes. Néanmoins, sachant sa librairie attaquée, il avait foncé ici, alors que quelques semaines plus tôt il serait peut-être resté indifférent.

Corentin était en train de ramasser ses affaires, sans oublier son iPad cette fois.

— Je reviendrai en fin d'après-midi, annonça-t-il. Si

vous obtenez vite des devis détaillés, on pourra chiffrer les dépenses plus précisément.

Mathieu nota qu'Angélique échangeait un clin d'œil complice avec le jeune homme. Où en étaient ces deux-là ?

— Je pars avec toi, déclara-t-elle. J'ai séché ce matin, mais maintenant je dois vraiment aller à l'ISEL.

Tiens, ils se tutoyaient ? Le téléphone se mit à sonner et, tandis que Mathieu décrochait, les jeunes gens en profitèrent pour filer.

*

Dans sa petite boutique, Tess faisait les cent pas. De temps en temps, elle lançait un regard inquiet en direction de sa vitrine. Celle-ci était bien plus vulnérable que celles de la librairie de Mathieu, qui avaient pourtant volé en éclats.

Mathieu… Qu'éprouvait-il en ce moment précis ? Ce vandalisme serait-il comme la goutte d'eau faisant déborder le vase ? Il pouvait très bien ne jamais s'en remettre, tout envoyer promener définitivement. Ou, au contraire, redevenir d'un seul coup le Mathieu qu'elle aimait tant, combatif et enthousiaste.

Car elle l'aimait toujours, et ce constat la rendait malade. D'autant plus que, paradoxalement, la gentillesse de Benoît la touchait. Elle trouvait agréable de sortir avec lui, de rire avec lui, de s'appuyer sur lui. Durant la dépression de Mathieu, elle avait subi des mois détestables, et malgré sa patience elle avait finalement été repoussée, alors quelle autre solution que se consoler ailleurs ?

Tess aimait la vie, elle était gaie, elle avait cru qu'elle pourrait tourner la page, or il n'en était rien. Elle pensait tout le temps à Mathieu, à l'avenir merveilleux qu'elle avait imaginé avec lui et auquel elle ne parvenait pas à renoncer. Elle s'était vue habiter la maison de Sainte-Adresse, qu'ils auraient arrangée ensemble, et peut-être y auraient-ils conçu un enfant. Ils auraient pris leurs petits déjeuners face à la mer, la main dans la main, et même parlé de mariage, pourquoi pas ? Mais ce rêve était tombé à l'eau, elle devait se faire une raison, Mathieu ne voulait plus d'elle.

Pourquoi ? Qu'avait-elle donc fait – ou pas fait – pour qu'il la rejette ainsi ? En tout cas, l'hostilité d'Angélique lui enlevait ses dernières illusions. En lui tournant le dos et en refusant de lui parler, la jeune fille qui avait été son amie confirmait sa disgrâce. Benoît, qui s'était tenu à l'écart, était alors venu la prendre dans ses bras, et elle avait bêtement eu peur que Mathieu puisse les voir. Mais il les avait *déjà* vus ensemble !

Les clients étaient rares et elle finissait par tourner en rond au milieu de ces objets choisis avec soin et qui, soudain, lui semblaient sans intérêt. Devait-elle accepter la proposition de voyage que Benoît ne cessait de réitérer ? Loin du Havre, dans un pays chaud, son obsession pour Mathieu aurait moins d'importance, elle ne serait pas tentée à chaque instant d'aller rôder du côté de la librairie dans l'espoir de le croiser. D'ailleurs, si cette rencontre fortuite se produisait, elle n'aurait rien à en attendre.

Néanmoins, elle ne se résignait pas. Contre toute logique, elle essayait de bâtir un plan qui, à défaut de reconquête, serait un premier pas vers la réconciliation. Parfois, elle envisageait d'écrire à Mathieu. Pas un SMS ni un mail mais une vraie lettre manuscrite où elle lui confierait son chagrin et ses regrets. La lirait-il ? En serait-il ému ? Répondrait-il ? Mais si c'était pour se heurter encore une fois à une fin de non-recevoir, mieux valait s'abstenir et laisser passer du temps.

En attendant, elle aurait tant voulu savoir ce qu'il faisait et dans quel état d'esprit il se trouvait ! Elle interrogeait Benoît, à qui elle ne cachait pas qu'elle était mal remise de sa rupture. Il répondait prudemment et par phrases sibyllines, sans dire du mal de Mathieu. « On ne guérit jamais de son enfance », avait-il seulement précisé. Son enfance ? Tess ne se souvenait pas de confidences particulières à ce sujet. Mathieu voyait peu ses trois frères, mais ceux-ci n'habitaient

182

pas Le Havre. Et il s'était occupé de sa mère, à qui il rendait visite régulièrement. Elle ne comprenait donc pas où se situait le problème.

Parmi ses craintes, elle conservait aussi le souvenir de la visite de Charlotte. Une belle femme, élégante et sûre d'elle, qui était toujours très concernée par son ex-mari, comme l'attestait sa venue. Angélique l'avait-elle une fois encore appelée à la rescousse ? Charlotte allait-elle accourir de nouveau pour veiller sur lui ? Cette idée faisait enrager Tess, elle aurait voulu être celle dont Mathieu avait besoin en ce moment. Elle aurait voulu…

— Oh, arrête ! s'exclama-t-elle en s'arrêtant au milieu de sa boutique.

Ne plus penser à tout ça. Elle devait dîner le soir même dans un bon restaurant de Deauville où Benoît leur avait réservé une table. Il l'invitait presque chaque soir, chez lui ou ailleurs, pour la distraire et lui faire plaisir. Que pouvait-elle souhaiter de plus ? Serait-elle assez stupide pour laisser passer la chance qu'il lui offrait d'être aimée passionnément par un homme formidable ? Elle avait la certitude, si elle poursuivait son aventure avec lui, qu'il ne tarderait pas à lui parler de mariage et d'enfant. Que lui répondrait-elle, ce jour-là ?

Exaspérée par sa propre indécision, elle décida de fermer un peu plus tôt et de rentrer chez elle pour se préparer. Elle aurait beau être habillée et coiffée n'importe comment, Benoît la trouverait sublime, elle le savait et n'arrivait pas à s'en réjouir.

De nouveau, elle regarda autour d'elle. Sa boutique lui parut triste, à l'image de son propre malaise. Elle avait pourtant pris pour modèle le célébrissime LOHO, un magasin très fréquenté de la rue de Paris. Entre un mur de briques apparentes et des présentoirs de bois cérusé, on y trouvait les cartes, mugs et tee-shirts illustrés par Marygribouille, une dessinatrice havraise dont tout le monde adorait l'humour. Tess devait oublier ses problèmes de cœur et faire preuve d'imagination si elle voulait étoffer sa clientèle. Avant la dépression de Mathieu, ils en avaient parfois discuté, et bien sûr il fourmillait alors d'idées. Il préconisait de ne s'inspirer de personne, d'élaborer une identité précise pour son commerce tout en sachant se renouveler. Elle se souvenait de ses suggestions, elle allait les mettre en pratique, ce serait une façon de ne pas tout à fait quitter Mathieu.

*

— Et bien sûr, il me harcèle pour que ma compagnie d'assurances avance les frais ! Comme si ça dépendait de moi... Il en fait une affaire personnelle, drapé dans sa dignité, en disant qu'il ne m'a jamais rien demandé et qu'il paye ses primes rubis sur l'ongle. Encore heureux ! Quand je pense qu'il était au trente-sixième dessous la dernière fois que je l'ai vu... On aurait dit un mollusque, et le voilà transformé en coyote !

Fabrice ne décolérait pas, contrarié à la fois par les dégâts de la librairie et par le ton qu'avait employé Mathieu. Sa mère le regardait en souriant d'un air béat, ne comprenant sans doute qu'un mot sur deux.

— Elle a brûlé, la librairie ? hasarda-t-elle.

— Non, Dieu merci ! Elle a été vandalisée, toutes les vitrines sont par terre.

— Quelle affaire ?

— Par terre ! Cassées !

— Ah... Il doit être dans tous ses états.

— C'est paradoxal, mais on dirait qu'il va mieux.

— Tu trouves que c'est mieux ? Il devrait peut-être la fermer, sa fichue librairie.

— Maman ! hurla-t-il. Mets bien tes appareils en place, veux-tu ?

Elle porta les mains à ses oreilles, tapota les minuscules prothèses qui émirent un sifflement.

— Oui, là, j'entends la télé.

D'un geste hargneux, Fabrice saisit la télécommande et éteignit.

— Bon, soupira-t-il, comment vas-tu ?

— Je m'ennuie de toi et de tes frères.

— Mais je suis là !

— Vraiment pas souvent.

— D'accord, seulement j'ai beaucoup de travail et je te rappelle que j'habite à Rouen.

— Ce n'est pas si loin. Quant à tes enfants, je ne les vois jamais ! Heureusement qu'il y a Angélique... Alors, ton histoire d'assurance ? Théoriquement, les assurances, c'est fait pour rembourser les sinistres, non ?

— Pas si vite. Il faut le passage de l'expert, le rapport de police, on contrôle des tas de choses avant de dédommager. Or j'ai la certitude que Mathieu va m'appeler dix fois par jour ! Déjà, quand il a mis la complémentaire santé en place pour ses employés, il m'a rendu fou avec ses exigences. On ne devrait jamais faire de business en famille.

De nouveau, Micheline tripotait ses prothèses qu'elle supportait mal.

— La famille, c'est sacré, rappela-t-elle. Mais Mathieu est souvent odieux, il faut le reconnaître. La dernière fois que je l'ai vu, il m'a demandé pourquoi je ne l'avais pas aimé quand il était petit ! Tu te rends compte ? Ma parole, il se cherche des excuses et je n'en ferai pas les frais. En plus, il n'est même pas resté dîner.

— On ne peut pas toujours, maman, plaida Fabrice qui espérait s'épargner lui aussi la corvée du repas. On a des obligations, des tas de trucs à faire.

— Vous avez bien de la chance ! Moi, je n'ai strictement rien à faire, et je m'ennuie du matin au soir. Pourquoi Mathieu m'a-t-il enfermée ici ?

— Tu n'es pas enfermée, que je sache, mais tu n'es plus assez autonome pour vivre seule.

— La belle excuse...

— Écoute, tu as la chance d'avoir obtenu une place dans un établissement haut de gamme, tu devrais t'estimer satisfaite.

— Non, je ne suis pas parfaite, et alors ?

— Sa-tis-faite. Par pitié, arrête de jouer avec tes appareils !

À bout de patience, Fabrice s'obligea à respirer profondément pour se calmer. Sa mère était très âgée, il devait en tenir compte. Tout comme il ne servait à rien d'en vouloir à Mathieu qui n'était pas responsable du sinistre de la librairie. Quoique... Les grilles – exigées par le contrat d'assurance – n'avaient pas suffi à protéger les vitrines, il faudrait donc imposer des contraintes supplémentaires dans la prochaine police d'assurance. Une discussion pénible en perspective, autant avec sa hiérarchie qu'avec son frère.

— Je dois rentrer à Rouen, annonça-t-il. Je suis sans cesse par monts et par vaux, et ma femme en a assez d'être seule le soir.

— Moi aussi, j'en ai assez, hélas tout le monde s'en moque.

Pris de scrupules, Fabrice hésita.

— Bon, céda-t-il, je dîne avec toi, mais on y va tout de suite, d'accord ?

Elle eut un petit sourire qui était plus de triomphe que de satisfaction, et il se maudit de son instant de faiblesse.

*

À peu près à la même heure, Angélique et Corentin réussirent à traîner Mathieu jusqu'au quartier Saint-François. Ils avaient réservé trois couverts au restaurant À deux pas d'ici, où ils pensaient à la fois être tranquilles et bien dîner. D'autorité, voyant Mathieu trop épuisé pour s'intéresser aux menus, Corentin commanda pour eux des crèmes de moules en feuilletages suivies de côtes de cochon fermières, avec un trou normand entre les deux plats.

— Vous n'avez rien mangé de la journée, fit-il remarquer à Mathieu, c'est le moment de vous rattraper avant de vous écrouler.

— Comme c'est gentil de veiller sur moi ! ironisa Mathieu.

Mais il était content d'être enfin assis à table et au chaud. Tout l'après-midi, un vent fort avait soufflé, s'engouffrant dans la librairie et gênant les travaux de nettoyage. Heureusement, vers dix-huit heures, des panneaux de contreplaqué avaient été installés, et la grille tordue remplacée. En principe, le magasin était à l'abri des intempéries et des vols.

— Au commissariat, ils m'ont assuré qu'ils passeraient régulièrement avenue Foch pendant leurs rondes.

— Ils ne t'ont rien dit d'autre ? s'enquit Angélique. Les caméras de surveillance n'ont rien donné ?

— Ils n'avaient pas encore tout visionné. Et puis on verra quoi ? Un type de dos, avec sa capuche rabattue, pas de quoi l'identifier.

— Tu crois que les cousins de ton ami César pourraient y être pour quelque chose ? Après le coup des pneus crevés…

— Quels pneus crevés et quels cousins ? interrogea Corentin.

— C'est une longue histoire stupide. Un malentendu. Le frère et la sœur sont après moi comme des roquets.

— Vous l'avez dit aux flics ?

— À quoi bon ? Je n'ai pas de preuve, même pas de certitude.

Il attaqua sa crème de moules avec entrain, sous le regard affectueux d'Angélique. Depuis le matin, elle avait l'impression de retrouver enfin son père, ce qui la soulageait d'un énorme poids. Elle refusait de penser à une éventuelle rechute et savourait la soirée. Une fois encore, elle faillit lui parler de Tess mais s'en abstint. L'équilibre de Mathieu restait fragile, autant ne pas le perturber davantage. Du coin de l'œil, elle voyait que Corentin tournait fréquemment la tête vers elle en souriant, ce qui l'amusait. Il était un peu maladroit dans ses tentatives de séduction, y mettant des formes dont les copains d'Angélique ne s'embarrassaient pas. Mais ce n'était pas désagréable et elle n'était pas insensible à son charme. Elle était tiraillée entre les responsabilités d'adulte qu'elle avait dû endosser à la librairie et le monde d'étudiants insouciants auquel elle appartenait, et l'irruption de Corentin dans sa vie représentait un élément nouveau, inconnu et attrayant.

Son portable se mit à vibrer, dans la poche de son jean, et elle l'en extirpa pour voir qui l'appelait.

— Un message de maman, annonça-t-elle. Je lui ai tout raconté et elle te souhaite bon courage. Si tu as besoin d'elle, n'hésite pas.

— Besoin pour quoi ? s'étonna Mathieu. Mais c'est très gentil, remercie-la de ma part.

Ces derniers temps, Charlotte demandait souvent des nouvelles de son ex-mari à Angélique. Éprouvait-elle des regrets, après toutes ces années ? Non, impossible, elle aimait exclusivement Paris et détestait Le Havre, que Mathieu ne quitterait jamais. Cependant, elle avait fait l'éloge de la maison de Sainte-Adresse qui lui avait plu. « Hormis les *charmants* voisins qui déversent les ordures dans le jardin, c'est un endroit de rêve ! » avait-elle dit.

— Avec tous ces événements, ma chérie, j'ai oublié de te demander les résultats de tes partiels. Les notes tombaient aujourd'hui, je crois ?

— Tu t'en souvenais ? s'exclama-t-elle.

Que son père puisse y penser après la journée qu'il avait vécue lui faisait vraiment plaisir.

— J'ai tout réussi haut la main, annonça-t-elle d'un ton qu'elle espérait modeste.

— Félicitations ! s'enthousiasma Corentin, devançant Mathieu. Je ne sais pas comment tu as fait pour tout concilier, mais bravo !

Mathieu posa affectueusement sa main sur celle de sa fille.

— Tu m'enlèves un grand poids. Je craignais que tu aies fini par négliger tes études à cause de moi, et je me serais senti coupable.

— Une culpabilité de moins, ça doit vous soulager ? railla Corentin.

Angélique constata que l'humour du jeune homme ne semblait pas déplaire à Mathieu. Depuis le début de ce qu'elle appelait la « crise » de son père, Corentin avait eu la bonne attitude.

— Je propose un toast à tes succès, ma grande ! Je suis très fier de toi.

Mathieu leva le petit verre de calvados du trou normand, qu'ils burent cul sec tous les trois avant d'attaquer les côtes de cochon.

— Fabrice devait aller voir grand-mère avant de rentrer à Rouen. Il a dû lui raconter ce qui est arrivé à la librairie.

— Je ne crois pas que ça la touche, répliqua Mathieu.

Il l'avait dit sans agressivité, comme une évidence. Pourtant, il parlait toujours de sa mère avec respect, il s'était démené pour lui trouver la meilleure des maisons de retraite, et il encourageait Angélique à lui rendre visite.

— Quant à Fabrice, ajouta-t-il, j'ai l'impression qu'il ne me pardonne pas d'avoir un sinistre à assumer. J'aurais dû choisir un assureur anonyme, mais il avait beaucoup insisté pour que je prenne tous mes contrats chez lui. En ce qui concerne les pneus crevés, il m'a envoyé sur les roses, prétextant que ma garantie ne couvrait pas ce genre de risques. Pour les vitrines, en revanche, il ne peut pas se défiler et ça l'exaspère.

— Vous avez une charmante famille ! risqua Corentin.

Mathieu haussa les épaules sans prendre ombrage de la réflexion.

— Je crois qu'ils s'entendent assez bien entre eux, mais j'ai toujours été exclu de leur groupe.

Ce qui expliquait sans doute la manière dont il s'était investi dans sa librairie. Angélique découvrait son père sous un autre jour en le voyant parler si librement avec Corentin. Soit celui-ci savait poser les bonnes questions, soit la dépression de Mathieu avait fini par le libérer de certains tabous.

— À propos de ta grand-mère, c'est son anniversaire la semaine prochaine. Elle aura quatre-vingt-cinq ans, ça se fête. Essaye d'organiser quelque chose avec tes oncles, qu'ils fassent le déplacement pour une fois.

Elle acquiesça, mais elle y avait déjà pensé et se faisait fort de convaincre Sylvain et Jean. Pour Fabrice, il devait de toute façon revenir avec un expert, il n'aurait qu'à faire coïncider les dates.

— Un café gourmand ? proposa Corentin.

— Oh oui ! s'enthousiasma Angélique.

Malgré la fatigue qu'elle lisait sur le visage de son père, elle avait envie de prolonger la soirée, ne serait-ce que d'un quart d'heure. Décidément, la compagnie de Corentin lui plaisait, et elle n'essaya même pas de le cacher, lui adressant un sourire radieux.

*

Benoît souleva la couette pour que Tess puisse se glisser en dessous. Chaque fois qu'elle sortait de la douche, en la regardant il éprouvait le même sentiment d'admiration éperdue. Pour ne pas les mouiller, elle avait relevé ses cheveux avec une grosse pince, mais des boucles blondes s'en échappaient et glissaient déjà sur ses épaules. Ses longues jambes dépassaient largement du drap de bain dans lequel elle s'était enroulée et qu'elle laissa tomber au pied du lit.

— Que tu es belle…, soupira-t-il. C'est à se damner !

Ils avaient fait l'amour tendrement, mais Benoît restait frustré. Il devinait que Tess ne s'abandonnait pas tout à fait, remarquait qu'elle se contentait de répondre à ses gestes sans jamais les provoquer. Il ne la possédait pas vraiment, ne la faisait pas chavirer, il le savait et s'en désespérait. Cependant, elle acceptait leurs rendez-vous, dormait chez lui de temps en temps, l'écoutait faire des projets d'avenir, tout en éludant les questions trop précises. Ce refus de lui répondre, dès qu'il s'agissait de s'engager, confirmait qu'elle n'était pas guérie de Mathieu. Jusque-là, Benoît avait laissé ce sujet de côté. Tess était franche, s'il la poussait dans ses retranchements elle lui dirait peut-être des vérités qu'il n'avait pas envie d'entendre.

En théorie, Benoît estimait qu'ils étaient bien assortis tous les deux. Le même âge, jamais mariés, sans enfant mais pressés de fonder une famille, gais et indépendants, soucieux de ne pas tout sacrifier à leurs métiers respectifs pour se ménager des loisirs. Ils aimaient parler musique et cinéma, partager une assiette de fruits de mer, échanger leurs avis sur la peinture moderne ou le mobilier contemporain. Tous ces points communs les rapprochaient, mais sans les réunir. Tess conservait une distance et affichait parfois un sourire contraint, un regard absent. Dans ces instants-là, Benoît devinait qu'elle pensait à Mathieu. Comment le lui faire oublier ?

Devant la librairie saccagée, Tess avait été très émue. Et les quelques mots échangés avec la jeune fille qui devait être la fille de Mathieu avaient achevé de la bouleverser. Benoît l'avait apaisée de son mieux, mais ce n'était pas sur quelques vitres brisées que Tess avait pleuré ce matin-là.

En tant que psychologue, Benoît se sentait évidemment fautif. N'avait-il pas profité de l'inquiétude de Tess et des confidences de Mathieu pour se glisser entre eux ? Certes, il n'avait rien fait de répréhensible, le couple s'était querellé sans lui. Des explications confuses de Tess il ressortait que Mathieu avait choisi de lui rendre sa liberté. Parce qu'il se sentait trop mal dans sa peau pour poursuivre une relation ? Par altruisme vis-à-vis de la jeune femme qui l'attendait en vain ? Ou au contraire par lassitude et en profitant de l'occasion offerte ? Pour ce qu'il connaissait de Mathieu, qu'il avait fait parler durant des heures dans son cabinet – et à condition d'oublier sa jalousie –, il penchait pour l'altruisme. Mathieu était quelqu'un de bien. Et il allait certainement s'en sortir, il avait fait une partie du chemin en extirpant de sa mémoire les douloureux souvenirs enfouis. Que déciderait-il, le jour où il irait vraiment mieux ? Rappellerait-il Tess ? Cette perspective crucifiait Benoît.

— Je grignoterais bien quelque chose, déclara Tess en bâillant.

Elle s'assit en tailleur, arrangea l'oreiller dans son dos et remonta la couette sur elle.

— Je vais nous préparer un plateau ! dit Benoît avec empressement.

La dernière chose qu'il souhaitait était qu'elle s'endorme tout de suite, en se détournant de lui, ce qu'elle faisait chaque fois qu'elle passait la nuit ici. Il avait trop l'habitude de décrypter les comportements pour ignorer ce que cette attitude signifiait.

— Du pain, du fromage et un verre de riesling ? suggéra-t-il en se levant.

— Magnifique… mais juste un verre parce que je crois que je vais rentrer chez moi. Je me lève très tôt demain.

— Pourquoi ?

— J'ai décidé de modifier l'agencement de la boutique.

— Attends dimanche, on le fera ensemble.

— Oh non ! Tu sais bien que c'est petit, on a à peine la place de se tourner, à deux on se gênerait.

— Comme tu veux, se résigna-t-il, déçu par son refus.

Il descendit au rez-de-chaussée, traversa l'immense pièce à vivre jusqu'au coin cuisine. Tess n'acceptait pas son aide, une fois de plus. D'ailleurs, elle n'aimait pas qu'il vienne la chercher au magasin, comme si elle voulait garder cet endroit pour elle. Espérait-elle la visite de Mathieu ? Dans ce cas, elle se trompait, il ne remettrait pas les pieds là-bas, il devait conserver un mauvais souvenir de la pénible rencontre qui les avait mis en présence tous les trois. Benoît, lui, s'était réjoui de voir la situation enfin clarifiée, même si l'accusation de Mathieu quant à son intégrité professionnelle l'avait blessé. Comme toute vérité…

En remontant, il eut la désagréable surprise de trouver Tess assise au pied du lit, déjà habillée.

— Tu es si pressée ?

Contrarié, il s'assit près d'elle, posa le plateau entre eux.

— J'ai parfois l'impression que tu me fuis, soupira-t-il.

— Non, Benoît, mais…

— Ah, il y a donc un *mais* ? Si c'est pour me dire que tu serais mieux chez toi, qu'après l'amour tu préfères te retrouver seule, que nous deux c'est sympa et rien de plus, je n'ai pas envie de l'entendre.

— Pourtant, je t'ai expliqué que tu me demandes trop d'engagement, et surtout trop vite.

— Tu penses encore à Mathieu, c'est ça ?

Il s'était promis de ne pas l'entraîner sur ce terrain, mais il n'avait pas pu retenir sa question.

— Oui, j'y pense ! se rebiffa-t-elle. On n'efface pas des années de bonheur d'un seul coup, en claquant des doigts. Mais je me suis résignée, notre histoire est terminée.

— Pour toi, vraiment ?

Lancé, il n'arrivait pas à s'arrêter, il voulait crever l'abcès.

— J'ai du mal à m'en remettre, reconnut-elle. Après cette rupture, j'avais besoin de temps et tu ne m'en as pas laissé. Je sais que tu voudrais beaucoup plus que ce que je te donne, mais je ne peux pas, Benoît. Tu as le droit de ne pas t'en satisfaire, moi j'ai celui de ne pas te mentir.

— En somme, tu ne m'aimes pas ?

Pourquoi allait-il si loin ? C'était le contraire de tout ce qu'il s'était juré, et le meilleur moyen de faire fuir Tess. Se reprenant, il devança la réponse.

— J'ai tort de te bousculer, pardon.

Il saisit un verre sur le plateau, le lui tendit.

— Trinque avec moi sans rien dire, s'il te plaît.

Il s'excusait, bientôt il la supplierait, il finirait par se ridiculiser et tout perdre. Il but une gorgée puis, très posément, étala un peu de chèvre frais sur un morceau de pain.

— Tiens. Tu avais faim, je crois ?

Tess le scruta durant quelques instants, indécise. Finalement, elle prit la tartine, esquissa un petit sourire. Le soulagement qu'il éprouva était disproportionné, mais il se félicitait d'avoir évité le pire, au moins pour ce soir.

8

Micheline rayonnait, elle n'avait pas eu ses trois fils réunis autour d'elle depuis des années ! Jean venait de Londres, Sylvain de Paris, et Fabrice de Rouen. Ils s'étaient retrouvés dans un bistrot du Havre afin d'arriver ensemble pour faire une surprise à leur mère, chacun muni d'un cadeau. Elle avait reçu une robe de chambre, un châle et du parfum, et déballé ses paquets avec des mines de petite fille. Et à plusieurs reprises, elle avait rajusté ses prothèses auditives, décidée cette fois à entendre chaque mot.

— Tu es vraiment bien installée, constata Jean.

Planté devant la fenêtre, il observait les massifs de fleurs et les allées du parc bordées de bancs. C'était sa première visite ici, il en avait un peu honte et cherchait à se faire pardonner en multipliant les gentillesses. Néanmoins, il n'avait aucune intention de revenir. Les maisons de retraite lui faisaient horreur car il essayait désespérément de rester jeune malgré ses cinquante-quatre ans. À Londres, il évoluait dans un milieu aisé où les gens s'habillaient à la mode et usaient sans complexe de la chirurgie esthétique. Il s'était fait beaucoup de relations au fil des ans et jouissait d'un solide carnet d'adresses. Grâce à ce réseau, soigneusement entretenu, il réalisait de belles affaires dans l'immobilier haut de gamme.

— As-tu pris un ferry ? lui demanda sa mère.

— Oui, et je dois dire que l'arrivée sur le port du Havre est un beau spectacle.

— N'hésite surtout pas à t'offrir ça plus souvent, marmonna Fabrice.

Sylvain avait pris Micheline par le bras pour l'aider à se lever, et il lui faisait faire le tour de la chambre à petits pas.

— Il faut que je parle à mon confrère, il devrait t'obliger à marcher davantage.

— Je n'en ai pas l'envie, ni la force, répliqua-t-elle d'un ton plaintif.

— Mais si ! Il suffit de t'y astreindre quotidiennement, et tu retrouveras de la mobilité.

Il la ramena à son fauteuil tandis que Fabrice racontait à Jean de quelle façon la librairie de Mathieu avait été vandalisée.

— Et bien sûr, je devrais tout prendre en charge ! Il trépigne et refuse de comprendre qu'il y a des délais incompressibles.

— À en croire les assureurs, ironisa Jean, on est toujours hors garantie. D'ailleurs, comment va-t-il, Mathieu ? Il n'était pas malade ?

— Dépressif, lâcha Fabrice avec une moue amusée.

— Pour un homme, ce n'est pas très glorieux comme maladie, décréta Micheline. Mais il aime se singulariser. Souvenez-vous, il ne voulait rien faire comme les autres, il préférait bouder dans son coin avec ses bouquins. Et vous noterez qu'il n'est pas là aujourd'hui, il se fiche pas mal de moi et de mon anniversaire.

— Ne crois pas ça, tenta de protester Sylvain. Justement, il a...

— Je sais ce que je dis ! Au début, il passait me voir en vitesse, mais il ne s'en donne même plus la peine. Enfin, puisque vous êtes là tous les trois, mon bonheur est complet, et je ne vais sûrement pas le gâcher pour cet ingrat de Mathieu, ça n'a aucune importance.

Elle chercha l'approbation ou la complicité sur les visages de ses fils qui s'étaient figés, regardant derrière elle. Avant qu'elle ait pu tourner la tête, elle entendit la voix de Mathieu.

— Si, si, je m'en suis donné la peine, comme tu dis...

Il se tenait sur le seuil de la porte grande ouverte, Angélique à côté de lui.

— C'est papa qui a pensé à tout organiser pour te faire une surprise, dit la jeune fille en articulant exagérément. C'est grâce à lui que nous sommes réunis.

Elle tenait un carton à gâteau qu'elle déposa sur la table d'un geste brusque. Puis elle sortit d'un sac des assiettes en carton, des couverts en plastique. Le silence s'était abattu sur la chambre, et Mathieu n'avait pas changé de place, toujours appuyé au chambranle, apparemment peu décidé à faire un pas de plus. Angélique alla vers sa grand-mère, l'embrassa avec réticence.

— Tu es si gentille, ma petite fille...

Angélique ne lui rendant pas son sourire, Micheline prit l'air contrit.

— Je ne pensais pas vous voir aujourd'hui.

— Ce qui n'avait pas d'importance, si on t'a bien entendue ?

— Détrompe-toi ! Je suis toujours contente de te voir. Et tu m'as apporté un gâteau ?

— Pas moi, papa.

Mal à l'aise, Micheline s'agita dans son fauteuil puis se résigna à faire signe à Mathieu.

— Entre donc ! Il est à quoi, ce gâteau ? Pas aux amandes, j'espère, parce que je te rappelle que je n'ai pas droit aux fruits secs à cause de mon taux de potassium.

— Je m'en souvenais, répliqua Mathieu. J'ai pris une tarte poire-chocolat.

— Ton dessert préféré, souligna froidement Angélique.

Un nouveau silence se prolongea, jusqu'à ce que Sylvain prenne la parole.

— Eh bien, on va se régaler !

Il rejoignit Mathieu, lui tapota l'épaule et ajouta :

— Tu as une petite mine. Tu as maigri, non ?

— Je commence à me remplumer.

— Fabrice nous a raconté, pour ta librairie. Tu vas t'en sortir ?

— Je pense. Surtout si Fabrice y met du sien !

— Et comment va la jolie Tess ?

— Aucune idée. Je ne l'ai pas vue depuis un moment.

— Ah…

Sylvain le dévisagea, hocha la tête.

— Si tu n'arrives pas tout à fait à remonter la pente, tu devrais te faire aider par un psy.

— Je n'ai pas confiance en eux. Disons que j'ai eu une mauvaise expérience.

— Ne faites pas de messes basses ! protesta Micheline de l'autre bout de la chambre.

Elle foudroyait Mathieu du regard, courroucée par son aparté avec Sylvain.

— Laisse tes fils bavarder entre eux, grand-mère ! Pour une fois qu'ils sont tous les quatre…

Angélique n'avait toujours pas retrouvé le sourire. Les propos entendus en arrivant la révoltaient, et surtout le ton dédaigneux de sa grand-mère. Mais elle était assez bien élevée pour se taire, assez intelligente pour ne pas jeter de l'huile sur le feu. Elle se mit à découper le gâteau et se contenta de lancer :

— Je fais des parts égales, très équitablement !

Sa grand-mère ne releva pas l'insinuation, trop occupée à sourire à ses trois fils aînés.

*

Mathieu émergea d'un sommeil agité. Le jour était levé et la pluie ruisselait le long des carreaux. Comme chaque matin avant de quitter son lit, il testa d'abord son état d'esprit. La peur de retomber dans la neurasthénie le tenaillait

198

encore, il craignait de se réveiller à nouveau dégoûté de tout. Il s'interrogea, énumérant toutes ses anciennes angoisses. Avait-il faim ? Oui. Était-il impatient de se retrouver dans sa librairie ? Oui. La perspective d'aller prendre une douche lui donnait-elle envie de s'enfouir sous sa couette ? Non. Se sentait-il courbatu ou démoralisé, voire suicidaire ? Non. Ouf, il allait bien ! Et cette constatation, récurrente depuis quelques jours, lui semblait à la fois extraordinaire et fragile.

Il se leva, fila sous la douche. N'ayant pas encore repris les kilos perdus ces derniers mois, il s'obligeait à avaler un petit déjeuner consistant avant de partir. Les travaux étaient achevés, la réouverture avait eu lieu, il ne restait plus qu'à reconquérir certains clients qui avaient abandonné la librairie, et à en trouver de nouveaux pour progresser encore.

Attablé dans sa cuisine, il constata que, malgré ses dépenses d'électroménager, il lui restait beaucoup d'efforts à faire pour s'approprier vraiment la maison de César et la rendre chaleureuse. Il décida qu'il consacrerait son dimanche à lessiver et repeindre. Pas question de reprendre son ancien mode de vie, une fois par semaine il se consacrerait désormais à autre chose qu'à son commerce. De même, au lieu de penser sans cesse à l'absence de Tess, il prendrait la peine de renouer avec ses amis, de sortir, d'aller voir des spectacles. Avant tout, il allait se remettre au judo, il n'avait pas pratiqué depuis trop longtemps. Se noyer dans le travail avait failli le détruire, il ne retomberait pas dans ce piège.

Néanmoins, ne pas penser à Tess était vraiment difficile, surtout depuis qu'il se sentait mieux. Il aurait tant voulu partager cette convalescence inespérée avec elle ! Lui montrer qu'il n'avait pas changé, qu'il l'aimait toujours, ni en malade ni en égoïste, et qu'il était capable de la rendre heureuse. Mais c'était un autre qui s'en chargeait…

Benoît le hantait. Il l'imaginait protégeant Tess, la faisant rire, lui offrant des projets d'avenir, la confortant dans l'idée qu'un homme comme Mathieu n'était pas pour elle et qu'elle avait bien fait de s'en détacher avant qu'il soit trop tard. Et dire qu'il s'était confié à ce type-là ! Certes, il ne lui avait pas tout raconté, mais suffisamment pour ouvrir la boîte de Pandore. Parfois, sur le point de s'endormir, des souvenirs d'enfance jusque-là oubliés lui revenaient soudain. Il voyait sa mère signer sans le moindre commentaire élogieux un carnet de notes dont il était pourtant très fier. Refuser d'adopter le chat famélique et blessé que Mathieu avait recueilli sous la pluie. Désespéré, il s'était mis à pleurer et elle lui avait reproché sa sensiblerie ridicule. Un soir de Noël, alors qu'il était assez grand pour connaître la valeur des cadeaux reçus, il avait constaté que les siens, dérisoires, étaient sans commune mesure avec ceux de ses frères. À ce moment-là, il ne pleurait déjà plus. Il s'était peu à peu blindé contre les regards indifférents, avait accepté qu'on lui impose silence pour laisser parler les trois grands comme des oracles. N'ayant pas trouvé sa place dans la famille, il avait cessé de la chercher. Adolescent, une fois ses frères aînés partis, il s'était retrouvé en tête à tête avec sa mère. Elle lui en avait voulu, apparemment pressée qu'il s'en aille à son tour car il ne comblait pas le vide laissé par les trois autres. Il était le seul avec lequel elle n'avait pas envie de cohabiter. L'ambiance était vite devenue intenable. Pour s'évader, il avait lu davantage, dévorant un roman par jour.

Quand ces bribes du passé surgissaient, Mathieu s'étonnait de les avoir si longtemps refoulées. Étaient-ce les séances avec Benoît qui avaient permis le déverrouillage ? Et dans quelle mesure, maintenant qu'il avait pleinement conscience du comportement inique de sa mère, devait-il se libérer d'elle ?

Après avoir mangé des œufs brouillés et des toasts beurrés, il but deux cafés. En sortant, il constata que le jardin était détrempé par la pluie. Avec l'arrivée du printemps, il allait devoir s'en occuper aussi, tailler les vieux rosiers, se débarrasser du lierre qui menaçait de tout envahir. Au moins, Albert Delvaux n'avait pas recommencé à y déverser des détritus ! Cent fois, Mathieu s'était demandé comment il pourrait retrouver les cousins de César. Il avait l'absolue conviction de leur implication et il voulait s'expliquer avec eux une fois pour toutes. Les ordures, les pneus crevés, les vitrines brisées : où s'arrêterait l'escalade ? La police ne pouvait rien faire, Mathieu s'était même entendu dire qu'il ne fallait jamais accuser sans preuve. De toute façon, en ignorant leur adresse, il était impossible de les convoquer pour les entendre. Étaient-ils encore au Havre ? Considéraient-ils toujours Mathieu comme un voleur d'héritage, et le tenaient-ils pour unique responsable de tous leurs malheurs ? Si c'était le cas, même une rencontre n'arrangerait rien. Lucie serait peut-être plus facile à raisonner, mais son frère était à l'évidence un homme buté, borné. Et violent. À cause de lui, Mathieu était donc condamné à se sentir en danger, ce qu'il trouvait inadmissible.

Lorsqu'il poussa la porte de la librairie, il constata que Nadia était déjà là. Elle en avait pris l'habitude en son absence, et au fond pourquoi pas ? Durant des années, il s'était cru obligé d'arriver avant tout le monde, incapable de déléguer la moindre responsabilité, mais cette époque était révolue.

— Douglas Kennedy a accepté ! lui lança-t-elle en fonçant vers lui, tout sourire. Lors de sa tournée en France, il viendra signer chez nous, la date est arrêtée.

Mathieu s'était remis sérieusement au travail et il organisait des séances de dédicace dans sa librairie avec des auteurs célèbres. Les clients, largement informés en amont, se pressaient alors pour échanger quelques mots avec leur auteur favori et repartir avec son dernier roman signé. Comme il recevait très bien les écrivains, ceux-ci répondaient presque toujours favorablement à ses demandes.

— Voilà une très bonne nouvelle, on va préparer des affiches et commander suffisamment d'exemplaires pour ne pas risquer d'en manquer.

Nadia le couvait du regard admiratif qu'elle lui réservait depuis son retour. Il avait besoin de son enthousiasme et de son implication, qui la rendaient très efficace, mais, comme avant, il ne laissait aucune ambiguïté s'installer entre eux.

— On ouvre dans dix minutes, annonça-t-elle gaiement en désignant la grosse pendule qui surmontait le comptoir du salon de thé.

— Et pourquoi pas tout de suite ?

— Mais… ce n'est pas l'heure !

— Ne soyez pas trop rigide, Nadia. Vous êtes là, moi aussi, et les autres ne vont plus tarder, alors pourquoi faire attendre les deux clients qui patientent sur le trottoir ?

Il mit en route l'escalator, puis alla enclencher la remontée automatique des grilles. Saluant d'un sourire le couple qui entra aussitôt, il s'éloigna vers le fond de la librairie. C'était pour lui un principe absolu de laisser les gens se promener au milieu des tables et des rayons sans les déranger. Il restait persuadé que choisir un livre nécessitait de ne pas être harcelé par les vendeurs, et il ne s'approchait que lorsqu'il les voyait hésiter, l'air perdu, cherchant de l'aide du regard.

— Voilà Corentin, annonça Nadia en le rejoignant. Il n'est pas en retard, lui non plus ! Et à propos, Mathieu, vous trouvez normal qu'il tourne autour de votre fille ?

Son petit air pincé fit sourire Mathieu qui répliqua :

— Ange est majeure, elle fait ce que bon lui semble. Corentin est célibataire, bien élevé, excellent professionnel, je n'ai rien à lui reprocher. Et sur un plan plus personnel, je me garderais bien de le juger.

— Moi, je le trouve très familier avec vous.

— J'apprécie son humour et sa franchise.

— Tiens, il monte directement au bureau, sans dire bonjour et comme s'il était chez lui !

— Il ne traîne jamais dans le magasin, il nous laisse travailler. On se salue quand on se croise, on ne se court pas après. D'ailleurs, il a sûrement des tas de papiers à imprimer pour pouvoir me les montrer ou me les faire signer. En ce moment, surveiller de près les comptes est une priorité.

Voyant qu'elle n'était pas arrivée à le convaincre, Nadia esquissa une moue dubitative avant de lui tourner le dos. Elle gagna l'une des caisses derrière laquelle elle s'installa. Elle aurait aimé, il le savait bien, qu'il manifeste un peu d'intérêt à son égard en tant que femme. Après tout, elle avait quasiment le même âge que Tess. Mais malgré ses efforts pour s'habiller et se maquiller, toujours impeccablement, il la trouvait dépourvue de charme. Elle n'avait pas le rire joyeux de Tess, ni ses boucles dorées en cascade, cette fraîcheur sans naïveté qui le faisait craquer, cette sensualité du moindre geste... Enfin, elle n'était pas Tess, voilà tout.

Il entreprit de réorganiser soigneusement la plus grande des tables où étaient présentées les nouveautés. Il retrouvait avec soulagement un plaisir intact au contact des livres, et depuis deux jours il en rapportait chez lui. Cependant, il n'avait pas recommencé à lire. La crainte de ne plus savoir s'enthousiasmer, au point de tourner les pages jusqu'au milieu de la nuit, le tenaillait. Pour se motiver, il avait décidé de recevoir de nouveau lui-même les représentants. Certains d'entre eux, qu'il connaissait bien, lui redonneraient l'envie. Du moins l'espérait-il, car il redoutait toujours la rechute et ne pouvait s'empêcher d'en guetter les signes à chaque instant. Ce qu'il avait subi lui faisait horreur, il ne supporterait pas de retomber dans cet état dévastateur.

Au bout d'un moment, levant les yeux vers la vitre de son bureau qui surplombait le rez-de-chaussée, il aperçut Corentin qui lui faisait signe. Comme toujours, il aurait préféré rester parmi les livres et les clients, qui commençaient à être nombreux, mais il se résigna à monter, profitant des quelques instants sur l'escalator pour observer avec satisfaction sa librairie. Les employés étaient à leurs postes, l'un d'eux en train de faire un paquet cadeau, et quelques lecteurs fidèles avaient déjà pris place dans les fauteuils club pour feuilleter tranquillement des albums.

— J'ai l'accord de la banque ! lui lança Corentin qui l'attendait sur le seuil du bureau.

— Pour le découvert ?

— Oui. Ils attendront le remboursement de l'assurance.

— Ils ont demandé des garanties ?

— Rassurez-vous, je n'ai pas dû hypothéquer la librairie ! La seule garantie que je leur ai donnée est votre parfait rétablissement. Ils vous connaissent… et je pense qu'ils ont appelé votre frère Fabrice, pour être tout à fait sûrs. Ce sont des banquiers, pas des mécènes.

— Corentin ? Arrêtez de me parler comme si j'avais un problème de compréhension du langage.

— Désolé.

— Non, vous ne l'êtes pas, mais peu importe. On a l'accord, c'est parfait. Ne lâchez pas Fabrice. Quel est le taux d'intérêt de ce découvert ?

— Honnête. J'ai négocié pied à pied.

Satisfait, Mathieu hocha la tête. Mais Corentin avait ravivé son malaise. « Parfait » rétablissement était un verdict très optimiste. Si Mathieu se sentait prêt à soulever des montagnes, il n'était pas certain d'en avoir la force car il doutait encore de lui-même et ce sentiment risquait de perdurer. Quoi qu'il en soit, il ne devait pas le montrer s'il voulait regagner la confiance de chacun.

Il s'installa à son bureau, démarra son ordinateur et commença à consulter son stock afin de déterminer ses commandes.

*

— On vient d'appeler notre vol ! s'enthousiasma Benoît.

Jusqu'au dernier moment, il avait craint que Tess refuse de partir, trouvant n'importe quel prétexte pour annuler leur voyage. La convaincre avait été très laborieux, cependant il s'était obstiné jusqu'à ce qu'elle finisse par céder. Comme elle avait boudé toutes les destinations qu'il citait, il l'avait suppliée de choisir elle-même, mais elle prétendait n'avoir aucun rêve d'exotisme. À bout d'arguments, il avait suggéré de l'emmener visiter cent dix-huit îles. Intriguée et amusée par cette proposition mystérieuse, elle avait enfin accepté sans savoir où ils iraient, jouant le jeu jusqu'à l'aéroport. La seule indication fournie par Benoît était d'emporter des vêtements légers, et de tout faire tenir dans un bagage cabine afin d'éviter l'enregistrement des valises pour conserver la surprise jusqu'à la dernière minute.

— Notre vol ? s'étonna-t-elle. Non, on vient d'entendre une annonce pour...

— Venise, eh oui ! Voilà les fameuses cent dix-huit îles sur l'Adriatique, reliées entre elles par des canaux et des ponts. Tu m'avais dit un jour que tu n'étais jamais allée en Italie, alors j'ai opté pour la plus romantique des villes. Ça te va ?

Il la vit hésiter, sans doute contrariée, néanmoins il savait qu'elle ne reculerait pas. Elle était trop droite et trop franche pour revenir sur sa parole, et surtout, elle détestait décevoir, il avait misé là-dessus.

— Deuxième appel, fit-il remarquer. Allons-y !

Il avait soigneusement préparé leur séjour pour qu'elle puisse conserver un merveilleux souvenir de cette première escapade. Venise était un symbole, s'y rendre ensemble avait une signification évidente. S'il en avait parlé avant, elle aurait probablement refusé, il en était conscient. Pour ce genre de voyage, il fallait être amoureux. Lui l'était, mais elle ? Aurait-elle préféré que Mathieu soit le premier à lui montrer cette ville de légende en lui tenant la main ? Oui, peut-être, et il se sentait vaguement honteux de lui avoir en quelque sorte tendu un piège. Pour se racheter de cette petite hypocrisie, il allait lui faire vivre une semaine de rêve.

Saisissant leurs deux bagages, il l'entraîna vers le comptoir d'embarquement. Il se sentait plein d'allégresse, comme un enfant ayant réussi un bon coup. Durant huit jours, et surtout huit nuits, Tess ne pourrait pas le fuir. Ils allaient partager une somptueuse chambre d'hôtel où il ferait tout pour la rendre heureuse et pour qu'elle cesse enfin de penser à Mathieu. S'il réussissait à la détacher de lui, une belle vie s'ouvrirait alors devant eux. Après leur séparation, quelques années auparavant, il l'avait tellement regrettée ! Durant des mois, il s'était rongé en cherchant les raisons de leur échec, et aujourd'hui il ne commettrait pas les mêmes erreurs. Il avait compris qu'il devait préserver le caractère gai et indépendant de Tess, l'attacher sans qu'elle sente le lien, lui faire un enfant parce qu'elle avait avoué en rêver. Pour mieux la cerner, il utilisait ses qualités de psychologue, son expérience des êtres les plus complexes, et il guettait ses réactions avant de les interpréter. S'il échouait une deuxième fois, s'il ne parvenait pas à se faire aimer alors qu'il avait une nouvelle chance, inespérée, il ne s'en remettrait pas. Cette femme l'avait hanté trop longtemps, à présent il l'emmenait à Venise et il était déterminé à jouer finement sa partie.

— C'est la meilleure saison pour aller là-bas, juste avant Pâques et l'afflux des touristes, expliqua-t-il une fois qu'ils furent installés dans l'avion. Et d'après la météo, il fera beau ! Veux-tu une coupe de champagne ?

Elle acquiesça en silence, toujours un peu tendue.

— Tu verras en arrivant, l'aéroport Marco Polo est situé sur le bord de la lagune et l'atterrissage est spectaculaire. D'ailleurs, tu vas changer de place avec moi pour te mettre près du hublot.

Tess se tourna vers lui, affichant cette fois un vrai sourire. Avec Mathieu, toujours absorbé par sa librairie, elle n'avait presque jamais voyagé, elle ne ferait donc pas de comparaison.

— Tu es si gentil…

Il n'aimait pas ce mot, tant pis. Dans l'immédiat, il allait se contenter de qu'elle voudrait bien lui donner.

— Je compte en profiter aussi, j'adore Venise. À une époque, j'y allais souvent, en solitaire, et la perspective de partager avec toi tout ce que j'ai découvert me réjouit beaucoup. La ville a des secrets bien cachés, il ne faut pas se contenter des évidences de carte postale.

Elle parut enfin s'intéresser à ce qu'il disait. Poussant son avantage, il ajouta :

— Tu vas oublier ton magasin ; moi, mes patients. D'accord ? Dès que les roues de cet appareil toucheront le tarmac, on ne pensera plus qu'à s'amuser ! Et à s'aimer...

Une hôtesse s'arrêta à côté d'eux, leur présentant deux coupes sur un plateau. Ils trinquèrent, et tandis qu'elle savourait sa première gorgée, il se fit la promesse de parvenir à lui mettre des étoiles dans les yeux. En rentrant au Havre, ils seraient un vrai couple.

*

Corentin n'en revenait pas. Attendri, ému, il serra Angélique contre lui. Comment avait-elle pu rester vierge jusque-là, alors qu'elle avait vingt ans et tant de garçons autour d'elle ? Et pourquoi lui avait-elle fait, à lui, ce cadeau ? En entendant son aveu, il avait failli renoncer, mais elle s'était déclarée décidée à aller au bout, le retenant dans ses bras. « C'est toi qui as peur, pas moi », avait-elle chuchoté. Une provocation destinée à se donner du courage ? Corentin avait eu de nombreuses petites copines d'un soir, et quelques aventures plus durables, mais il ne s'était jamais trouvé dans cette situation. Troublé, il avait néanmoins fait de son mieux pour qu'Angélique éprouve du plaisir durant cette première nuit d'amour.

La tête sur son épaule, confiante, elle somnolait à présent. Avait-elle délibérément choisi un homme plus âgé qu'elle, et donc possédant une expérience qu'elle n'avait pas ? Dans son entourage ne gravitaient sans doute que des garçons de sa génération, auxquels elle n'avait pas voulu faire confiance. Pour elle, Corentin ne serait peut-être que le premier, rien de plus. Cette supposition le décourageait. Allait-elle lui demander de partir avant de s'endormir pour de bon ? Il espérait entamer une belle histoire avec elle, mais elle pouvait décider d'en rester là.

— Ce n'était pas si terrible, marmonna-t-elle.

Croyant avoir mal entendu, ou mal compris, il la fit répéter.

— On s'en fait tout un monde, de cette première fois… Et finalement, j'ai trouvé ça…

Elle se redressa un peu, prit appui sur un coude pour le regarder.

— Bien !

Soulagé, il se mit à sourire et elle s'en inquiéta.

— Pas toi ?

— Oh, si ! Vraiment très bien.

— Je n'étais pas trop… godiche ?

Cette fois, il éclata de rire.

— En tout cas, pas un mot à papa.

L'image de Mathieu s'imposa à Corentin qui se sentit aussitôt mal à l'aise.

— Il ne comprendrait pas, poursuivit Angélique. Ou il se mettrait à t'en vouloir et ça gâcherait vos rapports de travail.

— Est-ce qu'il te surveille de près ?

— Non, il est cool. Et je suis majeure. Mais je n'ai pas envie qu'il m'en parle. Si je devais lui présenter un garçon inconnu, ce serait différent.

— Pourquoi ?

— Il te connaît trop ! En plus, il t'apprécie. Peut-être qu'il se croirait trahi, par toi et par moi.

— Ton père est un homme intelligent.

— Il est aussi comme tous les pères avec leurs filles. Protecteur, concerné.

— Si c'est la différence d'âge qui t'inquiète…

— Bien sûr que non. Je te rappelle que papa a eu une longue liaison avec Tess.

— C'est du passé ?

— Ils ne sont plus ensemble. Cette garce a profité de son burn-out pour le remplacer. Elle n'a pas eu la patience d'attendre qu'il aille mieux, elle s'est dépêchée d'en trouver un autre. Tu te rends compte ?

— Je la voyais autrement. Elle me donnait l'impression d'une chic fille. Je ne la connais pas beaucoup mais je l'ai rencontrée plusieurs fois à la librairie et elle paraissait très amoureuse de Mathieu.

— Comme quoi, l'amour…

— Eh bien, quoi ? Tu es déjà cynique ? Attends d'être vieille !

— Tu y crois, toi ?

— À l'amour durable ? Sûrement !

— Ça t'est arrivé ?

— Pas encore, puisque je suis toujours libre. Mais ça ne m'empêche pas d'y croire et de l'espérer. Tu es une drôle de fille, Angélique.

— Nouvelle génération, mon vieux !

— Je ne suis pas si *vieux*, j'ai passé mes derniers examens il y a cinq ans.

— Je disais ça pour rire… Susceptible ?

— Peut-être un peu, là, tout de suite, sinon, non.

Elle se rallongea, remit sa tête sur l'épaule de Corentin.

— On éteint ? suggéra-t-elle.

Si c'était une invitation à dormir près d'elle, il l'acceptait avec reconnaissance. Chassant ses derniers scrupules, il tendit la main vers la lampe.

*

Un soleil printanier égayait les rues, le week-end commençait bien. Fermement décidé à tourner la page sur les mois précédents, Mathieu descendit à pied de Sainte-Adresse pour prendre de l'exercice et respirer l'air marin. Il longea un moment la promenade du bord de mer en observant le ballet des porte-conteneurs, véritables immeubles flottants. À la porte Océane, il obliqua vers le centre, mais au lieu de suivre l'avenue Foch jusqu'à la librairie, il emprunta de petites rues pour rejoindre son ancien club de judo. Accueilli chaleureusement par ceux qui l'avaient connu quelques années auparavant, il s'inscrivit pour l'année en cours. Retrouver un bon niveau serait son objectif, sans toutefois prétendre à ses exploits de jeunesse. Il souhaitait seulement travailler sa souplesse, ainsi que les réflexes qu'il avait perdus. Pour compléter ce programme sportif, il irait nager deux fois par semaine dans la piscine extérieure chauffée des bains des docks.

En sortant du club, il hésita. Il voulait se dépêcher d'aller travailler, mais il n'était pas loin de la boutique de Tess. Malgré tous ses efforts, il ne cessait de penser à elle. Plus il essayait de la chasser de son esprit, plus son image s'imposait. Les éclats de rire de Tess et son regard plein de tendresse lui manquaient affreusement. Bien sûr, il y avait Benoît. Mais cet homme avait-il pris une place réelle dans sa vie ? Il ne croyait pas possible que Tess ait cessé de l'aimer du jour au lendemain, et qu'elle soit aussitôt retombée amoureuse d'un autre. Choquée après leur scène du Grignot, outrée que Mathieu lui rende une liberté dont elle n'avait peut-être aucune envie, ne s'était-elle pas jetée dans les bras de Benoît par dépit ? Il s'accrochait à cette hypothèse, envisageait tous les scénarios possibles. Certes, il avait vu Benoît la tenir par les épaules, ce qui ne signifiait pas grand-chose. Et si elle regrettait leur rupture, elle aussi ? Et si elle attendait que Mathieu fasse le premier pas, prête à justifier son comportement avec Benoît ? Aveuglé par une jalousie imbécile, Mathieu ne lui avait pas laissé le temps de s'expliquer, il n'avait même pas fait l'effort de lui téléphoner par la suite. Benoît était pour elle un ami de longue date, il avait peut-être abusé de la situation en prétendant la consoler, et elle avait été piégée. Imaginer que leur séparation puisse reposer sur un malentendu le torturait. Tess s'était sentie rejetée, et Mathieu bafoué, alors qu'ils s'aimaient. Quel gâchis !

Sans l'avoir réellement décidé, il se retrouva à proximité de la boutique. Il n'avait plus qu'une distance ridicule à parcourir. Il lui suffirait de pousser la porte et, à condition qu'elle soit seule, il pourrait lui parler à cœur ouvert. Savait-elle seulement qu'il allait mieux, beaucoup mieux, qu'il était à peu près redevenu lui-même ? Qu'il était de retour dans sa librairie, qu'il avait repris sa vie en main ?

Il hâta le pas pour franchir les derniers mètres et se heurta au rideau de fer baissé. Surpris, il consulta sa montre. Tess ouvrait toujours assez tôt, elle aurait dû être là. L'espace d'un instant, il pensa qu'il pouvait aller prendre un café en attendant de la voir arriver, mais son regard fut attiré par un petit papier scotché sur le rideau.

— Fermeture exceptionnelle du 9 au 19 inclus…, lut-il avec stupeur.

Tess avait pris des vacances ? Dix jours ? C'était tellement inattendu qu'il resta quelques minutes devant la boutique fermée. Cette absence lui semblait une punition qui le visait directement. Connaissant Tess, il savait qu'elle ne s'était pas enfermée chez elle pour bouder, elle était vraiment partie. En voyage ? Elle n'en avait guère le goût, et surtout pas toute seule. Benoît avait-il réussi à la convaincre d'entreprendre un périple romantique vers les pays chauds ? Une croisière, un safari ? Les cocotiers, la plage et l'eau turquoise des lagons ? Gagné par la fureur, il s'obligea à respirer profondément. Il était seul responsable de ce qui lui arrivait. Il avait perdu Tess définitivement et ne pouvait s'en prendre qu'à lui-même. Après l'avoir fait attendre durant des mois en la tenant à distance, il lui avait infligé un ridicule couplet de faux altruiste. *Je te rends ta liberté…* Mensonge, provocation, folie !

En constatant que des passants le dévisageaient avec curiosité, il finit par s'éloigner. Après la colère, une vague de tristesse le submergeait à présent, doublée d'une angoisse diffuse. Sa guérison était fragile, il ne devait pas la mettre en péril. Enrager ou se désespérer ne l'aiderait pas à reprendre le contrôle de son existence. Et, avant de rejoindre la librairie, il devait se calmer. Pas question d'arriver avec un visage bouleversé devant ses employés qui commençaient tout juste à reprendre confiance en lui.

Alors qu'il relevait la tête pour se repérer, ne sachant plus trop où il était, il aperçut, sur le trottoir d'en face, un visage familier. Il s'arrêta net, certain de reconnaître Lucie Delvaux. C'était bien la même femme, celle qui était venue chez lui, à Sainte-Adresse, pour une ultime tentative d'obtenir un prétendu dédommagement. Sans doute un peu moins bornée que son frère, et en tout cas moins violente. Il décida aussitôt de l'aborder et de l'interroger. Il voulait absolument savoir si Albert était responsable du saccage de la librairie, et si c'était le cas, jamais elle n'arriverait à mentir assez bien pour tromper Mathieu.

Avant de pouvoir traverser, il dut laisser passer plusieurs voitures. Tandis qu'il s'impatientait, de l'autre côté de la rue Lucie le reconnut à son tour. Elle fit aussitôt volte-face et se mit à courir. Il s'élança, provoquant le coup de klaxon d'un automobiliste, parvint enfin à gagner l'autre trottoir. Là, il fut encore gêné par une poussette, puis par une dame âgée qui marchait lentement. Slalomant entre les piétons, il vit que Lucie courait toujours et se dirigeait vers le funiculaire. Elle l'atteignit avec un peu d'avance, mais la rame venait de partir. Elle changea brusquement de direction et poursuivit sa course vers l'un des escaliers qui reliaient la ville basse et la ville haute. La voyant commencer à escalader les marches, Mathieu accéléra pour la rattraper. Mais elle avait du souffle, pour une femme de son âge, et elle grimpait vite, se tenant à la rampe d'une main et agrippant son sac de l'autre.

Hors d'haleine, Mathieu ralentit un peu. Il se maudissait d'avoir passé des semaines entières couché, trop dégoûté de tout pour penser à manger. Il payait l'inaction et l'amaigrissement par un manque total d'endurance. Là-haut, loin devant lui, Lucie fléchissait le rythme elle aussi. S'ils devaient faire tout le circuit des escaliers l'un derrière l'autre jusqu'à Sainte-Adresse, ils allaient finir asphyxiés. Néanmoins, il devait la rattraper, il voulait savoir.

Les gens qu'ils croisaient, descendant ou montant paisiblement, se retournaient sur leur passage, intrigués par cette

course-poursuite entre deux personnes d'apparence respectable et qui ne ressemblaient en rien à des jeunes en train
de s'amuser.

— Lucie ! Attendez !

Mathieu était sur le point de la rejoindre. Il fit un dernier
effort pour l'atteindre, parvint enfin à la saisir par un bras.

— Arrêtez-vous, bon sang…, lui intima-t-il d'une voix
saccadée.

Elle trébucha en essayant de se dégager, et son sac tomba,
dévala plusieurs marches, ce qui lui fit pousser un cri.

— Lâchez cette femme immédiatement ! s'insurgea un
homme derrière Mathieu.

— Je ne lui veux pas de mal, protesta-t-il.

Le type était grand, baraqué, l'air mauvais. Lucie en profita, non pas pour fuir mais pour se laisser tomber assise,
épuisée. Mathieu alla ramasser son sac et le lui tendit.

— Vous allez la laisser tranquille, hein ? insista le grand
type.

— Mais oui…

Mathieu reprenait peu à peu son souffle. Lucie était pâle,
dévastée par l'effort. Elle lança un regard reconnaissant à
l'individu qui avait pris sa défense.

— Ça va maintenant, réussit-elle à lui dire.

Hochant la tête, le type hésita puis commença à descendre
l'escalier. Il s'arrêta une fois pour se retourner, puis une seconde
fois, comme s'il tenait à s'assurer que Mathieu n'agressait pas
la pauvre femme.

— Quelle idée de vous enfuir comme ça… Je veux juste
vous poser une question, et je crois que vous savez laquelle.

Elle gardait une mine renfrognée et respirait toujours très
vite.

— C'est votre frère, n'est-ce pas ?

— Quoi, mon frère ?

Sa voix manquait de conviction, elle ne pouvait pas ignorer
pourquoi Mathieu l'avait poursuivie.

— Où est-il ? Il faut qu'on s'explique une bonne fois.

— Je ne vois pas de quoi vous…

— Jusqu'à quand va-t-il s'en prendre à moi ? À mon jardin, à ma voiture, à mon commerce ! Qu'est-ce qu'il me veut ?

— Je vous avais prévenu, non ? Je suis même allée chez vous, mais vous ne m'avez pas écoutée quand je vous ai dit qu'Albert est capable de tout.

— Pour obtenir du fric ? Que ce soit bien clair, il n'en aura pas. Je ne lui dois rien. Comment le lui faire comprendre ? Vous êtes moins bornée que lui, expliquez-lui !

Elle fit mine de vouloir se relever mais il l'en empêcha en lui posant une main sur l'épaule.

— S'il vous plaît, finissons-en. Je ne vous laisserai pas partir tant que vous ne m'aurez pas dit où il se planque.

Lèvres pincées, elle se contenta de le défier du regard.

— Est-ce que vous vous rendez compte de ce qu'il risque en cassant des vitrines à coup de pioche en plein centre du Havre ? Les flics le recherchent !

— Vous avez porté plainte ?

— Évidemment ! Plainte contre X, une fois de plus, mais je sais que c'est lui. Je n'ai pas d'autre ennemi. Écoutez, je veux vraiment le rencontrer et lui parler.

— Non ! cracha-t-elle d'un air farouche. Vous n'arriverez pas à le convaincre et vous finirez par vous battre. Ou alors, il inventera une vengeance encore plus folle que détruire vos vitrines, et il…

Elle s'interrompit, porta la main devant sa bouche. Consciente qu'elle venait de se trahir, elle fixait Mathieu avec des yeux exorbités.

— Vous voyez bien que vous ne pouvez pas le laisser continuer sur cette pente, lui asséna-t-il. La prochaine fois, il aura un revolver ? Il va finir en prison.

— Taisez-vous ! cria-t-elle.

Il comprenait sa peur, elle devait redouter la violence de son frère, mais aussi d'être séparée de lui puisqu'il la protégeait à sa manière. Pour les avoir vus tous les deux ensemble, il était convaincu qu'Albert se prenait pour un chef de clan et qu'il gardait sa sœur sous sa coupe.

— Votre frère n'est pas au-dessus des lois, poursuivit-il. J'ignore de quelle façon ça se passait pour lui en Afrique du Sud, mais nous sommes en France. Le harcèlement est puni, le vandalisme aussi. J'ai acquis les biens de César légalement, et ça, je peux le prouver devant n'importe quel tribunal.

— Peut-être, mais c'est immoral !

— Pourquoi, bon Dieu ? Vous vous êtes mis cette idée dans la tête alors que c'est faux. Qui étiez-vous, pour César ? Vous le méprisiez et il le savait ! Il a fait ses affaires comme il l'entendait, il a eu bien raison.

— Raison parce que ça vous arrange ? Et vous, qui êtes-vous ? Un étranger à la famille !

— Quelle famille ? César était seul, tout seul !

Ils s'étaient mis à crier l'un et l'autre. Soudain, Mathieu se sentit ceinturé et tiré en arrière.

— Police, annonça celui qui le tenait fermement. Calmez-vous, monsieur.

Le grand type qui était intervenu un peu plus tôt avait ramené un flic avec lui. Serviable, il aida Lucie à se relever.

— Qu'est-ce qui vous arrive ? demanda le policier à Mathieu. Pourquoi ennuyez-vous cette dame ? Il paraît que vous la poursuiviez, tout à l'heure ?

Son ton n'était pas conciliant, Mathieu était sommé de se justifier.

— Une affaire de famille, marmonna Lucie sans regarder personne.

— Ah, non, sûrement pas ! s'indigna Mathieu.

Il se débattit en vain pour se dégager, le policier ne relâchant pas sa prise.

— Vous allez devoir me suivre au commissariat, vous vous expliquerez là-bas.

— D'accord, mais ne laissez pas partir cette femme.

— Il s'en est déjà pris à mon frère, déclara Lucie. Nous avons déposé une plainte...

Elle empoigna la rampe, apparemment décidée à s'éloigner.

— Vous venez aussi, madame, lui intima le policier.

Un petit attroupement s'était formé au-dessus et au-dessous d'eux sur l'escalier. Parmi les badauds, Mathieu identifia un couple de fidèles clients qui le dévisageaient avec stupeur. Consterné, il décida de ne pas résister pour ne pas finir menottes aux poignets.

9

— Vous attirez les ennuis ou vous les cherchez ? demanda Corentin.

— Épargnez-moi vos commentaires, répliqua Mathieu.

Ils sortirent ensemble du commissariat, retrouvant avec plaisir le soleil printanier qui brillait toujours.

— Je suis venu à scooter. Je vous ramène à la librairie ?

— Vous vous êtes acheté un scooter ?

— Yamaha 250, une petite merveille !

Il désigna l'élégant engin noir et blanc garé sur le trottoir.

— Très joli mais, rassurez-moi, vous ne faites pas monter ma fille là-dessus ?

— Elle adore…

Corentin ouvrit le coffre du scooter et en sortit deux casques.

— J'ai conservé ma voiture, ajouta Corentin. Pour les jours de pluie ou les longs trajets. En revanche, pour les balades le long de la côte par une belle après-midi comme celle-ci, on ne fait pas mieux !

— Je trouve ça dangereux.

— Disons que ce n'est plus de votre âge ?

Corentin souriait, et Mathieu finit par se dérider.

— Je ne sais pas pourquoi je supporte vos plaisanteries

stupides. J'ai mon permis moto et je roulais avec une grosse cylindrée il y a quelques années. Tess aussi adorait ça. Mais au bout d'un moment, j'en ai eu assez des contraintes de la tenue. La combinaison en cuir, les bottes, les gants… Il faut se déguiser en cosmonaute !

Avant d'enfiler le casque que Corentin lui tendait, il ajouta :

— Merci d'être venu me chercher.

— Sans vos papiers, ils ne vous auraient pas laissé partir ?

— Ils préféraient que je puisse prouver mon identité. Et comme par hasard, je n'avais rien sur moi. À cause de ce beau temps, j'avais décidé de descendre à pied et j'ai tout laissé sur la console, clefs de voiture, portefeuille…

Du commissariat, Mathieu avait appelé Angélique, mais elle avait cours et s'était adressée à Corentin en lui confiant sa propre clef de Sainte-Adresse.

— Heureusement que votre fille possède un double !

— Ma fille… Je trouve que vous êtes très, vraiment très… proche d'elle.

— Est-ce que c'est un problème pour vous, Mathieu ?

Corentin le scrutait d'un air interrogateur mais sans aucun embarras.

— Tant que je ne la retrouve pas en larmes, je suppose que je n'ai pas à m'en mêler.

— Ce n'est pas moi qui la ferai pleurer. Le contraire, peut-être.

Mathieu soutint son regard franc quelques instants, puis haussa les épaules.

— Je vous crois sur parole, parce que je n'ai pas d'autre option. On y va ?

— D'abord une petite question, si vous permettez.

— Encore ? Je viens de subir un véritable interrogatoire ! Maintenant, si c'est votre façon de me faire payer la course…

— Non ! C'est pure curiosité. Qu'est-ce qui s'est passé pour que vous finissiez au poste ?

— On m'accusait d'avoir poursuivi, voire agressé, une brave dame d'un certain âge.

— Waouh ! Je ne vous imaginais pas coursant les vieilles dames.

— Très drôle. Cette femme est la fameuse cousine de mon ami César. La sœur du type qui a bousillé mes vitrines. Je voulais savoir où se cache ce voyou pour aller discuter avec lui et qu'on crève l'abcès une fois pour toutes. Mais elle ne m'a rien dit.

— Alors, vous lui avez tapé dessus jusqu'à ce qu'elle parle ? ironisa Corentin.

— Bien sûr que non. Sauf qu'un passant bien intentionné a dû le croire et a ameuté les flics. En nous questionnant, ils ont découvert que nous avions un contentieux.

— Le coup des pneus crevés ?

— Avant ça. J'avais déjà bousculé le frangin qui prétendait me mettre son poing dans la figure, le gros naïf ! Bref, il a fallu qu'on raconte toute l'histoire depuis le début, chacun sa version. Les flics sont restés dubitatifs, ils trouvent que notre différend pourrait devenir explosif. En principe, ils convoqueront Albert ultérieurement pour l'entendre lui aussi. Il faut croire qu'ils ont réussi à obtenir son adresse ! Mais à leurs yeux, pour l'instant, c'est moi le méchant.

Corentin, que le récit de Mathieu semblait beaucoup divertir, finit par éclater de rire.

— Pour un homme qui ne quittait pas son lit le mois dernier, vous avez une vie trépidante !

Puis, sans transition, il enchaîna en reprenant son sérieux :

— Tout ça peut vous mener très loin, Mathieu. Les flics ont raison, quand ce genre de conflit s'envenime, ça n'apporte que des ennuis. Ne jetez pas d'huile sur le feu.

— Quelle huile ? Je ne fais rien, ce sont eux qui ne me lâchent pas ! Ils veulent me faire peur et je n'ai *pas* peur, je suis seulement très en colère. Ce cinglé, parce qu'il est beaucoup plus dangereux qu'elle, finira par mettre le feu à ma maison en prétendant que s'il ne peut pas l'avoir, il préfère la voir en cendres ! Qu'est-ce qui me reste, comme solution ?

Leur donner la baraque avec un ruban autour ? César doit se retourner dans sa tombe !

D'un geste discret, Corentin lui fit signe de se taire.

— Nous sommes toujours devant le commissariat, Mathieu. Ils vont croire que c'est vraiment vous l'agité…

Ils mirent leurs casques en silence, s'installèrent l'un derrière l'autre et prirent le chemin de la librairie.

*

Tess remercia l'employé de la réception et empocha son billet de train. La mort dans l'âme, elle remonta lentement jusqu'à la chambre. L'hôtel Al Ponte Antico, qui donnait sur le grand canal, face au pont du Rialto, était luxueux et doté d'un charme désuet. Aménagé dans un petit palais, ses fenêtres offraient une vue splendide. Benoît avait trouvé là le décor idéal d'un séjour romantique, mais depuis leur arrivée, Tess se sentait de plus en plus mal à l'aise. En se réveillant ce matin, elle avait pris sa décision : elle devait rentrer. Et rentrer seule, mettant un terme à une comédie de l'amour qui lui semblait désormais malhonnête. Certes, elle appréciait la compagnie de Benoît, sa gentillesse et sa bonne humeur, elle trouvait même un plaisir certain à leurs étreintes, cependant elle n'était pas amoureuse de lui. Pas tout à fait, pas vraiment, pas assez. Exactement comme quelques années auparavant. Benoît était un partenaire agréable, un homme charmant, mais il ne faisait pas battre le cœur de Tess. Or ces vacances n'étaient pas celles de deux bons copains partis s'amuser, en tout cas pas pour lui. Il parlait d'avenir, faisait des projets, multipliait les déclarations d'amour et les cadeaux. N'avait-il pas senti, avec son expérience de psychologue, qu'elle était de moins en moins convaincue ? Il s'acharnait à faire de cette deuxième chance entre eux une belle histoire sans fausse note, conservant le sourire malgré les silences de Tess et ignorant ses regards perdus dans le vague.

En entrant dans leur chambre, elle le trouva debout et habillé. Les fenêtres étaient ouvertes et le soleil entrait à flots, faisant briller les dorures qui encadraient les miroirs et la tête de lit. Le décor, surchargé avec ses tissus et ses tapis chamarrés, eut soudain pour Tess quelque chose d'étouffant.

— Tu as eu ton billet ? s'enquit Benoît d'un ton neutre.

Il s'appliquait à garder son calme, pourtant il devait être terriblement déçu, sans doute humilié ou en colère, en tout cas très triste.

— Oui.

— Avion ?

— Train. Sinon, je devais attendre demain.

— Et c'était au-dessus de tes forces ?

La réplique lui ayant échappé, il se reprit aussitôt.

— Pardon, tu as bien fait. As-tu de l'argent sur toi ?

— Ne t'inquiète pas, j'ai tout ce qu'il faut. J'ai demandé un bateau-taxi à la réception, je dois partir dans une heure. J'arriverai à Paris juste à temps pour changer de gare et prendre le dernier train pour Le Havre.

— Ce sera un long voyage. Pense à emporter de la lecture.

Tess acquiesça avant de se détourner. Ils avaient eu une discussion orageuse en prenant leur petit déjeuner, et elle espérait qu'ils n'allaient pas recommencer à se disputer. Elle se mit à ranger ses affaires, consciente du regard de Benoît qui ne la quittait pas.

— Pourquoi ça n'a pas marché, Tess ? finit-il par demander tout bas.

Elle savait qu'il finirait par poser la question, mais elle avait eu beau y réfléchir, elle n'avait pas trouvé de réponse adaptée.

— Je suis désolée, se contenta-t-elle de répéter pour la énième fois de la matinée.

Quoi qu'elle dise, elle ne pouvait pas adoucir la brutalité de cette deuxième séparation, et cette fois les circonstances étaient pires. Ici, à Venise, pendant ce séjour qu'il avait voulu idyllique, l'abandonner semblait très cruel. Mais continuer à mentir ou à faire semblant ne valait pas mieux, jamais elle n'aurait dû se prêter à cette pâle imitation de l'amour.

— Est-ce que j'ai été trop vite ? Est-ce que tu as besoin de temps pour...

— Non, Benoît, ça ne changerait rien.

— J'ai pourtant l'impression de t'avoir un peu étouffée. J'étais tellement content que tu veuilles de moi ! J'aurais dû te laisser le temps de te remettre de ton... De ta rupture avec Mathieu. On ne construit rien sur un chagrin, il faut attendre. Je me suis comporté comme un débutant.

Voilà, il y revenait, il appuyait là où elle avait mal.

— Je suis sûr que tu penses à lui, poursuivit-il, et ça t'empêche de penser à moi.

— Ça m'empêche d'être heureuse, murmura-t-elle.

— Réagis, bon sang ! Tu as eu de la peine, d'accord, et je n'en ai pas tenu compte, j'ai eu tort.

— Tu n'y es pour rien.

— La question que je me pose aujourd'hui est : jusqu'à quand vas-tu te lamenter ? Il faut évoluer, Tess. Si tu veux, faisons une pause. Ne nous voyons pas pendant quelques semaines, et quand tu seras apaisée, repense à nous.

— À quoi bon ? En ce qui nous concerne, Benoît, nous avons essayé, n'est-ce pas ? Deux fois ! Mais ça ne fonctionne pas.

— Tu n'avais pourtant pas l'air si mal que ça avec moi.

Elle tira la glissière de son sac de voyage et se retourna pour le regarder.

— Pas si mal, et même assez bien. Tu trouves que c'est suffisant ? Je peux être ton amie, ta maîtresse, mais je ne serai pas la femme de ta vie. Je n'y peux strictement rien, et je le regrette.

Plutôt que rester dans cette chambre à discuter en vain, elle aurait voulu descendre à la réception pour attendre le bateau-taxi. Elle vit Benoît s'approcher, tendre les bras vers elle.

— Viens me dire au revoir, murmura-t-il.

L'envie de s'échapper devint si impérieuse qu'elle dut se

contrôler pour ne pas bouger. Il la serra contre lui, embrassa ses cheveux.

— Boucles d'or... Ne les coupe jamais !

La voix de Benoît s'étranglait d'émotion. Il se racla la gorge, soupira, puis la laissa se libérer.

— Vas-y maintenant, je reste ici. Je ne veux pas te voir partir.

Bouleversée, Tess empoigna son sac et se précipita hors de la chambre. Durant quelques instants, Benoît fixa la porte close. Il peinait encore à croire ce qui était arrivé. Tess le quittait... Et il n'y aurait pas de troisième chance, tout était définitivement terminé.

— Pourquoi, pourquoi ? répéta-t-il en se mettant à tourner en rond.

Il ne pouvait s'en prendre qu'à lui-même, il payait les conséquences d'une vilaine action. Jamais il n'aurait dû accepter de rencontrer Tess pour parler d'un patient. Un acte professionnellement inadmissible, même s'il n'avait pas révélé grand-chose de leurs entretiens. Mais bien sûr, dès qu'elle l'avait appelé, il avait sauté sur l'occasion de la revoir, et il en était retombé amoureux instantanément. Bien qu'il ait évité de lui parler de Mathieu, il l'avait néanmoins évoqué, parfois cité. La tentation d'expliquer à Tess qu'elle ne devait rien attendre de cet homme en pleine dépression avait été trop forte. Quelle honte pour lui que ce dérapage dans son métier ! À présent, il était seul comme un idiot, il avait transgressé le code déontologique pour rien.

Regardant autour de lui, il éprouva un vague dégoût. Toutes ces dorures, ces arabesques, ces miroirs tarabiscotés censés créer une atmosphère de nid d'amour ! Et lui, perdu au milieu, amoureux dépité et abandonné...

Il imagina Tess appelant Mathieu. Essaierait-elle de le reconquérir ? Et où en était son ex-patient ? Mais à quoi bon penser à elle, à lui, à eux deux ensemble ou pas ! Il avait perdu Tess et maintenant il devait se conformer aux bons conseils qu'il dispensait : tourner la page.

Se laissant enfin submerger par la rage, il donna un violent coup de poing dans un mur. Le lourd tissu damassé qui le tapissait amortit le bruit et la brutalité du geste, le rendant dérisoire. Vexé, Benoît alla fermer la fenêtre. Il ne voulait pas voir le bateau-taxi s'éloigner sur le canal, et il allait faire ses bagages lui aussi.

*

Angélique essora son rouleau sur la grille puis se remit à peindre le plafond.

— C'est crevant ! lâcha-t-elle, la tête renversée en arrière.

— Tu fais le plus dur, concéda Mathieu. Normal, tu es la plus jeune et la plus en forme.

— Quelle blague ! Tu as parfaitement récupéré.

Il esquissa un sourire, tenté de lui donner raison. Chaque matin, il continuait de faire sa *check-list*, toujours anxieux à l'idée de se sentir à nouveau dépressif. Avec un peu de recul, le long épisode de sa dépression lui semblait aussi terrifiant qu'énigmatique. Avoir pu se retrouver un beau matin dans un tel état d'épuisement moral et physique demeurait inexplicable. En conséquence, il se méfiait de lui-même, se surveillait, s'obligeait à manger, à dormir, à ne plus se vouer corps et âme à la librairie en s'imposant des horaires normaux, enfin à chasser le souvenir obsédant de Tess.

— Je me suis remis au judo, annonça-t-il à sa fille.

— Pas trop rouillé ?

— Si, mais ça revient.

Angélique descendit de son échelle pour contempler le résultat.

— Jolie couleur beige rosé…

De son côté, Mathieu peignait en taupe les portes, fenêtres et plinthes.

— Maintenant, papa, tu es vraiment attaché à cette maison, n'est-ce pas ?

— Davantage que tout ce que j'aurais pu croire. Ce n'est

pas qu'une vieille baraque bien située, elle a une âme. Celle de César, j'espère...

Il le pensait. Quand il s'était senti si mal, il était venu se réfugier ici, il s'y était terré comme un animal blessé et il avait fini par surmonter son mal-être. Penser à César, lui parler à voix haute l'avait parfois aidé à ne pas désespérer, à repousser les idées suicidaires qui lui soufflaient, la nuit, de descendre sur la plage et d'entrer dans la mer.

— Tu comptes la rénover entièrement ?

— J'y consacrerai mes dimanches, je suis très motivé.

— Tu n'iras plus, comme avant, errer dans ta librairie fermée ?

— Errer ? Non, je m'occupais des comptes, du stock...

— La vérité est que tu ne pouvais pas t'en éloigner un seul jour !

— Ce temps-là est fini. D'ailleurs, pour les comptes, je me repose sur Corentin.

Il ne l'avait pas cité au hasard, et Angélique réagit aussitôt.

— Justement, à propos de Corentin... Bon, tu as compris qu'on sort ensemble, alors qu'en dis-tu ?

Prenant son temps pour répondre, il commença par se débarrasser de son pinceau puis jeta un coup d'œil à la porte qu'il venait de terminer.

— Je me demandais si tu finirais par me poser la question, Ange.

— Ben oui ! J'ai besoin d'avoir ton avis.

— Tu t'en es passée jusqu'ici.

— Il n'y avait pas lieu. Corentin est le... Enfin, le premier, quoi !

— Le premier..., répéta-t-il, désemparé. À avoir de l'importance ?

— Premier tout court.

Incrédule, il la dévisagea.

— Mais tu avais eu des flirts, des petits copains ?

— Rien d'assez sérieux pour finir au lit.

— Ah...

Sa fille avait vingt ans, et il s'apercevait qu'il s'était bien gardé de s'interroger sur sa vie privée. Depuis qu'il l'avait installée dans son studio, il la considérait indépendante et responsable, attendant qu'un jour elle lui présente l'élu, celui qui deviendrait son gendre. Était-il à ce point vieux jeu, dépassé, hors course ?

— Bon, tu souhaites mon avis à propos de Corentin tout seul ou de votre relation ?

— Dis-moi d'abord ce que tu penses de lui.

— Il est brillant, il a de l'humour, il aime son boulot et il le fait bien. Il est discret, pas arrogant, plutôt à l'aise. Je crois qu'il a de l'ambition mais qu'il est patient puisqu'il sait aussi profiter de la vie.

— Quel portrait attrayant ! On dirait que tu veux me le vendre...

— Tu l'as acheté toute seule. Et je n'aurais pas eu l'idée de te le recommander.

— Pourquoi ? Parce qu'il a dix ans de plus que moi ?

— Non, ça ne compte pas beaucoup, j'aurais mauvaise grâce à prétendre le contraire.

— Alors, quoi ? Comme tous les pères, tu espérais un prince charmant, pas un comptable ?

— *Expert*-comptable, et c'est un bon métier. D'ailleurs, je ne crois pas aux contes de fées. Mon seul désir, en ce qui te concerne, est que tu sois heureuse. Mais je n'imaginais pas Corentin dans la peau d'un séducteur de jeunes filles !

— Eh bien, si... Il est *très* séduisant.

— Difficile pour moi d'en juger. De toute façon, je me trompe facilement. Je ne voyais pas non plus mon psy dans la peau d'un rival.

Éberluée, elle le scruta pour s'assurer qu'il ne plaisantait pas.

— Ton psy ? Ton psy et... Tess ?

— Laisse tomber, je n'ai pas envie d'en parler.

— Oh, quelle garce !

— Arrête, Ange. La confidence m'a échappé, je suis désolé.

Il reprit son pinceau, lui tourna le dos et se remit à peindre.

— Tu devrais le dénoncer à son conseil de l'ordre ! insista-t-elle, révoltée.

— Est-ce qu'il lui plairait moins pour ça ? Ma chérie, je voudrais *vraiment* qu'on change de conversation. As-tu parlé de Corentin à ta mère ?

— Un peu...

— Et qu'en dit-elle ?

— Elle a d'abord voulu savoir s'il n'est pas obsédé par son travail. Tu l'as vaccinée contre le stakhanovisme, elle affirme que ça tue l'amour !

Mathieu se mit à rire, amusé par le jugement abrupt de Charlotte.

— Admettons, finit-il par reconnaître. Mais comme dit la fable : on ne m'y prendra plus.

Il ne voulait pas reparler de Tess, cependant il se souvenait qu'elle ne lui avait jamais reproché de trop travailler. Elle ne le critiquait pas, ou alors en riant et sans la moindre aigreur. Sa gaieté manquait terriblement à Mathieu. Se remettrait-il un jour de cette rupture qu'il avait provoquée sans pour autant la souhaiter ?

Il observa Angélique qui, debout devant l'évier, se lavait les mains avec soin. C'était vraiment une jolie jeune femme, Charlotte et lui l'avaient parfaitement réussie. Ils avaient aussi essayé, chacun à sa manière, de bien l'élever. Elle semblait épanouie, en accord avec elle-même, prête à se lancer dans l'existence, et Mathieu en éprouva soudain une grande fierté. Est-ce qu'un homme comme Corentin la méritait ?

— Oh, j'allais oublier ! s'écria-t-elle. J'ai appelé Jean, à Londres, et il a accepté de me recevoir quinze jours cet été. Il faut que mon anglais soit irréprochable si je veux décrocher un bon stage. J'ai huit semaines à faire dans une entreprise comme assistant ingénieur, entre janvier et mars de l'année prochaine.

— Quel genre d'entreprise ?

— Il y en a plein ! D'EDF à Dior en passant par la SNCF, le choix est presque sans limite. Mais je préférerais partir à l'étranger puisqu'une partie des cursus doit s'y dérouler.

— Je ne comprends pas grand-chose à ton programme. C'est vraiment intéressant, la logistique ?

— Passionnant. En plus, l'ISEL est une super école, qui organise des partenariats avec de nombreuses universités à travers le monde. Je ferai peut-être un master pour en profiter.

— Donc, tu veux voyager. Et Corentin dans tout ça ?

— Mais… Je ne sais pas. C'est trop tôt, on verra. Peut-être aura-t-il envie de bouger lui aussi ?

Confiante, elle souriait, et Mathieu lui rendit son sourire.

— Tu vas avoir une belle vie, Ange.

— J'espère bien ! En tout cas, tu n'as pas de soucis à te faire, mon port d'attache est ici, je ne resterai jamais très longtemps loin du Havre.

— On ne doit jamais dire jamais, rappela-t-il en se forçant à rire.

La perspective de ne plus voir Angélique durant des mois, peut-être des années si finalement elle s'installait au bout du monde malgré ses protestations d'attachement au Havre, rendait Mathieu un peu triste. Elle lui avait déjà beaucoup manqué durant l'adolescence qu'elle avait passée à Paris avec sa mère, néanmoins il admettait que le devenir des enfants, une fois adultes, n'était évidemment pas de tenir compagnie à leurs parents. Il devait s'y résigner et s'en accommoder.

Quand son portable vibra dans sa poche, il posa son pinceau pour répondre.

— Mathieu ?

La voix de Tess le glaça instantanément.

— Est-ce que je te dérange ?

— Non…

Ne sachant que dire, ni quel ton adopter, il préférait se taire. Au bout de quelques instants de silence, Tess reprit :

— Je suis rentrée de voyage et je me demandais comment tu…

— De voyage ?

— D'Italie. Mais voilà, j'avais envie de t'entendre.

— Moi ? Pourquoi ?

— Oh, Mathieu...

Elle semblait aussi embarrassée que lui, néanmoins, elle poursuivit :

— Écoute, entre Benoît et moi...

— Je n'ai pas du tout envie de savoir ce qui se passe entre toi et lui, coupa-t-il sèchement.

— Laisse-moi parler, Mathieu ! Avec Benoît, j'ai fait...

— Ce que tu fais avec Benoît ne me regarde pas. Si tu m'appelles pour me raconter ton beau voyage, tu tombes mal. J'espère que tu vas bien et que tu es heureuse. Au revoir, Tess.

Il coupa la communication, le cœur battant, partagé entre l'émotion et la colère. En trente secondes de conversation, elle avait prononcé deux fois le prénom de Benoît ! Quant au séjour en Italie, il préférait ne pas l'imaginer. Mais s'était-il jamais donné la peine d'emmener Tess en voyage ?

Angélique le considérait d'un air agacé.

— Comment ose-t-elle te téléphoner pour te parler de son nouveau petit copain ? Tu as été bien gentil avec elle, tu aurais dû lui raccrocher au nez !

Elle le rejoignit, lui posa les mains sur les épaules d'un geste empreint de gravité.

— Papa, tu es un homme formidable. Mes copines de l'ISEL te trouvent toutes craquant. Tu n'as pas cinquante ans, et à présent tu vas très bien, alors qu'est-ce qui t'empêche de sortir, de draguer ? Tu peux remplacer Tess comme tu veux !

— Je croyais que tu l'aimais bien, soupira-t-il.

— Avant, oui. Son attitude a été exemplaire, au début de ta dépression. J'étais persuadée qu'elle t'attendrait, qu'elle t'aimait, et même que vous finiriez par vous marier. Je m'en serais réjouie !

— Moi aussi...

Ignorant ces deux mots, Angélique poursuivit :

— Je ne la croyais pas capable de tourner casaque aussi vite, j'ai été très déçue. Tu sais que je ne donne pas facilement mon amitié et ça me vexe de m'être trompée à ce point sur son compte. Ce n'est pas quelqu'un de bien. Toi, oui. Vous n'étiez donc pas faits pour être ensemble.

Il ébaucha un sourire navré.

— Tu as toutes les indulgences pour ton père, mais ne sois pas trop injuste envers Tess.

— Tu lui cherches des excuses ? Elle n'en a pas !

— J'ai été odieux avec elle. Je l'ai négligée, mise de côté, j'ai refusé son aide. Et même quand tout allait bien, je ne m'occupais pas assez d'elle. J'aurais dû arranger cette maison depuis longtemps, pour que nous y passions tous nos dimanches en amoureux au lieu de venir y camper deux ou trois fois par an. J'aurais dû lui offrir des vacances au soleil. M'intéresser davantage à sa boutique, alors que je ne pensais qu'à ma librairie. J'ai refait la même erreur avec elle qu'avec ta mère. La différence est que Charlotte détestait Le Havre et ne voulait plus y vivre alors que Tess l'adore autant que moi. Et puis, elle est tellement gaie ! Ai-je fait l'effort de m'amuser avec elle ?

— Tu n'étais pas du genre à t'amuser. J'espère que tu vas apprendre. Avec une autre.

Angélique avait l'intransigeance de la jeunesse, alors que Mathieu se sentait plus tolérant. Il regrettait déjà de ne pas avoir laissé Tess s'exprimer. La jalousie l'avait fait réagir au quart de tour, pourtant elle ne lui aurait sans doute pas vanté les mérites de Benoît, ni raconté ses souvenirs d'Italie. Elle n'aurait pas eu cette indélicatesse, elle était trop fine pour ça. Alors, qu'avait-elle à lui dire ? S'il ne s'agissait que d'un instant de compassion, il le rejetait. Il ne voulait pas qu'on le plaigne, surtout depuis qu'il était redevenu lui-même.

— Je file, j'ai rendez-vous, annonça Angélique, soudain pressée. Et j'ai intérêt à prendre une bonne douche avant, j'ai de la peinture jusque dans les cheveux !

Attendri, il la remercia de son aide et lui souhaita une bonne soirée, sans lui demander si elle comptait la passer avec Corentin. Après son départ, il examina la cuisine, s'estima satisfait de leur travail et commença à ranger les outils. Le bricolage était une excellente activité, qui permettait de réfléchir ou bien de laisser son esprit vagabonder tout en améliorant le décor. Mais désormais, une question insidieuse se posait : avec qui partager cette cuisine chaleureuse ? Arranger la maison uniquement pour lui-même ? Il n'était pas César et n'avait pas le goût de la solitude.

Avant de dîner, il avait encore le temps de faire un tour à la librairie, mais il résista à cette envie. Il s'était promis de ne plus mettre les pieds là-bas le dimanche, de ne pas retomber dans ce piège. Ne plus « errer » entre les comptoirs, comme disait Angélique, en cherchant de nouvelles idées. Demain matin, il pourrait s'y précipiter, plein d'énergie. Il avait retrouvé son plaisir de libraire, ses motivations et son enthousiasme, les idées viendraient d'elles-mêmes. Comme celle de modifier la présentation des stylos, trop conventionnelle. De laisser à la disposition des enfants des carnets à colorier et des crayons. De changer l'atmosphère du rayon science-fiction grâce à des ampoules leds qui pourraient figurer une voûte étoilée. Et pourquoi ne pas mettre en scène chaque genre littéraire avec des éclairages différents selon les rayons ?

Tout réjoui de se sentir prêt à chambouler sa librairie pour la rendre encore plus attrayante, il s'aperçut qu'il avait faim. Eh bien, il allait profiter de sa cuisine fraîchement repeinte en se préparant un vrai dîner chaud ! Malgré l'absence de Tess qui continuait à le torturer, il avait repris goût à la vie.

*

Ébahi, Sylvain resta un moment sur le trottoir, observant les vitrines de la librairie. Il ne se rappelait pas un commerce de cette importance, mais il y avait bien longtemps qu'il n'était pas venu. Ses très rares visites au Havre étaient pour sa mère, il se promettait toujours de passer voir Mathieu et ne le faisait jamais.

— Splendide ! apprécia Louis. Je vais me régaler…

Louis adorait lire, il remplissait leur appartement parisien de romans, d'essais, d'albums. Ce matin, en voyant Sylvain s'apprêter à partir pour Le Havre, il avait déclaré qu'il l'accompagnerait, que ce n'était pas négociable. Les protestations de Sylvain n'avaient rien changé à sa détermination. « Je te laisserai aller voir ta mère seul, si tu crois que ma présence peut la traumatiser, mais je me baladerai dans Le Havre en t'attendant. Je ne connais toujours pas la ville où tu es né et j'ai envie de la découvrir. » En réalité, Louis en avait assez d'être tenu à l'écart. À défaut de pouvoir rencontrer la mère de Sylvain, il avait désormais l'intention de sympathiser avec ses frères.

— Tu vas me présenter Mathieu, ensuite tu n'auras qu'à filer à la maison de retraite. D'accord ?

Même s'il n'était pas enthousiaste, Sylvain n'avait plus le choix. Ils entrèrent dans la librairie, regardant à droite et à gauche pour essayer de tout voir.

— C'est immense…, constata Sylvain.

Très à l'aise, Louis s'était déjà approché d'une table et parcourait les titres. Il s'empara d'un roman, le retourna puis se laissa absorber par la quatrième de couverture.

— Si tu t'attardes trop auprès de ta mère, marmonna-t-il, je vais dépenser une fortune ici ! Où est ton frère ?

Sylvain parcourut du regard le rez-de-chaussée.

— Peut-être au premier ? hasarda-t-il.

Il se dirigea vers l'escalator et gagna le premier étage. Tout ce qu'il voyait le surprenait, il n'avait pas imaginé Mathieu à la tête d'une telle affaire. Quand leur mère évoquait la librairie, elle le faisait d'un petit ton condescendant, et même quand Fabrice avait parlé de « kilomètres » de vitrines à réparer, Sylvain avait cru à une plaisanterie. Pourquoi ne s'était-il pas donné la peine, depuis toutes ces années, de venir ici ? Trop occupé ? Trop pressé de quitter Le Havre dès qu'il avait passé deux heures près de sa mère, ce qui d'ailleurs lui arrivait rarement ? Trop enclin à croire, comme ses frères aînés, que le petit dernier ne faisait rien d'extraordinaire ? Son manque d'intérêt, ou même de simple curiosité, le consternait. Pourquoi personne, dans la famille, n'avait jamais pris Mathieu au sérieux ? Souvent, quand Louis l'interrogeait au sujet de son enfance, de sa mère, de sa jeunesse au Havre, il esquivait, décrétant que pour lui tout commençait lors de son arrivée à Paris. Il avait tracé sa route sans états d'âme, toutefois une pointe de culpabilité perçait lorsqu'il était question de Mathieu, le petit frère auquel il n'avait pas prêté attention. Leur mère disait qu'il n'en valait pas la peine, pourquoi l'avait-il crue, pourquoi n'avait-il pas jugé ce propos scandaleux ?

— Puis-je vous aider ? lui demanda une vendeuse d'un air affable.

Sans doute avait-il l'air perdu, et il n'avait pas jeté un seul coup d'œil aux livres.

— Oui, merci. Je cherche Mathieu Carrère, je suis son frère.

— Oh ! Enchantée... Je m'appelle Nadia. Mathieu avait un rendez-vous à l'extérieur ce matin, il ne devrait pas tarder à rentrer. Voulez-vous l'attendre dans son bureau ?

Elle désignait une baie vitrée qui surplombait le rez-de-chaussée.

— C'est très aimable mais j'ai un rendez-vous, je reviendrai plus tard.

Profitant de l'absence de Mathieu, il allait se débarrasser au plus vite de sa visite à sa mère. Il regagna le rez-de-chaussée, prévint Louis qui était toujours concentré et fila.

*

Mathieu sortit du centre des impôts assez fier de lui : il avait conservé son calme. À sa demande d'étaler les versements, le percepteur avait opposé un refus poli mais ferme. Le chiffre d'affaires de la librairie était en train de remonter, il n'obtiendrait donc pas de délai supplémentaire. Corentin, qui l'accompagnait, avait alors sorti son dossier et s'était mis à discuter, faisant signe à Mathieu de ne plus intervenir. Au bout d'une longue discussion bien argumentée, Corentin avait arraché un accord.

— Bravo, et surtout merci ! lui lança Mathieu dès qu'ils furent sortis.

— Vous êtes trop impulsif, soupira Corentin.

— Je ne me suis pas énervé.

— Vous faisiez une tête d'enterrement.

— J'en ai marre d'être plumé, dépouillé, spolié par ce Trésor Public vorace.

— C'est le lot commun.

— Auquel nous sommes censés « consentir » ! Mais comprenons-nous bien, Corentin, je ne me plains pas de payer des impôts, je déplore seulement qu'ils soient devenus confiscatoires. Je travaille comme un fou, je fais travailler des gens et marcher le commerce, or à la fin il ne me reste presque plus rien, c'est vraiment décourageant. Si je n'avais pas la passion des livres, j'aurais fermé boutique depuis longtemps.

Ils avaient contourné l'hôtel de ville et revenaient par la rue Théodore Maillart.

— Avec l'étalement des versements, vous allez souffler un peu, déclara Corentin d'un ton apaisant. Quant à fermer votre « boutique », laissez-moi rire !

En arrivant avenue Foch, Mathieu jeta un coup d'œil vers la porte Océane.

— J'ai très envie d'une balade en bord de mer, avoua-t-il avec un grand sourire. Mais ça attendra...

Le vent marin, qui apportait les cris des mouettes, le réjouissait et lui faisait oublier son percepteur.

— À demain, Corentin !

— Je ne viens pas demain. Vous n'avez pas besoin de moi tous les jours, vous avez repris les choses en main.

Il s'éloigna tandis que Mathieu pénétrait dans la librairie. Les clients étaient nombreux et il en salua quelques-uns, s'attardant pour bavarder. Alors qu'il gagnait l'escalator, un homme d'une quarantaine d'années l'intercepta.

— Excusez-moi, vous devez être Mathieu ?

— Oui... Bonjour, en quoi puis-je vous aider ?

— Je m'appelle Louis. Je suis l'ami de Sylvain.

Continuant à sourire poliment, Mathieu attendit la suite, ne sachant pas à qui il avait affaire.

— Je vois que ça ne vous évoque rien, soupira Louis.

Il hésita avant d'ajouter, d'un ton déterminé :

— Je suis celui qui vit avec votre frère.

— Oh, son colocataire ? Enchanté.

— Non, pas son *colocataire*. Un peu plus que ça, j'espère ! Nous sommes pacsés depuis quelques années.

Mathieu resta d'abord sans voix. Pourquoi Sylvain n'avait-il rien dit ? Bien sûr, ils se voyaient très rarement et ne s'appelaient quasiment jamais. Est-ce que leur mère était au courant ? Et Fabrice ? Jean ? Une fois de plus, Mathieu se sentit tout à fait étranger à sa famille.

— D'autant plus enchanté, répondit-il enfin. Sylvain est dans les parages ?

— Il en a profité pour rendre une petite visite à votre mère. Ou plus exactement, c'était le but de cette journée. Mais comme il ne tient pas à me la présenter, supposant qu'elle en serait très perturbée, il m'a déposé ici. J'adore les livres... et les librairies ! La vôtre est extraordinaire.

— Merci. J'en suis assez fier, même si elle peut être encore améliorée. Voulez-vous un café ?

— Avec plaisir.

Mathieu l'entraîna vers le coin du salon de thé. Comme toutes les tables étaient occupées, il prépara deux cafés et en tendit un à Louis.

— Faites attention, c'est très chaud. Venez, on va monter dans mon bureau.

À peine furent-ils entrés que Louis s'approcha de la baie vitrée.

— Ah, vous voyez tout d'ici !

— Ce n'est pas pour surveiller les clients, ni d'ailleurs les employés, mais comme ça je reste au cœur de la librairie. J'aime savoir ce qui se passe, pouvoir reconnaître un fidèle et descendre bavarder, ou aller régler un problème, ou encore trouver de nouvelles idées en observant les différentes parties du magasin.

— Il a dû vous coûter une fortune, non ?

— Les travaux ont été pharaoniques parce que le local était très vétuste. Heureusement, je savais ce que je voulais, et je le voulais avec assez de force de persuasion pour obtenir l'appui des banques.

— Et vous aimez les livres ?

Mathieu trouva la question stupide, cependant le sourire de Louis était assez chaleureux pour qu'il lui réponde.

— C'est une passion de jeunesse qui ne m'a jamais quitté. Si je m'écoutais, il n'y aurait rien d'autre dans ma librairie. Mais les temps sont difficiles parce que les gens lisent moins et que, paradoxalement, les éditeurs publient davantage. Alors il a fallu diversifier les choses autour du livre. De la papeterie, de la petite maroquinerie, des jeux de société, bref, des objets qui attirent le regard. Et bien sûr, une offre numérique performante pour ne pas me laisser distancer. Le salon de thé est là pour la convivialité, pour que les gens s'attardent. Tout comme les canapés et les petites lampes. J'organise aussi des rencontres, des signatures. Les lecteurs adorent venir discuter avec leurs auteurs favoris.

Louis l'écoutait avec beaucoup d'attention, apparemment très intéressé par le sujet.

— Sylvain n'aime pas lire, dit-il d'un ton de regret. Pourtant, il me laisse installer des étagères partout dans notre appartement ! Les livres prennent une place folle et je ne me résigne pas à les donner, encore moins à les jeter.

Il but la fin de son café avant de lancer avec adresse le gobelet dans la poubelle.

— Tir au but ! Écoutez, Mathieu… Vous permettez que je vous appelle Mathieu ? Sylvain n'a pas jugé bon de m'intégrer à sa famille, alors qu'il connaît très bien la mienne. Sans doute a-t-il ses raisons, qu'il ne m'a jamais expliquées clairement. Aujourd'hui, je ne lui ai pas laissé le choix parce que j'en ai assez de cette situation. Soyez franc avec moi, je ne me vexerai pas, est-ce que le fait qu'il soit gay vous dérange ?

— Absolument pas. Mais je l'apprends aujourd'hui. D'ailleurs, il ne m'a jamais fait de confidences.

— Il parle très peu de vous. Un peu plus de votre frère Jean, tout en refusant d'aller à Londres. Et j'ai croisé Fabrice une seule fois, en vitesse. Sylvain semble avoir coupé toutes les amarres avec son passé, comme s'il avait honte d'être né en province, d'une famille moyenne.

— Il a toujours détesté Le Havre, précisa Mathieu. Il trouvait l'architecture hideuse, alors que j'adore notre « Manhattan-sur-Mer », selon l'expression d'un auteur bien inspiré. Le port est dans la ville, on entend les cornes de brume et on voit passer les cargos, on a la sensation d'être vraiment quelque part, pas n'importe où. Mais Sylvain n'aimait pas la plage, ni les galets, encore moins le vent venu de la mer, qui peut souffler très fort dans les avenues rectilignes, ce qui le rendait fou. Il rêvait de Paris, d'une autre vie. Il voulait partir d'ici pour s'affranchir de toute contrainte… sans doute parce qu'il avait peur d'afficher ses goûts.

Louis hocha la tête, méditant les dernières paroles de Mathieu.

— Il redoutait le jugement de sa mère, de ses frères…

— Pas le mien, en tout cas !

— Non, mais vous, Mathieu… Ah, comment dire…

— Moi, ça ne comptait pas ?

Avec une moue désolée, Louis acquiesça.

— En revanche, il savait depuis l'adolescence qu'il préférait les garçons, finit-il par dire.

— Ce qu'il n'a jamais revendiqué. Évidemment, ce n'est pas à moi qu'on vient faire des confidences puisque je suis la cinquième roue du carrosse familial.

Il le constatait sans amertume, rappelant l'évidence.

— Pour ma part, reprit Louis, savoir qu'il avait un frère libraire attisait ma curiosité depuis longtemps !

— Quel est votre métier ?

— Kiné, comme Sylvain. Mais moi, c'est par défaut, j'ai raté médecine. Dommage, mes parents étaient prêts à me payer de longues études… En revanche, pour acheter un magasin ils ne m'auraient pas aidé. De toute façon, ouvrir une librairie à Paris devient impossible. Vous avez de la chance.

— Chance ?

Mathieu éclata de rire et eut un geste vers la baie vitrée.

— Vous pensez que ça s'est fait tout seul ? Que ça marche sans effort ? Les Parisiens croient toujours que la vie est plus *douce* en province, oubliant que le commerce y est de plus en plus difficile. J'ai passé des années à travailler comme une brute. Trop, paraît-il ! Mais je ne regrette rien, c'est une belle affaire et elle me passionne toujours.

— Ne vous fâchez pas. Chance n'était pas le bon mot, je voulais seulement dire que je vous envie.

Sylvain entra à cet instant, un peu essoufflé, et les considéra tour à tour.

— Je pensais te retrouver le nez dans tes chers livres, dit-il à Louis.

— Bavarder avec ton frère a été encore plus passionnant !

Pour rompre le petit silence qui suivit, Mathieu demanda :

— Comment va maman ?

— Elle s'ennuie.

— Rien de nouveau, donc.

— Tu ne vas plus la voir ?

— J'irais si ça lui faisait plaisir, mais quand j'entre dans sa chambre c'est toujours une déception pour elle.

Il fut surpris d'avoir pu l'énoncer aussi simplement. S'était-il caché cette réalité jusque-là ?

— On va vous laisser travailler, décida Louis.

— Si tu veux découvrir Le Havre, on peut se balader un peu, s'empressa Sylvain.

Sans doute avait-il hâte de quitter la librairie, ne sachant quel comportement adopter. Il devait se douter que Louis avait dévoilé ce qu'il dissimulait depuis longtemps. Mathieu faillit leur proposer de déjeuner ensemble, puis il se ravisa pour ne pas ajouter à l'embarras de son frère.

— Revenez quand vous voulez, dit-il seulement d'un ton chaleureux.

Il serra la main de Louis, embrassa Sylvain et les laissa partir. Durant quelques instants, il resta songeur. Devait-il tenter un rapprochement avec son frère ? Louis était sympathique, sa franchise avait levé le voile sur un mystère bien inutile, et à l'avenir Sylvain serait sûrement plus à l'aise. Mathieu imagina qu'il pourrait les inviter pour un week-end à Sainte-Adresse lorsqu'il aurait fini d'arranger la maison. De son côté, Angélique allait être reçue deux semaines à Londres cet été, ce qui créerait peut-être des liens avec Jean. N'était-il pas grand temps d'oublier les griefs d'enfance ? Mathieu n'ignorait-il pas ses trois frères pour les punir d'une indifférence dont il avait souffert ? Leur mère était responsable de leurs mauvais rapports, ayant toujours encouragé les trois aînés à faire bande à part et à tenir le petit dernier à distance. Mais aujourd'hui, ne pouvaient-ils pas, tous les quatre, effacer le passé pour reformer une famille ?

Cette idée lui arracha une grimace dubitative. Peut-être concevait-il ce projet uniquement parce qu'il se sentait très seul depuis sa rupture avec Tess. Tess à qui il continuait de penser dix fois par jour, s'accablant de reproches pour n'avoir pas su la garder.

— Oh, assez ! s'exclama-t-il en se levant.

Assez de questions et de culpabilité, il avait autre chose à faire. Résolument, il s'attaqua à la pile de courrier que Nadia avait déposée sur le coin de son bureau. La première enveloppe émanait du commissariat et contenait une convocation pour une confrontation avec Albert et Lucie Delvaux.

*

Fronçant les sourcils, Corentin reprit sa feuille et constata qu'il avait encore commis une erreur, or c'était la deuxième fois qu'il vérifiait son rapport. Il corrigea sur l'écran, relança l'imprimante. La distraction n'était pas permise à un expert-comptable ! Oui, mais il était amoureux, beaucoup trop amoureux, et sa tête était pleine d'Angélique. Il y pensait sans cesse, aussi heureux qu'anxieux selon les moments. À trente ans, il avait déjà une certaine expérience de la vie et savait où il allait, alors qu'Angélique était à l'âge des découvertes, des coups de cœur éphémères, des changements de cap. Elle évoquait la possibilité de partir un ou deux ans à l'étranger dans le cadre de ses études d'ingénieur en logistique, pressée d'aller voir comment on vivait à l'autre bout du monde. Dans ce programme, Corentin n'avait pas sa place.

Devait-il se raisonner, refréner ses sentiments ? Il était sans doute déjà trop tard. Pourtant, Corentin avait l'habitude de maîtriser ses émotions et d'organiser son existence avec discernement. Il avait réussi seul, issu d'une très bonne famille totalement désargentée. Jamais il n'avait manqué d'affection, il était confiant, plutôt optimiste, et après quelques aventures mitigées il s'était mis à attendre la rencontre avec la femme de sa vie. Pas une gamine de vingt ans ! Mais son coup de cœur pour Angélique le dépassait, tournait à la passion. Il commençait même à se demander s'il n'était pas indispensable de s'éloigner d'elle. Couper court, trancher dans le vif. Sauf qu'il ne s'en sentait pas le courage.

Avec lui, Angélique se montrait charmante, disponible, enjouée, cependant elle semblait prendre cette première histoire d'amour avec légèreté. Légitimement, elle n'était pas prête à s'engager. Jouer la carte de la patience était la seule voie qui s'offrait à Corentin. Si elle partait au loin, il s'efforcerait de la rejoindre souvent, ne se laisserait pas oublier. Et s'il ne pouvait éviter la comparaison avec d'autres hommes – car elle ferait forcément des rencontres –, il faudrait qu'il en sorte à son avantage. Un défi dur à relever, mais avait-il le choix ? En l'attendant, s'il était contraint de l'attendre, il n'aurait qu'à organiser sa vie de la manière la plus enviable pour qu'elle soit séduite à chacun de ses retours. Peut-être acheter une maison avec un jardin. Étoffer encore sa clientèle pour augmenter ses revenus. Être à l'affût des bonnes adresses pour toujours savoir où l'emmener. Proposer des week-ends insolites. Prendre soin de son apparence en s'habillant dans les meilleures boutiques. Ne pas jouer à l'amoureux transi et malheureux, mais afficher au contraire une parfaite aisance en conservant son sens de l'humour. Bref, mettre tous les atouts de son côté. Rien ne garantissait que ce soit suffisant, mais au moins il aurait essayé.

Tout ce beau programme supposait qu'il reste sérieux dans son travail. Il relut encore une fois son rapport avant de l'expédier au client par messagerie électronique, puis il appela Angélique pour l'inviter à dîner. Elle déclina, expliquant qu'elle avait une soirée prévue de longue date chez des copains.

— On va danser et boire toute la nuit ! précisa-t-elle en riant. Demain, je risque de faire une très grasse matinée pour m'en remettre, mais si tu veux, on pourra se retrouver en fin de journée.

Ignorant superbement le petit pincement de jalousie qu'il éprouvait à l'idée de la savoir s'amuser avec ses amis étudiants, il suggéra :

— Sushis et champagne chez moi ?

— Sushis et eau minérale. Je viendrai vers sept heures.

Le plus souvent, elle préférait le recevoir dans son studio plutôt que le rejoindre chez lui où elle n'était pas très à l'aise, et il trouva encourageant qu'elle ait accepté cette fois-ci sans discuter.

— Passe une très bonne soirée, ma chérie. Je me réjouis de te voir demain.

C'était une formule banale, qu'il regretta aussitôt. Mais il hésitait à utiliser avec elle des mots trop tendres, se gardant bien de multiplier les « je t'aime » pour ne pas l'effrayer. De son côté, elle réservait ses rares déclarations à leurs moments les plus intimes, en faisant l'amour ou juste avant de s'endormir, blottie contre lui.

Durant quelques instants, il regarda l'écran éteint de son téléphone. Si, par pudeur, Angélique ne se livrait pas, n'était-ce pas à lui de se lancer ? Et pourquoi faisait-il toute une affaire de ces dix ans qui les séparaient ? Il ne pouvait pas se sentir *vieux* à trente ans ! En revanche, son appartement n'était pas gai. Il avait misé sur la sobriété, du coup l'atmosphère manquait de chaleur. Les murs blancs étaient nus, le parquet impeccablement ciré, les gros fauteuils de velours semblaient avoir été livrés la veille. Il passait peu de temps chez lui, et ça se voyait. Certes, il avait tout choisi avec soin, mais quasiment jamais rien utilisé. Seul son bureau, installé dans la plus petite des deux chambres, était parfois en désordre. Angélique ne pouvait pas se plaire ici. Il décida qu'il allait accrocher des affiches, acheter des fleurs, laisser des magazines ouverts, abandonner un pull ou deux sur un dossier. Et aussi mettre une petite table avec deux chaises sur le balcon d'où l'on apercevait la mer. Face au soleil couchant, ce serait agréable de boire là un cocktail, or il savait très bien préparer les mojitos. Tant qu'il y était, il n'avait qu'à se procurer de la musique un peu plus actuelle que ses compilations vieilles d'une décennie, déjà démodées mais pas encore vintages.

Il se leva, prêt à filer faire quelques achats, puis soudain il se ravisa, perplexe. Pourquoi voulait-il donner le change ? De nouveaux CD et des bouquets de fleurs ne correspondaient pas à ses propres goûts. Laisser traîner ses affaires non plus. Quant à du mobilier de jardin en plastique sur un balcon minuscule… Autant aller boire un verre dans un bar accueillant ! Si Angélique l'aimait, il fallait que ce soit pour ce qu'il était vraiment, pas pour ce qu'il aurait prétendu être.

Fort de cette résolution, il se rassit à son bureau, prit un nouveau dossier et se remit au travail.

*

— On peut rester amis, non ? protesta Benoît.

— D'accord, mais tu ne dois pas débarquer ici sans prévenir.

— Considère que je suis un client.

— Oh, je t'en prie…

Agacée, Tess jeta un coup d'œil vers la rue, espérant que de vrais clients entreraient bientôt pour faire diversion. Elle n'appréciait pas du tout les petites visites imprévues de Benoît. Embarrassée de l'avoir laissé tomber à Venise, elle aurait préféré ne plus le voir du tout et comprenait mal son acharnement à revendiquer une prétendue amitié.

— Allons prendre un verre après ta fermeture, proposa-t-il.

— Pourquoi ?

— Pour le plaisir ! Pour te prouver que je n'ai pas de rancune. J'ai tourné la page sur l'épisode vénitien. D'accord, le jour de ton départ, j'ai eu du mal à accepter mon échec et à le digérer, pourtant tu as eu raison de t'en aller puisque tu n'étais pas bien avec moi. Tu vois, l'histoire se répète, tu m'avais déjà quitté une fois et nous étions restés en bons termes. On peut recommencer, non ?

Elle le dévisagea, cherchant à comprendre ce qu'il voulait. Uniquement passer un moment avec elle ?

— Tu seras toujours quelqu'un qui compte, au fond de mon cœur, ajouta-t-il.

Après une brève hésitation, elle décida de ne pas céder.

— Pour l'instant, Benoît, tout ça est trop frais. Toi aussi tu es quelqu'un d'important pour moi, et bien sûr qu'on ne va pas s'ignorer l'un l'autre. En revanche, je crois qu'il faut attendre, prendre un peu de recul. On ne peut pas passer sans transition du couple amoureux à la paire de copains ! Est-ce à moi de te le dire ? Tu le sais mieux que personne.

Apparemment, les qualités de psychologue de Benoît ne lui servaient à rien dans une histoire personnelle.

— Tu as revu Mathieu ? demanda-t-il sans transition.

C'était donc bien la raison de son insistance.

— Non. Toutefois, tu n'as pas à me poser la question. Et je vais même te dire mieux. Nous ne pouvons pas être amis maintenant parce que tu es trop concerné et que tu éprouves de la jalousie. Aux amis, on se confie sans arrière-pensée, ce qui est impossible avec toi. Plus tard, Benoît, crois-moi…

Si tu as vraiment tourné la page, ne viens pas ici tous les deux jours, ça ne te fait aucun bien, et à moi non plus.

— En somme, tu ne veux plus me voir ?

— Je veux surtout que tu arrêtes de retourner le couteau dans la plaie. Tu es malheureux, je le vois bien. Et je me sens coupable, mesquine, idiote !

Elle eut soudain les larmes aux yeux, qu'elle essuya d'un geste rageur. Benoît était un homme formidable, mais elle ne l'aimait pas. Elle avait profité de lui pour tenter d'oublier Mathieu, et elle s'en voulait terriblement de sa faiblesse.

— Écoute, Benoît...

L'arrivée d'une cliente l'interrompit, l'obligeant à esquisser un sourire aimable alors qu'elle avait envie de pleurer.

— Ce vase, dans la vitrine, j'adore ! C'est vraiment son prix ? Alors, je le prends tout de suite avant que quelqu'un d'autre le remarque. Pas besoin de paquet cadeau, il est pour moi ! Mais protégez-le bien, je ne voudrais pas le casser, hein ?

Volubile, la cliente commença à examiner les objets sur les étagères tandis que Tess découpait une feuille de plastique à bulles. Benoît avait baissé la tête et considérait ses pieds.

— Je ne vous ai pas pris votre tour, monsieur ?

Il regarda la femme, fit un geste de dénégation.

— Je partais, marmonna-t-il. Au revoir, Tess !

La clochette de la porte tinta pendant qu'il sortait.

— Vous vous appelez Tess ? C'est ravissant !

— Ma mère aimait Thérèse, mon père était plus moderne.

Éclatant de rire, la cliente saisit une bougie parfumée qu'elle huma une seconde.

— Je la prends aussi, décida-t-elle. Chez vous, on achèterait tout ! Tiens, ce plateau, il est d'une originalité... Allez, je le veux, mais j'arrête là.

Grâce à son exubérance, Tess se sentait moins mal. Elle emballa les achats qu'elle mit dans un grand sac. Bientôt, elle devrait retourner à Paris chez ses fournisseurs. Elle y allait toujours le lundi, jour de fermeture de sa boutique, et prenait son temps pour choisir des objets, utiles ou pas, mais insolites et séduisants. Avant, lorsqu'elle rentrait le soir au Havre, elle était pressée de montrer ses trouvailles à Mathieu. Il la rejoignait après la fermeture de la librairie, s'extasiait ou se moquait d'elle pendant qu'elle déballait, l'aidait à ranger puis l'emmenait manger des moules à La Paillette.

Mathieu... Il lui manquait tellement ! Savoir qu'elle l'avait perdu était une torture. Mais il s'était montré si froid et si distant au téléphone qu'elle n'osait pas le rappeler. Inutile d'espérer, jamais il ne lui pardonnerait son aventure avec Benoît. S'agissant d'un autre homme, peut-être aurait-il admis qu'elle profite de cette liberté qu'il lui avait stupidement rendue. Mais pas Benoît, pas son psy, celui à qui il s'était confié. Il avait dû se sentir deux fois trahi et blessé, alors qu'il commençait tout juste à remonter la pente, qu'il émergeait enfin de ce terrifiant burn-out qui avait failli le détruire.

Réticent à parler de son ancien patient devenu son rival, Benoît n'avait presque rien révélé de ses entretiens avec Mathieu. Néanmoins, Tess avait deviné que l'excès de travail n'était pas seul en cause. L'épuisement professionnel avait fait resurgir des problèmes d'enfance jamais réglés ni énoncés, peut-être même pas conscients à force d'être enfouis. De leurs années passées ensemble, Tess n'avait pas souvenir d'une quelconque confidence de Mathieu concernant sa mère ou ses frères. Elle l'avait questionné mais il fuyait ce genre de discussion, préférant revenir à ses préoccupations de libraire. Sur ce sujet, il était intarissable. Sa passion des livres était le rempart derrière lequel il s'était toujours abrité depuis qu'il était gamin. Tess se reprochait de ne pas l'avoir poussé dans ses retranchements. Aurait-elle pu lui épargner de sombrer si elle l'avait forcé à se livrer, à extirper ses souvenirs pour les regarder en face ? Aujourd'hui, il allait mieux. Il était assez connu au Havre pour qu'on s'intéresse à son sort, et les gens disaient qu'il était redevenu lui-même. S'il le devait en partie à Benoît, il en concevait forcément de l'amertume et devait les maudire tous les deux.

Depuis son retour d'Italie, Tess était passée trois fois devant la librairie. Elle avait espéré l'apercevoir, peut-être lui faire signe, mais en vain. Traîner là ne servait à rien, s'il la remarquait, sans doute se détournerait-il. Et si Angélique se trouvait dans les parages, un nouvel affrontement aurait lieu. Tess ne voulait pas heurter la jeune fille pour qui elle avait conservé de l'affection, mais à l'évidence ce n'était plus réciproque. Quel abominable gâchis !

Cent fois, y compris lorsqu'elle était en compagnie de Benoît, Tess avait revécu dans sa tête la scène du Grignot. Était-ce vraiment Mathieu qui l'avait poussée à la rupture, ou bien elle qui avait pris la mouche ? Sans se l'avouer, n'était-elle pas fatiguée de ses dérobades, de son absence ? Durant des semaines, elle s'était montrée magnanime, mais l'agacement avait fini par la gagner. Mathieu enterré à Sainte-Adresse, qui refusait de sortir, rejetait les visites, abandonnait toutes ses responsabilités, oubliait de manger et parfois de se laver… et qui ne la touchait plus, fuyant tout contact physique. Quand elle s'était mise en colère et avait jeté sa serviette avant de quitter le restaurant, n'avait-elle pas trouvé l'occasion de mettre un terme à une situation devenue humiliante pour elle ? Était-elle vraiment cette sorte de femme, à ne prendre que les bons côtés et s'enfuir devant les problèmes ?

Une boule dans la gorge, elle releva la tête. Si elle était fautive, et pas lui, alors il lui restait une chance de réparer. Elle n'avait qu'à la saisir, ou la créer.

10

Mathieu bouillait de rage mais il essayait de conserver son calme. Les dénégations d'Albert Delvaux ne variaient pas : il n'avait rien fait. Son unique rencontre avec Mathieu s'était produite devant la maison de Sainte-Adresse, et il s'était retrouvé sur le trottoir avec une épaule en bouillie. Il tenait Mathieu pour un type incapable de se maîtriser.

— Et si ce monsieur préfère la bagarre à la discussion, c'est qu'il n'est pas très sûr de son bon droit, ajouta Albert.

Son cynisme et son arrogance faillirent faire sortir Mathieu de ses gonds. Heureusement, le commandant de police qui les interrogeait reprit la parole d'un ton conciliant.

— En matière de droit, les choses sont en règle pour la maison de Sainte-Adresse, d'après les documents fournis par monsieur Carrère.

— En règle, peut-être, mais c'est tellement injuste ! Voyez-vous, nous aimions beaucoup notre cousin, dont nous étions la seule famille, ma sœur et moi…

— Eh bien, ce n'était pas réciproque, ironisa Mathieu.

— Tenons-nous-en aux faits, voulez-vous ? réclama le policier. Donc, il y a eu une première dispute, à la suite de laquelle monsieur Delvaux a porté plainte. Après, monsieur Carrère ?

— Après, j'ai trouvé mon jardin rempli d'ordures, puis mes pneus crevés. Pas la peine de se creuser la tête pour savoir qui m'en voulait !

— Ridicule, protesta Albert en croisant les bras. Ma sœur est témoin que je ne me livre pas à des bêtises pareilles.

Lucie restait figée, les yeux baissés et les mains cramponnées à son sac. Elle n'eut aucune réaction, même quand Albert la désigna d'un geste insistant.

— On en vient à l'épisode des vitrines démolies, reprit le commandant. Un forfait accompli durant la nuit, à l'encontre d'une librairie située avenue Foch, dont monsieur Carrère est propriétaire.

— Encore une acquisition louche, au détriment de mon malheureux cousin !

— Pourquoi louche ? demanda le policier en consultant les documents étalés devant lui.

Relevant la tête, il scruta Albert quelques instants, sans obtenir de réponse.

— Et enfin, reprit-il à l'adresse de Mathieu, il y a eu cette poursuite et cette altercation avec mademoiselle Delvaux dans les escaliers...

— Je voulais qu'elle me dise où se cachait son frère afin d'avoir une explication avec lui.

— Je ne me cache pas ! lui lança Albert.

— Pourtant, votre sœur a refusé de me donner votre adresse.

— C'est normal, vous l'avez brutalisée !

— Pas du tout. J'essayais seulement de la rattraper.

— Messieurs, du calme, temporisa le commandant.

Il les regarda tous les trois à tour de rôle, essayant sans doute de se faire une opinion.

— Ce type est violent, pesta Albert.

— Votre sœur affirme pourtant que c'est vous qui êtes capable de tout ! riposta Mathieu. En tout cas, c'est ce qu'elle m'a dit quand elle est venue me voir chez moi.

Cette fois, Albert accusa le coup. Il se tourna vers sa sœur qu'il considéra d'un air méchant.

— Tu es allée chez lui toute seule ? Tu es folle ou quoi ?

— Je voulais le convaincre de nous dédommager, murmura Lucie.

— D'après vous, votre frère est *capable de tout* ? répéta le commandant qui avait retenu les trois mots. Ce qui signifie ?

La pauvre femme parut se recroqueviller sur sa chaise.

— J'ai cru bien faire, dit-elle d'une voix à peine audible. J'avais peur que ça dégénère.

— Idiote ! cracha Albert.

Exaspéré, il tapa sur la table devant lui, faisant immédiatement réagir le commandant.

— Pas de geste de colère ici, hein ? On discute gentiment pour essayer d'y voir clair. Bon, je vous le redemande : ces vitrines, vous les avez cassées ?

— Non, dit Albert en recouvrant son sang-froid. Les pneus, les ordures, les vitrines, ce mec me mettrait tout sur le dos alors que je n'y suis pour rien. Pas ma faute s'il a des ennemis. Moi, je ne suis rentré en France que depuis peu.

— Au moment où mes ennuis ont commencé, fit remarquer Mathieu. Comme par hasard, juste après votre première visite pour me réclamer de l'argent.

— Quand vous m'avez jeté par terre ? ricana Albert.

— Vous vouliez me taper dessus et je vous ai fait une simple prise de judo pour vous neutraliser. J'ai amorti votre chute. Je sais m'y prendre, je suis ceinture noire et je n'ai jamais blessé personne. Tout ça ne méritait pas que vous portiez plainte contre moi, encore moins que vous cherchiez à vous venger par tous les moyens.

Le policier semblait agacé, devinant sans doute qu'il n'obtiendrait rien avec ces trois-là.

— Je dois vous avertir que s'il y avait encore le moindre incident entre vous… Essayez de vous tenir à distance les uns des autres, d'accord ? Le Havre est une grande ville, et vous n'êtes pas voisins.

— Alors, il faudrait que je donne mon absolution à ce voleur d'héritage ? ragea Albert. Que je continue à croupir dans la misère pendant qu'il se pavane dans sa librairie et dans sa maison, qui appartenaient à mon cousin et qui auraient dû me revenir ? C'est ça la fin de l'histoire ? Je m'écrase ?

— Vous vous tenez tranquille. Vous n'avez aucun droit à réclamer contre deux acquisitions faites dans la stricte légalité.

— Je m'en fous, de la loi ! explosa Albert, oubliant où il était.

— Arrête, le supplia Lucie.

— Toi, ferme-la ! Tu t'es demandé ce qu'on allait devenir ?

— En tout cas, je ne veux pas que tu finisses en prison, chuchota-t-elle d'un air farouche. Tu en as assez fait comme ça.

— Lucie, bon Dieu ! tenta-t-il de l'interrompre.

Mais elle en avait trop sur le cœur, et si son frère lui faisait peur, elle était encore plus effrayée par l'officier de police.

— Tout ça, c'étaient de mauvaises idées, Albert. Tu vois où nous en sommes arrivés ? Dans un commissariat ! Je savais que ça tournerait mal, que tu te ferais prendre, et maintenant, je ne veux plus que tu te mettes en danger.

Elle cramponnait si fort son sac que les jointures de ses doigts étaient blanches, tandis que ses joues devenaient cramoisies. Albert la fixait, incrédule, horrifié.

— Ah, je vois…, dit posément le commandant.

Mathieu n'était pas surpris, persuadé depuis le début que les Delvaux le poursuivaient de leur vengeance. À force d'y réfléchir, il avait même fini par se demander s'il n'y avait pas quelque chose de fondé dans leur prétention à être dédommagés. Mais il n'avait vraiment rien à se reprocher, et il refusait de céder à l'intimidation.

— Bon, alors, ces vitrines…, poursuivit le commandant tout en tapant sur son clavier.

— Du verre cassé, il n'y a pas mort d'homme, marmonna Albert.

Il avait perdu son assurance et ne regardait personne. Son aveu implicite provoqua un silence que le commandant finit par rompre.

— Monsieur Carrère, pour ce vandalisme vous avez porté plainte contre X. On peut la requalifier puisque monsieur Delvaux reconnaît les faits.

Après une seconde d'hésitation, Mathieu soupira :

— Laissez tomber.

Le policier le dévisagea puis hocha la tête.

— Très bien. En conséquence, je peux considérer ce conflit comme définitivement réglé ?

Mathieu acquiesça, puis ce fut le tour d'Albert qui finit par dire oui du bout des lèvres.

— Je ne veux plus entendre parler de vous. Plus le moindre incident. C'est clair ? Mademoiselle et monsieur Delvaux, vous pouvez partir.

Une fois seul avec Mathieu, il parut se détendre.

— Je n'ai pas bien compris votre position. Vous m'expliquez ? Votre assurance aurait eu la possibilité de se retourner contre l'auteur du vandalisme.

— A-t-il seulement une responsabilité civile ? Sous ses dehors de matamore, il paraît surtout marginal et paumé. Et du genre revanchard, mais lâche. Je n'ai pas peur de lui, maintenant qu'il ne peut plus se cacher derrière l'anonymat.

Perplexe, le policier attendit un peu, et Mathieu se sentit obligé d'ajouter :

— Si je le poursuis pour destruction de biens, je n'y gagnerai rien. Je ne ferai qu'entretenir son désir de vengeance, et il finira enragé.

— Mais rien ne vous garantit qu'il va vous oublier.

— Sauf s'il quitte Le Havre pour tenter sa chance ailleurs. Sa sœur pourra peut-être l'en convaincre.

— Elle ne semble pas avoir beaucoup d'influence sur lui.

— Allez savoir…

Toujours dubitatif, le policier le laissa néanmoins partir. En sortant, Mathieu fut surpris par une violente averse qui le força à se réfugier dans un bar. Il était déjà tard, Nadia assurerait la fermeture de la librairie avant qu'il ait le temps d'y arriver. Cette constatation l'agaça puis lui ouvrit une perspective : pourquoi ne pas organiser des nocturnes ? Jusqu'à vingt-et-une heures, il en avait le droit et l'avait déjà fait, mais pour aller au-delà, il devait se renseigner auprès de la préfecture afin de connaître les horaires autorisés. Lors d'un événement exceptionnel, comme la venue d'un écrivain célèbre ou la sortie d'un best-seller très attendu, rester ouvert jusqu'à onze heures ou minuit en organisant une manifestation festive pourrait se révéler une excellente idée. D'avance, il savait qu'il y aurait des volontaires parmi ses employés, et que la presse locale serait prête à le soutenir.

Accoudé au comptoir, il commanda une bière. S'il voulait suivre ses bonnes résolutions, il ne devait pas penser *tout le temps* à sa librairie. Ne plus se laisser obséder et dévorer par le travail. Mais le mot « travail » lui semblait dérisoire depuis qu'il avait retrouvé intacts son plaisir et son enthousiasme de libraire.

Il but une longue gorgée qu'il savoura. Il n'avait pas tout dit à ce policier. Le refus de poursuivre Albert était motivé par autre chose, de plus ténu et plus difficile à justifier qu'une certaine magnanimité. La nuit où il avait reçu l'appel du commissariat, il allait encore très mal. Il se souvenait parfaitement d'avoir bu du whisky ce soir-là avant d'aller se coucher. Il dormait mal, ne mangeait presque rien, se complaisait dans des idées noires en laissant sombrer sa librairie sans lui. Mais apprendre qu'on venait de s'y attaquer avait provoqué un véritable électrochoc. Son indifférence à tout avait été balayée, remplacée par une saine colère. Sans réfléchir et à moitié habillé, il s'était précipité avenue Foch où, devant les vitrines éventrées, les présentoirs écrasés, les livres éparpillés, il était redevenu lui-même d'un seul coup. Le libraire, le passionné. Furieux du saccage, il avait enfin réalisé qu'il était resté absent trop longtemps et que, non seulement il fallait réparer au plus vite les dégâts apparents, mais surtout qu'il devait reprendre en main son affaire. Qu'il y trouverait de nouveau sa raison de vivre. Que le voile noir qui planait sur lui depuis des mois venait de se déchirer. S'il n'y avait pas eu la pioche d'Albert Delvaux, combien de temps aurait pris la résurrection ? Aurait-elle seulement eu lieu ? Les pensées suicidaires et l'envie d'entrer une nuit dans la mer pour s'y fondre avaient été très puissantes, il s'en souvenait. Comme il se rappelait avec un sentiment de honte cet état lamentable au cours duquel il s'était même cru incapable de faire l'amour à Tess, ce qui avait provoqué leur séparation. Jusqu'à quel point aurait-il glissé, sombré, sans les Delvaux, arrivés d'Afrique du Sud pour le harceler ?

Le paradoxe était vraiment réjouissant ! Il termina sa bière, constata que l'averse avait cessé et décida de rentrer chez lui.

*

— Et tu n'as pas encore de fiancé, jolie comme tu es ? s'étonna Micheline.

Angélique n'avait pas envie de se confier à sa grand-mère, dont elle se méfiait désormais. La petite fête d'anniversaire avait été instructive, montrant la vieille dame sous son vrai jour.

— Moi, à ton âge, j'étais sur le point de me marier.

— Je préfère attendre la fin de mes études pour y penser.

— Les études, les diplômes… Quand tu seras occupée à élever tes enfants, à quoi ça te servira, hein ? Même si j'avais eu un métier, je n'aurais pas eu le loisir de l'exercer avec quatre enfants à la maison !

— Qui te dit que je veux avoir des enfants ?

Interloquée, Micheline fronça les sourcils.

— Alors, tu resteras un fruit sec.

Le ton était sans appel, Micheline étant remplie de certitudes qu'elle ne remettait jamais en question. Durant quelques instants, Angélique essaya de s'imaginer mariée à Corentin, mais elle ne parvint pas à visualiser quel pourrait être leur avenir.

— Moi, vois-tu, reprit Micheline, mes fils m'ont donné beaucoup de satisfactions. Malheureusement, je me suis retrouvée veuve trop tôt. Ton grand-père a été terrassé en quelques mois par son cancer. Une terrible épreuve pour moi.

— Surtout pour lui, ponctua Angélique à voix basse.

— Par chance, poursuivit Micheline qui n'avait pas entendu, ses parents nous avaient laissé un héritage qui m'a permis de continuer à me consacrer à ma famille...

Angélique connaissait l'histoire, sa grand-mère n'hésitant jamais à la rabâcher. Elle grignota l'un des petits fours secs qu'elle avait apportés et, pour avoir l'air de s'intéresser au récit, elle se mit à poser des questions.

— Papa était-il un enfant sage ?

— Ton père ? Euh... oui, je crois. Mais mes grands cha-hutaient beaucoup ! Ils s'amusaient avec des jeux de brutes, comme tous les garçons de leur âge. Ils ont fait partie à tour de rôle de l'équipe de foot du lycée, au moins ils se défou-laient à taper dans un ballon mais ils me rapportaient des maillots et des chaussures à crampons dans un état !

Elle riait, attendrie par ses souvenirs, et Angélique réalisa que jamais, en évoquant la jeunesse de ses fils, elle ne parlait de Mathieu. Jusqu'ici, elle n'y avait pas fait très attention, mais à présent elle le remarquait.

— Quatre, dit-elle lentement, ce doit être dur.

— Ah, ça oui ! De toi à moi, je n'aurais pas dû faire le dernier, je l'ai compris trop tard.

— Tu cherchais à avoir une fille, n'est-ce pas ?

— Oui. Quelle déception... Pour ne rien te cacher, je ne m'en suis jamais remise.

Angélique se leva, vint s'agenouiller devant sa grand-mère et lui prit les mains.

— Tu es en train de m'expliquer que tu ne voulais pas

de papa ? Je n'ai pas envie d'entendre ça. Il l'a forcément senti, le pauvre !

— Bien sûr que non, répliqua Micheline, péremptoire. Je sais que tu adores ton père, mais il était vraiment pénible quand il était petit. Toujours à bouder dans son coin, ou bien il venait me harceler pour avoir des câlins alors que j'avais tant à faire ! Et puis, de ces idées… Les livres, le judo, tout ça pour se différencier de ses grands frères au lieu de les prendre pour modèles. Quand les trois autres sont partis de la maison, il a été bien attrapé.

— En somme, tu ne l'aimais pas.

— C'est faux ! Mais on a ses préférences, tu verras.

— J'espère bien que non, s'indigna Angélique.

— Ne monte pas sur tes grands chevaux, ma petite fille. Ton père ne déborde pas non plus d'affection pour moi, il ne vient jamais.

— Il a été longtemps malade.

— Prétexte !

— Et je te rappelle que c'est lui qui a trouvé cette maison de retraite, lui qui t'y a installée le mieux possible.

L'expression de visage de Micheline se durcit.

— Je devrais l'en remercier ? Je déteste vivre ici ! Je m'ennuie à mourir, je suis seule. En réalité, ton père m'a mise en prison.

— Comment peux-tu dire une chose pareille ? Tu avais besoin d'un établissement médicalisé. On surveille ta santé, on t'apporte toute l'aide possible pour les gestes du quotidien, le parc est magnifique, ta chambre est grande, claire, toujours impeccable, le personnel est souriant et on mange bien. Qu'est-ce que tu souhaites de plus ? Obtenir une place a été un véritable parcours du combattant pour papa ! Tu l'as négligé, mais lui t'a respectée.

Pour une fois, Micheline ne répliqua rien. À cet instant, Angélique remarqua qu'elle n'avait pas été obligée de se répéter ou de crier. Quand elle mettait ses prothèses auditives bien en place, sa grand-mère n'entendait pas si mal.

— Je reviendrai bientôt, déclara-t-elle en se relevant.

Elle ne voulait pas se retrouver otage des conflits familiaux. Le contentieux existant entre son père et sa grand-mère ne lui faisait pas oublier qu'elle était face à une dame âgée et affaiblie qui se sentait, à tort ou à raison, abandonnée. Néanmoins, Angélique devait lutter contre une sourde rancune en pensant à l'enfance de son père. Jamais brutalisé mais totalement laissé pour compte, rendu insignifiant et livré à lui-même, ce dont il avait forcément souffert. Était-ce pour cette raison qu'elle était fille unique ? Avait-il redouté ces terribles « préférences » que venait de revendiquer Micheline ?

Sur le seuil de la chambre, elle se retourna pour adresser un signe d'au revoir à sa grand-mère. Celle-ci semblait l'avoir déjà oubliée, elle fixait la fenêtre d'un regard morne, apparemment indifférente à la beauté du parc en fleurs.

*

Embarrassé, Benoît s'agita sur son fauteuil. Il s'était rendu ponctuellement à Rouen pour son rendez-vous trimestriel avec le confrère qui le supervisait. Comme tous les psychothérapeutes sérieux, il était suivi dans son évolution professionnelle, et en général il aimait bien ces discussions. Mais aujourd'hui, il s'était senti obligé d'évoquer sa liaison avec Tess, et le rapport existant entre elle et l'un de ses patients. Il se savait en tort, d'autant plus qu'il avait transgressé la déontologie pour rien.

— Je n'aurais pas dû accepter de le recevoir, encore moins de le suivre. Le jour où Tess me l'a demandé comme un service, nous nous étions retrouvés dans un bar et je suis instantanément retombé sous son charme. Je n'ai pas su lui dire non.

— Si tu avais refusé, tu redoutais de ne plus avoir de contact avec elle ?

— Je craignais qu'elle ne s'imagine une quelconque

revanche. À l'époque où elle m'a quitté, je l'avais très mal pris...

— Pourquoi s'est-elle adressée à toi ?

— Je ne sais pas, Édouard. Elle ne connaissait personne d'autre, et peut-être espérait-elle que je la tiendrais au courant de l'évolution.

— L'as-tu fait ?

— Non. Je ne lui parlais pas de Mathieu quand elle m'appelait pour avoir des nouvelles. Mais elle m'appelait, et ça me faisait plaisir, je le reconnais.

Édouard se tut durant une longue minute puis il demanda :

— Qu'est-ce que tu penses de tout ça ?

— Je m'en veux beaucoup. Les patients ont confiance en l'éthique de leur psy et j'ai failli. Par intérêt personnel, ce qui est lamentable.

Plus il explorait le sujet, plus il avait honte. Jusque-là, il avait suivi un parcours sans faute qui l'autorisait à éprouver une certaine fierté dans son métier, et il avait soudain le sentiment d'avoir tout gâché, de ne plus être à la hauteur de sa tâche. Néanmoins, il devait aussi admettre que si c'était à refaire, il commettrait la même erreur. Son attirance pour Tess avait été trop difficile à combattre, et il continuait à souffrir de ce deuxième échec avec elle.

— Je ne me croyais pas faible à ce point, soupira-t-il.

— Il va falloir que tu surmontes cette fragilité et que tu remettes tout en place dans ta tête.

— Tu voudrais que...

— Prends un peu de distance. Quelques jours de vacances loin d'ici, dans un endroit où tu pourras réfléchir en paix. Et reviens me voir à ton retour, on en reparlera.

C'était exactement ce dont Benoît avait eu peur en venant ce matin. S'entendre dire qu'il n'était pas en état d'exercer sereinement était une juste punition.

— Je ne fais que te le suggérer, rappela Édouard.

Mais son jugement primait toute autre considération. Très perturbé, Benoît prit congé en se demandant où il pourrait bien aller pour trouver un peu de paix. Comme il l'avait réussi la première fois, il allait devoir chasser Tess de ses pensées, remettre de l'ordre dans sa vie et restaurer son équilibre. Ses propres problèmes l'empêchaient pour l'instant de prendre en charge sereinement ses patients, il en était bien conscient. Et sa responsabilité vis-à-vis de Mathieu lui apparaissait dans toute son étendue.

Il décida de s'attarder un peu à Rouen, de se promener le nez au vent du côté de Saint Maclou ou de la cathédrale, d'aller déjeuner place du Vieux Marché. De s'offrir un bon moment au lieu de continuer à culpabiliser. Ce sentiment-là était à bannir, il n'apportait rien. Il avait reconnu sa faute, il en décortiquait les raisons mais ne pouvait pas revenir en arrière. Tout au plus espérait-il n'avoir pas commis de dégâts irréparables dans l'existence de Mathieu qui, très probablement, ne se remettrait jamais entre les mains d'un psychanalyste. D'après ce qu'il savait, Mathieu était retourné dans sa librairie, les gens disaient qu'il semblait aller bien. Comment avait-il pu surmonter à la fois son burn-out et la trahison de Benoît ?

« S'il va mieux, ce n'est pas à moi qu'il le doit ! Et qui sait si Tess ne finira pas par le rappeler, comme elle en mourait d'envie... »

Constatant qu'il pensait de nouveau à elle, pour s'en empêcher il se mit à chercher la destination du voyage préconisé par Édouard.

*

Nadia rayonnait en bouclant sa caisse. La librairie ne désemplissait pas, les dernières idées de Mathieu ayant porté leurs fruits. Les habitués appréciaient les initiatives et les améliorations, tandis que les clients de passage s'attardaient, agréablement surpris par l'atmosphère qui régnait dans les différents rayons.

D'un coup d'œil, elle vérifia que la seconde caisse était bien ouverte et qu'il n'y avait pas de file d'attente pour régler les achats. Mathieu tenait à ce que les gens puissent payer et sortir dès qu'ils le désiraient, surtout s'ils avaient pris tout leur temps pour choisir.

Consultant sa montre, elle décida de s'accorder une pause et d'en profiter pour aller manger un sandwich arrosé d'un ballon de blanc dans son troquet favori. Elle variait rarement ses habitudes, toujours pressée de regagner la librairie. Depuis le retour de Mathieu, elle avait retrouvé toute sa sérénité et son plaisir au travail.

À peine eut-elle fait quelques pas dehors qu'elle faillit heurter Tess qui se dirigeait vers l'entrée.

— Oh, bonjour Nadia ! Je, euh… Est-ce que Mathieu est là ?

Elle semblait gênée, inquiète, et elle n'affichait pas son habituel sourire éblouissant. Sans hésiter, Nadia choisit de mentir.

— Non, pas ce matin.

En réalité, il était dans son bureau avec Corentin. Mais pourquoi le perturber ? D'instinct, Nadia voulait le protéger. Par Angélique, elle savait que la rupture était consommée entre Mathieu et Tess, alors quelle était la raison de cette visite imprévue ? Le rétablissement de Mathieu avait tout fait rentrer dans l'ordre, selon le vœu le plus cher de Nadia, mais peut-être était-il encore un peu fragile et mieux valait le ménager. Pas de scène, pas de cris ni de larmes, il n'avait pas besoin de ça !

— Revenez un autre jour, Tess.

— Entendu. Je l'appellerai avant.

La jeune femme semblait déçue mais prête à persévérer. À l'évidence, elle reviendrait. Avant qu'elle ne se détourne, Nadia lui prit le bras.

— De vous à moi… je crois que Mathieu a besoin de calme.

— Il ne va pas mieux ?

— Oh, si ! Beaucoup mieux, et la librairie revit.

Le soulagement flagrant de Tess réussit à émouvoir Nadia. Quelques mois plus tôt, elle l'avait enviée d'être la maîtresse de Mathieu, celle qui dure et qui prend de l'importance. Le regard que Mathieu posait sur elle, sur ses boucles blondes ou sur ses longues jambes fines, et la manière dont il lui souriait étaient très explicites. Nadia ne possédait pas le charme de Tess, ni sa silhouette, elle en était tout à fait consciente. D'ailleurs, depuis toujours, Mathieu la considérait uniquement comme une collaboratrice, sans jamais laisser place à la moindre ambiguïté. Elle avait fini par se résigner, mais son patron restait sacré pour elle. Et en considérant Tess, elle commençait à se demander si elle avait bien fait de mentir. Sa propre frustration était mauvaise conseillère. Et si Mathieu attendait un signe de la jeune femme ?

— Appelez-le, c'est une bonne idée, ajouta-t-elle d'un ton plus engageant.

S'il n'avait pas envie de la voir, il saurait le lui dire, la lâcheté ne faisait pas partie de ses défauts. Tess hocha la tête et s'éloigna si vite, sans doute pressée de sortir son téléphone de son sac, que Nadia ne put réprimer un sourire.

*

— Oh oui ! s'exclama Albert. Retourner là-bas serait mon vœu le plus cher. Mais, en effet, c'est *cher*. Je n'ai pas le premier euro pour payer nos billets d'avion, figure-toi ! Atterris, ma pauvre… Nous sommes dans la dèche, coincés ici sans ressources. Et un peu plus, avec ta bêtise, j'écopais d'une action en justice !

— Quoi d'étonnant ? se rebiffa Lucie. Tu as fait tout ce qu'il fallait pour te retrouver devant un tribunal.

Elle ne voulait plus se laisser faire. Au commissariat, elle avait eu très peur, et elle n'en revenait pas qu'aucune plainte n'ait été déposée contre son frère. Mais il n'aurait pas toujours de la chance s'il continuait à se conduire comme un voyou. Parce qu'il était aux abois, il devenait incontrôlable, or elle refusait d'être entraînée dans sa chute. Depuis leur retour en France, elle avait perdu chaque jour un peu plus confiance en lui et, pour la première fois de sa vie, elle était sur le point de se rebeller. À force d'y penser, elle réalisait qu'Albert, même s'il avait pu récupérer la maison de Sainte-Adresse, se serait dépêché de la vendre et de dépenser aussitôt l'argent en combines hasardeuses. N'avait-il pas toujours vécu d'expédients ? Elle aspirait au calme, se réjouissait d'avoir trouvé une sorte de paix au Havre. Contrairement à son frère, elle n'avait pas de gros besoins et ne bâtissait pas de châteaux en Espagne. En vieillissant, ses illusions s'étaient dissipées.

— Bon, il faut trouver une solution pour se procurer du fric, maugréa-t-il. Mais c'est moins facile ici qu'à Johannesburg où j'avais des tas de contacts. Ah, pourquoi sommes-nous rentrés ? Je déteste cette ville et ses courants d'air, il y pleut tout le temps et on ne peut pas marcher sur ses plages couvertes de galets !

— Moi, j'aime bien, dit posément Lucie.

Cette simple affirmation sonnait comme un début de rébellion. Albert la dévisagea puis haussa les épaules.

— Toi, répliqua-t-il d'un ton narquois, contente-toi de m'écouter.

— Pas cette fois. Si tu as envie de repartir, vas-y, moi je reste.

— Elle est bonne, celle-là ! Qu'est-ce que tu deviendrais, sans moi ? Mais tu ne risques rien à me provoquer puisque je n'ai pas les moyens de m'en aller.

— Je peux faire le tour des aides sociales. D'ailleurs, j'ai déjà commencé pour savoir à quelles allocations nous avons droit.

— Tu as fait ça sans m'en parler ?

— J'ai choisi d'occuper mes journées pendant que tu t'obstinais à planifier ta vengeance. Finalement, tu n'as rien obtenu de Mathieu Carrère, mais moi, j'ai rempli des dossiers.

— Et alors ?

Soudain intéressé, Albert semblait plus aimable. Lucie n'avait, en réalité, aucune nouvelle concrète à lui annoncer. Elle avait entamé des démarches sans grand succès jusqu'ici, cependant une idée commençait à se frayer un chemin dans sa tête et elle préféra rester évasive.

— Je pense que je vais finir par nous décrocher quelque chose. Une sorte de revenu de solidarité... Avec les premiers versements, on pourra sans doute acheter un billet. Un seul, pas deux.

— Tu me laisserais partir sans toi ? railla-t-il.

— Tu es plus pressé que moi de quitter la France. Et j'aurai toujours la possibilité de te rejoindre plus tard. Si tu te refais une vie confortable là-bas.

— Oh, ça, j'y arriverai !

L'air enthousiaste de son frère lui prouva qu'elle avait raison. D'une façon ou d'une autre, elle devait l'aider à s'en aller. En Afrique du Sud, il oublierait Mathieu Carrère et l'héritage manqué de César. Même s'il quittait la France sans argent, là-bas il connaissait beaucoup de gens, il avait des adresses, des points de chute. Elle s'étonna de pouvoir songer sereinement à une séparation, voire d'en éprouver du soulagement, mais la vie avec Albert était devenue trop pesante ces dernières semaines. Seule, elle s'en sortirait, elle en avait acquis la conviction. Alors, pour une fois, à elle d'arranger les choses. Après tout, elle était l'aînée, et si jusqu'ici elle avait compté sur son frère, aujourd'hui c'était lui qui avait besoin d'aide.

Elle gagna la petite cuisine sordide où elle entreprit de préparer leur repas. Cet endroit lui déplaisait de plus en plus, une fois seule elle parviendrait à quitter ces murs lépreux. Elle allait se débrouiller, pour lui d'abord, pour elle ensuite, et enfin elle accéderait à une liberté qu'elle n'avait jamais connue mais qu'elle comptait bien découvrir. S'emparant d'un économe, elle s'attaqua aux pommes de terre qui avaient germé.

*

Les yeux mi-clos, Angélique observait Corentin. Assis par terre en tailleur, son ordinateur portable sur les genoux, il travaillait déjà alors que le jour se levait à peine. Sans doute la croyait-il encore endormie car il ne faisait aucun bruit. Elle détailla son profil avec le nez droit, les pommettes et le menton bien dessinés, une ombre de barbe naissante. Très amoureuse de lui, elle ne voulait pas pour autant renoncer à ses rêves de voyages. Durant la dépression de son père, elle avait décidé de ne pas s'éloigner et n'avait pas cherché de stage lointain, visant plutôt les entreprises françaises. Mais à présent, Mathieu ayant repris les commandes, elle n'était plus d'aucune utilité à la librairie. Grâce à ses notes, excellentes, elle pourrait partir très loin l'année prochaine pour son semestre obligatoire à l'étranger. Parmi les pays partenaires de l'ISEL, le Mexique ou les États-Unis la tentaient beaucoup. Mais qu'adviendrait-il de sa relation avec Corentin au bout de six mois d'absence ? Ils en avaient parlé tous les deux avec une certaine prudence, afin de ne pas utiliser de grands mots. Pudiques, ils avaient évité jusqu'ici les serments d'amour, néanmoins leurs sentiments étaient de plus en plus profonds.

Corentin tourna la tête vers elle et, la voyant réveillée, il eut un sourire radieux.

— Bien dormi, ma belle ? Je vais nous faire du café.

Une fois de plus, ils avaient passé la nuit dans le studio d'Angélique. Sans rechigner, Corentin avait compris qu'elle se plaisait chez elle, dans son nid de jeune fille, et il repassait chez lui le matin pour se changer avant d'aller travailler.

— Plus tard, le café. Viens là, murmura-t-elle en lui tendant les bras.

Abandonnant son ordinateur, il se leva, laissa tomber la chemise qui lui servait de peignoir et la rejoignit. Elle mit sa tête sur son épaule, se lova contre lui.

— Tu dois partir bientôt ?

— J'ai un rendez-vous à neuf heures.

— Alors, tu as le temps de me faire l'amour ?

— Si je ne l'avais pas, je le prendrais, affirma-t-il à voix basse.

Avoir un amant étonnait encore Angélique, et surtout que cet amant soit un homme de trente ans, si différent de ses amis étudiants. Était-ce la maturité de Corentin qui l'avait attirée ? Mathieu lui ayant terriblement manqué durant son adolescence à Paris, peut-être cherchait-elle une sorte de figure paternelle. Si dix années ne représentaient pas un écart d'âge important, c'était néanmoins suffisant pour la rassurer. Corentin lui avait appris les gestes de l'amour et lui avait fait découvrir le désir, le plaisir, la tendresse. Quand elle avait rendez-vous avec lui dans un restaurant ou un bar, son cœur battait plus vite et elle trouvait cette sensation délicieuse. Le regard admiratif de Corentin la flattait, son humour la faisait rire, auprès de lui elle avait l'impression d'exister davantage. Son instinct de jeune femme lui soufflait que Corentin était très amoureux d'elle, mais tant qu'il ne le lui aurait pas dit lui-même, elle ne pouvait en être absolument certaine. Était-ce à elle de se livrer la première ? De prononcer le « je t'aime » qu'elle retenait ? Et à quoi l'engagerait une telle déclaration ? N'ayant aucune expérience, elle restait réservée et attendait.

Les mains expertes de Corentin étaient en train de parcourir son corps et elle frissonna, ferma les yeux. Ce matin encore, elle se tairait, s'abandonnerait en silence.

— Regarde-moi, chuchota-t-il. Je veux lire dans tes yeux puisque tu ne me parles pas.

Elle réprima un sourire, à peine étonnée qu'il ait deviné ses pensées.

— Tu as peur des mots ? insista-t-il.

— Pas si c'est toi qui les prononces.

— Ah...

Penchée sur elle, il embrassa ses lèvres, son cou, son épaule, puis il avoua, dans un souffle :

— Je suis fou de toi, Angélique. Je n'ai jamais aimé une femme comme je t'aime.

Cet aveu, qu'elle redoutait mais espérait, eut instantanément pour elle un effet aphrodisiaque. Elle enroula les jambes autour de lui, l'attira à elle.

*

— Une soirée musicale ? répéta Nadia, incrédule.

— Oui ! En faisant appel aux élèves du conservatoire Arthur Honegger. Ce sont de bons instrumentistes et ils ont donné un concert de reprises de musiques de films, qu'Ange a été entendre et qu'elle a adoré. On va décider d'un thème auquel on puisse associer la littérature, et on organisera un véritable événement. Il faut aller chercher un public nouveau, Nadia. Donner à tous les habitants de cette ville, lecteurs ou non, l'envie de franchir nos portes.

Nadia hocha la tête, convaincue par l'enthousiasme de Mathieu.

— Parlez-en à vos collègues, poursuivit-il. On trouvera la bonne idée ensemble, et d'ici là je vais demander une autorisation d'ouverture nocturne à la mairie.

Installé à son bureau avec des papiers épars devant lui, débordant d'énergie, il était vraiment redevenu lui-même. Toutefois il restait vigilant et s'obligeait à faire des pauses, à quitter la librairie pour déjeuner dans un bistrot voisin, à s'occuper de sa maison le dimanche au lieu de revenir hanter les rayons de la librairie fermée. Il avait pris l'habitude de sortir certains soirs pour aller voir un spectacle au théâtre de l'Hôtel de Ville ou aux Docks Océane. Il renouait avec des amis, refaisait de longues marches en bord de mer et se rendait régulièrement dans son club de judo. Remplir ainsi son existence lui permettait de considérer son burn-out comme un problème résolu. Il espérait qu'il finirait aussi par oublier Tess, néanmoins il pensait toujours à elle. Comment avait-il pu croire, en la mettant à l'écart de sa vie lorsqu'il allait mal, qu'elle se morfondrait à l'attendre ? Elle avait trouvé auprès de Benoît ce que Mathieu ne lui donnait

plus, elle était désormais heureuse avec un autre. En conséquence, il ne devait plus penser à elle, et surtout pas à *eux
deux*. Allaient-ils se marier, avoir des enfants ? Cette perspective l'exaspérait ou le consternait tour à tour, mais il n'avait
pas d'autre choix que se résigner, tirer un trait sur le passé.

— Je dois rentrer chez moi, j'ai rendez-vous avec un électricien, annonça-t-il à Nadia. Je ne pourrai sûrement pas
revenir, la discussion sur la mise aux normes de ma vieille
baraque risque de durer ! Vous ferez la fermeture ?

— Bien sûr.

L'air sérieux de Nadia lui donna envie de rire. Elle adorait
avoir des responsabilités, et il n'hésitait plus à lui en confier.
Apprendre à déléguer faisait partie de ses bonnes résolutions.

Il rentra chez lui sous une pluie battante portée par de
fortes rafales de vent. Le temps du mois de mai était assez
chaotique, mais l'air marin finissait presque toujours par chasser les nuages. Et depuis son nid d'aigle de Sainte-Adresse,
Mathieu aimait entendre souffler la tempête.

En ouvrant la grille, il vit un conducteur quitter sa voiture et venir vers lui en courant.

— Je vous attendais ! lui lança Corentin.

— Moi, c'est un artisan que j'attends, mais mettons-
nous vite à l'abri. Vous n'avez pas de mauvaise nouvelle à
m'annoncer, j'espère ?

Intrigué par la présence du jeune homme, qui aurait pu
l'appeler ou passer à la librairie pour n'importe quel problème
comptable, Mathieu le fit entrer.

— Je vous offre un verre ?

Ils s'installèrent dans la cuisine, une pièce devenue très
agréable.

— Je n'en reviens pas de tous les aménagements que vous
avez apportés à cette maison, constata Corentin en regardant
autour de lui.

— Et ce n'est pas fini ! Je compte bien poursuivre les
transformations. D'autant plus que je me suis découvert un
petit talent de bricoleur que j'ignorais jusqu'ici. Une bière ?

— Je n'en reviens pas non plus de vous voir aussi en forme, ajouta Corentin avec un petit sourire. Va pour la bière.

Mathieu déboucha deux canettes et les posa entre eux sur la table.

— Bon, allez-y, vous n'êtes pas venu pour me complimenter sur ma santé ou sur mes travaux, j'imagine ?

— Non. C'est beaucoup plus... personnel.

— À savoir ?

— Je vais avoir du mal à le formuler, Mathieu, alors ne me bousculez pas. En fait, je pensais que vous rentreriez plus tard et je voulais me laisser le temps de réfléchir, de préparer un petit discours.

— Du genre ? Vous ne voulez plus travailler pour moi ? Vous exigez une augmentation ? Non ? Alors, laissez-moi deviner... Vous avez rencontré une Japonaise et vous partez vivre à Tokyo ? À moins que vous ne vous soyez découvert une maladie incurable, ce qui me navrerait.

— Vous ne m'aiderez donc pas, soupira Corentin.

Son air anxieux fit sourire Mathieu.

— D'accord, d'accord, je vais le dire à votre place... Vous galérez parce que vous êtes venu me parler de ma fille. Du coup, ça vous intimide, et voilà que vous n'avez plus la langue bien pendue.

— Exactement.

— Est-ce que vous allez me demander sa main ?

— Ne soyez pas si vieux jeu.

— Dans ce cas, que puis-je pour vous ? Dépêchez-vous un peu, l'électricien va arriver et vous ne pourrez plus rien dire du tout.

Corentin, qui jusque-là avait joué nerveusement avec sa canette sans regarder Mathieu, leva enfin la tête.

— Angélique a vingt ans, moi trente et un.

Il s'arrêta, comme s'il avait dit l'essentiel. Au bout de quelques instants, Mathieu lâcha, ironique :

— Quel scoop !

— Ne riez pas, c'est une différence d'âge qui change tout.

— Tout quoi ? J'ai vécu ça avant vous, Corentin.

— Avec Tess ? Mais vous étiez deux adultes quand vous vous êtes rencontrés, avec un passé, du vécu. Angélique est encore une gamine. Je suis sa première histoire... sentimentale.

— Et aussi son premier amant, je suis au courant.

Très embarrassé, Corentin marmonna :

— Vraiment, Mathieu, je ne sais pas si je peux discuter de tout ça avec vous.

— C'était pourtant votre intention en venant m'attendre devant chez moi.

— Je voulais avoir votre avis. Une conversation franche.

— Plaisanter ne me fait pas mentir. Qu'est-ce qui vous préoccupe dans votre histoire avec Ange ?

— Je crois qu'on s'aime. Enfin, pour ma part, j'en suis tout à fait certain. Prêt à parier qu'elle est la femme de ma vie et que je n'en voudrai jamais d'autre. Je meurs d'envie de l'épouser, de fonder une famille avec elle, mais si c'est le bon moment pour moi, c'est hélas beaucoup trop tôt pour elle. Elle ne s'arrêtera sans doute pas à sa première aventure.

— Qu'en savez-vous ? En amour, tous les cas de figure sont possibles.

— J'essaie d'être réaliste, Mathieu. Même si ça ne m'arrange pas. Quoi qu'il arrive, je voulais vous assurer que je suis un type sérieux et que mes sentiments envers Angélique sont profonds, sincères, durables. Elle va bientôt partir six mois très loin d'ici, et ensuite, lorsqu'elle sera au bout de ses études, peut-être souhaitera-t-elle s'installer à l'étranger, peut-être aura-t-elle rencontré des types bien plus intéressants qu'un expert-comptable normand. J'y suis résigné d'avance. Je m'inclinerai, je ne me mettrai pas en travers de sa route.

— Mais vous espérez le contraire, si j'ai bien compris, et vous allez attendre en vous rongeant les ongles. C'est très altruiste, très honorable, vraiment. Sauf que si j'étais vous, je me battrais davantage. J'irais la voir de temps en temps, même au bout du monde. Je ne me laisserais pas oublier avec autant d'abnégation !

— Je veux la laisser libre.

— D'accord, mais en continuant à la séduire. Offrez-vous cette chance. D'ailleurs, rendre sa liberté à une femme qui n'en a ni besoin ni envie est une absurdité, j'en parle en connaissance de cause.

Un coup discret frappé au carreau les interrompit net.

— Voilà l'électricien, déclara Mathieu en allant ouvrir.

Mais au lieu de l'artisan qu'il attendait, il découvrit avec stupeur Lucie Delvaux, mal abritée par un parapluie à moitié retourné. Elle semblait à la fois indécise et frigorifiée.

— Vous n'êtes pas seul ? chuchota-t-elle. Je reviendrai une autre fois...

Il hésita, incapable de comprendre ce qu'elle faisait là.

— Voulez-vous entrer ? finit-il par lui proposer dans un réflexe de politesse qu'il regretta aussitôt.

En principe, les Delvaux et lui n'étaient pas censés se rencontrer, ni même s'approcher, mais elle devait avoir une bonne raison pour le faire.

— J'aurais voulu vous parler de façon confidentielle, hésita-t-elle en désignant Corentin qui s'était levé.

— Ce monsieur est un ami, je n'ai pas de secrets pour lui.

Mathieu préférait qu'un témoin assiste à cette entrevue inattendue. Les cousins de César lui avaient causé trop d'ennuis pour qu'il prenne le moindre risque, et la présence de Corentin éviterait au moins tout malentendu. Il fit signe au jeune homme de se rasseoir et présenta une chaise à Lucie. Elle prit place à contrecœur, laissa tomber son parapluie puis, comme à son habitude, mit son sac sur ses genoux et l'agrippa à deux mains.

— Ma visite doit vous étonner...

— Oui. Je pensais que nous n'avions plus rien à nous dire, votre frère, vous et moi.

— Albert s'est un peu calmé, précisa-t-elle vivement. Il

269

a compris qu'il devait laisser tomber toute cette histoire de l'héritage de César.

— Tant mieux !

— Toutefois, tel que je le connais, il ne se tiendra pas tranquille longtemps. C'est un sanguin.

Elle marqua une pause, s'attendant peut-être à ce que Mathieu l'encourage à parler. Voyant qu'il se taisait, elle poursuivit :

— Il a toujours eu un caractère impulsif. Et malheureusement, la police ne lui fait pas peur. Il déteste toute forme d'autorité. Depuis que nous sommes rentrés en France, il ne va pas bien du tout. Je crois que l'Afrique du Sud lui manque et qu'il n'aurait pas dû la quitter. En fait, je suis persuadée qu'il meurt d'envie d'y retourner puisqu'il n'a plus rien à espérer ici. Voyez-vous, il ne se réacclimate pas. Moi, c'est différent, je suis plutôt contente d'être revenue au pays.

Estimant qu'elle en avait assez dit, elle se tut de nouveau. Au bout d'un moment, ce fut Corentin qui la relança.

— Et puis ?

Elle lui adressa un bref regard, reporta son attention sur Mathieu.

— Je cherche un moyen pour l'aider à partir. Tout le monde y trouverait son compte, lui le premier. De mon côté, je suis sûre d'arriver à me débrouiller, et vous, vous ne serez plus… embêté.

Un autre silence, plus long cette fois, suivit sa déclaration.

— Est-ce que vous êtes en train de me demander de lui offrir un billet d'avion ? finit par articuler Mathieu d'un ton froid.

— Je n'ai pas les moyens de l'acheter, et lui encore moins.

— Désolé pour vous, mais je ne me sens pas concerné.

Avec un long soupir résigné, elle baissa la tête, parut s'affaisser sur sa chaise.

— À qui voulez-vous que je m'adresse ? maugréa-t-elle. Vous, au moins, c'est dans votre intérêt. Avec Albert au bout du monde, vous n'auriez plus d'ennuis.

— Il n'y a aucune raison pour que vous me causiez *encore* des ennuis ! Votre demande est une sorte de chantage. Pas question que j'y cède, on pourrait croire que je vous devais vraiment quelque chose, ce qui est faux.

— Du chantage ? Oh, non ! Ni une menace ni rien. Je vous demande seulement un prêt, que j'essaierai de vous rembourser, je vous le promets. Et bien sûr, je ne dirai pas que ça vient de vous, je ne suis pas folle ! Mais si j'attends d'avoir économisé, Albert ne pourra pas partir avant des mois ou des années, et en attendant, il multipliera les bêtises. Ma démarche est égoïste, en réalité c'est moi que je veux protéger. Une fois seule, je vais respirer, je ne guetterai plus le bruit de la porte, la nuit, sans savoir d'où il vient…

Sa voix s'étranglait, elle haussa les épaules en signe d'impuissance puis se racla la gorge avant de repartir à la charge.

— Je n'arriverai pas à vous convaincre, n'est-ce pas ? Pourtant, un aller simple pour Johannesburg sur une compagnie low cost ne représente pas tant d'argent que ça. Vous pourriez le faire, mais vous ne le voulez pas. Vous allez me dire que j'ai frappé à la mauvaise porte, seulement voilà, je n'en connais pas d'autre ! D'ailleurs, ici, je ne connais pas grand monde à part les services sociaux. Évidemment, vous vous en foutez pas mal, Albert vous a causé du tort, pourquoi lui feriez-vous du bien ? Mais moi, c'est mon frère, je dois l'aider.

Elle prit une grande inspiration, planta son regard dans celui de Mathieu et lança :

— Je suis prête à vous signer une reconnaissance de dettes.

Partagé entre l'exaspération et une vague compassion, Mathieu se tourna vers Corentin.

— Est-ce que ce genre de papier a une quelconque valeur juridique ?

— Oui… à condition de l'établir dans les règles. On peut aller chez un notaire, ou faire ici, entre nous, un acte sous seing privé. Si le montant dépasse sept cent soixante euros, il faudra le déclarer à l'administration fiscale. Sinon, il suffit de l'écrire. Je crois qu'il existe un modèle sur le site du Service public. Hormis vos identités à tous les deux, et celle de celui qui rédige, il suffit d'inscrire la somme, les dates, les modalités de la restitution. Il y a une case prévue pour les clauses particulières, je vous conseille d'y préciser vos raisons pour ce prêt.

Corentin avait conservé un ton neutre, se bornant à énoncer la marche à suivre au cas où Mathieu se déciderait. Celui-ci hésita puis se leva.

— Excusez-nous un instant, dit-il à Lucie.

La laissant dans la cuisine, ils gagnèrent le séjour l'un derrière l'autre.

— Qu'en pensez-vous ? demanda Mathieu en fermant la porte.

Corentin prit le temps de réfléchir avant de répondre.

— Si vous voulez être débarrassé de cet Albert, la solution n'est pas mauvaise.

— Est-ce qu'on peut faire confiance à sa sœur ?

— Elle semble vraiment désemparée. Il doit être un problème pour elle. À l'entendre, il est comme une grenade dégoupillée, donc elle veut l'éloigner.

— Vous la croyez sincère ?

— Sans doute. Elle n'est sûrement pas assez intelligente pour vous tendre un piège. D'ailleurs, si vous lui prêtez une somme modique, ça ne passera pas pour un dédommagement.

— Combien ?

— Restez en dessous de la barre fiscale pour que personne ne mette son nez là-dedans. Sept cents euros devraient suffire. Choisissez un taux d'intérêt normal et étalez la dette. Au fond, ce n'est pas cher payé pour que ce type ne vienne plus tout saccager chez vous. Il ne restera plus qu'elle, et à mon avis elle ne représente aucun danger.

— Très bien… Allons-y, mais je vous laisse rédiger le texte en bonne et due forme.

Alors qu'ils regagnaient la cuisine, l'électricien frappa au carreau, faisant sursauter Lucie.

— Je l'emmène dans la grange, déclara Mathieu, c'est là que se trouve le vieux tableau de plombs. Des trucs antiques, en porcelaine, avec des fils de cuivre autour ! Faites vite ce papier, je reviens.

En allant ouvrir, il remarqua le visage soulagé de Lucie et le sourire de reconnaissance qu'elle lui adressa.

*

Un peu avant sept heures du soir, Mathieu se retrouva enfin seul. La pluie ayant cessé, il gagna la terrasse et s'accouda à la rambarde de pierre pour observer l'océan. Deux porte-conteneurs grands comme des villes flottantes s'éloignaient vers l'horizon tandis qu'un monocoque regagnait le port de plaisance, toutes voiles dehors. Poussées par le vent, des vagues coiffées de crêtes blanches venaient mourir sur la plage, en contrebas. L'air était chargé d'iode et de sel, la lumière du jour n'allait plus tarder à décliner. En laissant errer son regard sur les flots, Mathieu se demanda comment il avait pu avoir des idées suicidaires. Par quelle aberration s'était-il senti si mal, si désabusé et si vide ? Pourquoi la machine s'était-elle détraquée d'un coup, au point de lui enlever le goût de vivre ? Durant cet improbable combat contre un Mathieu inconnu, il avait failli saborder la librairie, qui était l'œuvre de sa vie, et il avait délibérément perdu la femme qu'il aimait. Prisonnier d'un carcan de dégoût et d'épuisement dont il ne trouvait pas l'issue, étranger à lui-même au point de vouloir en finir, il avait pourtant survécu, il s'était réveillé du cauchemar. Et aujourd'hui, il avait la conviction que cette horrible page de son existence était enfin tournée.

Il se retourna pour regarder la maison et eut une pensée reconnaissante envers César. Sa rencontre avec le vieil homme avait été l'une des meilleures choses qui lui soit arrivée.

« Mais tu l'as entendu, l'électricien ? Le circuit est bon à refaire. Hors normes et hors d'usage. Avec des fils en tissu dans des baguettes en bois, il y a de quoi flanquer le feu à tout le quartier. Si Fabrice apprenait ça, il résilierait mon assurance sur-le-champ. Et la plomberie ne vaut pas mieux… Tu sais quoi, César ? J'en ai pour des années de travaux ! »

Une perspective paradoxalement réjouissante. Il allait entreprendre ce que les cousins d'Afrique du Sud n'auraient jamais fait : réhabiliter la maison où César était né. Baissant les yeux sur sa montre, il songea que Nadia ferait bientôt la fermeture. Tess aussi, dans sa petite boutique. Benoît était-il avec elle ? La rejoignait-il après avoir reçu son dernier patient ? Il s'était souvent posé la question, rongé par une jalousie impuissante qu'il essayait désespérément d'ignorer, mais soudain il voulut en avoir le cœur net. Les conseils qu'il venait de dispenser à Corentin pouvaient bien s'appliquer à lui-même : ne pas se laisser oublier par celle qu'on aime. Que risquait-il, après tout ? S'il les trouvait ensemble, il serait importun ou même ridicule, tant pis. Et si elle était seule, il pourrait au moins lui parler, il n'en demandait pas plus. Il espéra qu'elle n'ait pas encore baissé son rideau de fer, elle fermait souvent assez tard, laissant aux derniers clients la possibilité d'acheter un petit cadeau avant d'aller dîner chez des amis.

Il prit à peine le temps de verrouiller la maison, sauta dans sa voiture et fila vers la ville basse. Des lumières commençaient à briller dans Le Havre alors que la nuit n'était pas encore tombée. Malgré une circulation dense, il réussit à gagner assez vite l'avenue René Coty, ensuite il lui fallut trouver une place pour se garer. Sprintant sur le trottoir, il s'engouffra dans la rue où se trouvait la boutique de Tess. De loin, il vit la vitrine allumée et il s'obligea à marcher, reprenant son souffle. Il n'avait aucune idée de ce qu'il allait dire, aucune idée de l'accueil qu'il allait recevoir, pour une fois il s'en remettait à sa bonne étoile.

Lorsqu'il poussa la porte d'un geste décidé, la clochette tinta gaiement. Tess était en train de tendre un paquet à une jeune femme et elle se figea à la vue de Mathieu. Il lui adressa un petit sourire crispé puis fit mine de s'absorber dans la contemplation des bibelots. Maintenant qu'il était là, toute son assurance fondait, lui donnant envie de fuir. Il attendit que la cliente sorte avant de se retourner pour faire face à Tess.

— Euh… Je tombe mal ?

Elle secoua la tête sans dire un mot. Ses boucles blondes tranchaient sur son pull bleu azur, elle semblait avoir maigri.

— Comment vas-tu ? demanda-t-il platement.

— Bien.

Toujours immobile derrière sa caisse, elle le considérait avec une expression indéchiffrable.

— Est-ce que Benoît…

— Non.

— Il n'est pas là ? Il ne vient pas te chercher ?

— Non.

— Génial. Enfin, je veux dire, tant mieux. Bon, tu vas bien, alors ? Moi aussi. Je suis sorti du tunnel, tout ça est derrière moi, et je tiens à ce que tu le saches. Mais franchement, ceux qui prétendent qu'il s'agit d'une maladie imaginaire ne savent pas de quoi ils parlent, j'en ai vraiment bavé. Bref, inutile de revenir là-dessus…

Elle hocha la tête, comme si ce qu'il venait de dire ne l'intéressait pas.

— Tess, je suis navré de t'avoir quasiment raccroché au nez, la dernière fois. Je ne tenais pas à connaître les détails de ton voyage en Italie, c'est mesquin. Tu as aimé ?

— Pas vraiment.

— Ah… Où étiez-vous ?

— À Venise.

Il encaissa le coup, chercha un autre sujet.

— Et la boutique ?

— Je ne me plains pas, ça tourne.

— La librairie aussi. Nous sommes repartis en flèche, je suis content, et il y a d'excellents romans dans les parutions du printemps… J'ai l'impression que tu as maigri, je me trompe ?

— Deux kilos, rien d'important.

Elle économisait ses paroles, ne lui facilitant pas la tâche. Il se souvint qu'il avait fait la même chose avec Corentin deux heures plus tôt et il eut honte de lui.

— Écoute, réussit-il à dire, je pensais... Si tu es libre ce soir, on pourrait aller manger des moules frites à La Paillette ? Juste histoire de bavarder un peu.

Comme elle ne répondait pas, il ajouta précipitamment :

— Et avant, que dirais-tu d'un verre au Bout du monde ? Un cocktail ou un ballon de blanc bien frais en regardant la mer !

— C'est ouvert ?

— Au mois de mai, sûrement.

— Il ferme quand ça lui chante.

— On n'a qu'à y passer. Avec un peu de chance, de là-bas on verra le soleil se coucher, tu sais à quel point c'est magique. Mais il faut se dépêcher !

— Eh bien...

Elle lança un regard perdu autour d'elle, se mordit la lèvre.

— Je ne sais pas, Mathieu.

— Tu as peur que Benoît soit contrarié ?

Il avait posé la question doucement, sans ironie ni agressivité.

— Benoît n'est plus dans ma vie, lâcha-t-elle tout bas.

Cet aveu était un véritable cadeau qui fit aussitôt exulter Mathieu, mais il n'en montra rien. Il attendit sans broncher, la vit enfin se décider, presque à regret. Elle enfila un blouson en daim, se pencha pour ramasser son sac derrière la caisse, puis elle se dirigea vers la vitrine et appuya sur la commande du rideau de fer. En revenant vers lui, elle hésitait encore, visage fermé.

— Vraiment, je ne sais pas si...

— Moi, je sais, la coupa-t-il.

Il s'interdit le geste de la prendre par le bras ou par la taille et la suivit dans l'arrière-boutique puis dans la cour. L'attitude très réservée de Tess ne lui laissait pas beaucoup d'espoir, néanmoins l'obstacle Benoît n'existait plus et il pouvait tenter sa chance, si mince soit-elle.

Durant le trajet en voiture, ils n'échangèrent pas trois mots, Tess paraissant toujours aussi crispée. Une fois installés sur la terrasse du Bout du monde, à l'extrémité de la plage de Sainte-Adresse, presque sous les falaises, ils commandèrent du vin blanc. Une main en visière pour se protéger de la lumière du soleil en train de disparaître derrière la ligne d'horizon, Tess observa un moment les cargos qui entraient dans la baie.

— Il faut qu'on parle, finit par dire Mathieu. Ou qu'au moins *je* te parle. Je m'en suis beaucoup voulu d'être resté sur un malentendu avec toi. Prétendre te rendre ta liberté était un mensonge très arrogant. Je n'avais rien à te rendre, tu es libre de toute façon. Et bien sûr, contrairement à ce que tu as pu croire, je n'avais aucune envie que tu me tournes le dos pour aller voir ailleurs. Mais j'étais tellement mal dans ma peau ! Je ne me sentais pas à la hauteur et je ne voulais pas que tu t'en aperçoives. Je n'avais plus de désir pour rien. Ni pour me lever le matin, ni pour manger. Pas de projet, pas d'envie, vraiment rien d'autre qu'un noir désespoir sans objet que je ne comprenais pas et dont j'avais honte. J'étais… diminué. Alors, quand tu t'es mise en colère au Grignot, je n'ai pas su réagir. J'aurais dû te courir après et te dire à quel point je t'aime. Mais j'en étais incapable. Après, j'ai été très malheureux, et très jaloux de te savoir dans les bras d'un autre.

— Pas aussi malheureux que moi.

Au moins, elle venait de prononcer une phrase, elle acceptait la discussion.

— Tu as cassé quelque chose, Mathieu, dit-elle d'une voix lasse. Je savais que tu n'étais pas dans ton état normal, et j'étais prête à t'attendre tout le temps nécessaire. Même en te voyant au fond du gouffre, je n'avais pas perdu espoir en notre avenir. J'étais certaine que tout finirait par s'arranger puisqu'on s'aimait. Et toi, tu m'as repoussée, rejetée, humiliée… Crois-moi, je suis tombée de haut, je me suis sentie misérable, et après ça j'ai eu besoin d'être consolée. Benoît était là, il ne demandait que ça. Les bras d'un autre ? C'est toi qui m'y as poussée ! De quel droit serais-tu jaloux ?

— Ne te fâche pas. Je ne serais pas jaloux si je ne t'aimais plus, or je n'ai jamais cessé de t'aimer. Imaginer qu'il te donnait ce que je n'étais plus en mesure de t'offrir a été une véritable torture. Aujourd'hui, je…

— Arrête. Ne va pas plus loin. S'il te plaît.

Elle tourna la tête, regarda les vagues qui cognaient sur les galets. De nouveau, elle se dérobait. Durant quelques minutes, il respecta son silence, puis il murmura :

— Qu'est-ce que j'ai cassé, Tess ?

— Nous deux. Ce truc merveilleux qu'il y avait entre nous. La confiance. La joie.

Reportant son attention sur lui, elle le scruta.

— Nous ne sommes plus les mêmes qu'il y a six mois. Ni toi, ni moi. Ta fille me déteste. Je suis indésirable sur le trottoir de ta librairie. Je dois passer pour la garce qui t'a remplacé en moins de deux, qui n'a pas supporté ta maladie et qui s'est dépêchée d'aller voir ailleurs. Un charmant portrait !

— Ange ne te déteste pas.

— Si ! Elle me l'a bien montré, et j'ai eu beaucoup de peine parce que je croyais qu'il y avait une réelle affection entre nous. Moi aussi, je me sens coupable, moi aussi je pourrais dire que tout est ma faute, mais tous nos *mea culpa* n'y changeront rien, on ne peut pas défaire ce qui est fait. Tu t'es débarrassé de moi, et j'ai été me consoler avec Benoît, ton psy ! Voilà la réalité, elle n'est pas jolie et il est impossible de l'effacer.

Mathieu n'avait plus qu'une très étroite marge de manœuvre, il comprit que Tess avait tout dit et qu'elle était sur le point de se lever et de partir.

— Pourquoi effacer ? murmura-t-il. Les choses ont eu lieu, voilà tout. Il n'y a rien d'irréversible et rien à pardonner. Recommençons notre histoire, Tess.

Le soleil avait disparu, mais l'air restait doux. La marée descendante commençait à découvrir une bande de sable au-delà des galets.

— Il y a eu des changements à la librairie, enchaîna-t-il d'un ton plus léger. J'aimerais beaucoup te les montrer ! Et j'ai commencé à arranger la maison. Je suis sûr que tu t'y plairais. Tu sais quoi ? Moi aussi, j'ai changé. Je ne me laisserai plus jamais déborder par le travail, mais je suis heureux d'avoir conservé intacte ma passion des livres. J'ai mille projets en tête, et parmi eux, je prendrai le temps de vivre. Figure-toi que je me suis même remis au judo !

Par cette diversion, il avait de nouveau capté son attention et il en profita.

— Malgré tout, il me manque encore l'essentiel. Toi. Dans ma vie, personne ne peut te remplacer, c'est une telle évidence que je ne me suis pas donné la peine de chercher. Écoute, on devrait reprendre un verre, et tout à l'heure on pourra marcher sur la plage. On n'aura qu'à longer la mer jusqu'à la promenade des régates et descendre vers le centre pour aller manger nos moules frites à La Paillette. Tant pis pour la voiture, il fait trop beau. Qu'en dis-tu ? J'espère que tu es d'accord, parce que sinon, je te le redemanderai tous les jours. Jusqu'à ce que tu acceptes, jusqu'à ce que tu retrouves la gaieté que je t'ai fait perdre. Et ton sourire. Il est si joyeux, ce sourire que tu ne veux pas me donner…

Enfin il la vit se détendre, esquisser une mimique presque amusée.

— Que tu es têtu ! soupira-t-elle.

Elle mit son sac en bandoulière, se leva.

— On y va ?

Mathieu s'empressa de jeter un billet sur la table et ils quittèrent la terrasse du Bout du monde. Marchant côte à côte sans se toucher, ils trouvèrent vite le même pas de promenade. Ils avançaient en silence, bercés par les cris des mouettes. Au large, une vedette filait vers un porte-conteneur pour amener à son bord le pilote qui assurerait l'entrée dans le port.

— Je suis sûre que, tout à l'heure, tu vas vouloir prendre l'avenue Foch pour passer devant ta librairie, finit par dire Tess. Rien que pour vérifier si Nadia a bien tout fermé, si les spots des vitrines sont bien allumés, et puis tu décideras d'entrer, juste une minute…

Il avait attendu qu'elle parle la première et il se mit à rire, soulagé.

— Eh bien, non ! Nadia est consciencieuse, je lui fais confiance.

— C'est nouveau.

— Et c'est vrai. D'ailleurs, on n'ira pas jusqu'à l'avenue Foch, on n'a qu'à tourner au plus court par la rue Bellanger.

Elle s'arrêta une seconde, détacha son regard de l'océan et le posa sur Mathieu. Derrière lui, toutes les lumières de la ville scintillaient.

— J'ai peur que ce ne soit pas très facile de recommencer, murmura-t-elle.

— Crois-tu ?

Il lui tendit la main, et elle accepta d'y glisser la sienne. Réunis par ce seul contact, ils reprirent leur marche. Lorsqu'ils quittèrent enfin la promenade pour traverser le boulevard, sans se lâcher, Tess demanda :

— Comment t'en es-tu sorti, Mathieu ?

Voulait-elle connaître le rôle exact de Benoît ? Il écarta cette idée, essaya de trouver la réponse la plus juste.

— Rester confiné en ayant cessé toute activité m'a mis en face de mes problèmes. Des choses d'enfance que j'avais enterrées. Je suis allé interroger ma mère et j'ai liquidé la question. Ne manquait plus qu'une étincelle, que les cousins de César ont créée. À ce moment-là, je croyais encore que tout m'était égal, mais finalement non… D'une manière ou d'une autre, César a été mon bon génie. Même s'il n'est plus là, je suis persuadé qu'il veille sur moi. Sacré César !

Tess eut un éclat de rire qui fit tressaillir Mathieu. Était-il possible qu'il lui ait rendu un peu de sa gaieté ? Le long du square Saint-Roch, il lâcha sa main pour la prendre par la taille et, au lieu de se dérober, elle se laissa enfin aller contre lui.

DU MÊME AUTEUR *(suite)*
CHEZ D'AUTRES ÉDITEURS

Crinière au vent, éditions France Loisirs, 2000
Terre Indigo, TF1 éditions, 1996
Corrida. La fin des légendes, en collaboration avec Pierre Mialane, Denoël, 1992
Sang et or, La Table ronde, 1991
De vagues herbes jaunes, Julliard, 1974
Les Soleils mouillés, Julliard, 1972

Éditions Belfond
12, avenue d'Italie,
75013 Paris.

Canada :
Interforum Canada, Inc.
1055, bd René-Lévesque-Est
Bureau 1100,
Montréal, Québec, H2L 4S5.

ISBN : 978-2-7144-6056-1

Composé par Nord Compo Multimédia
7, rue de Fives, 59650 Villeneuve-d'Ascq

Cet ouvrage a été imprimé en France par

BRODARD & TAUPIN

à La Flèche (Sarthe)
en août 2016

N° d'impression : 3017816
Dépôt légal : septembre 2016